悄悄告訴我

譽田哲也
Tetsuya Honda

目錄

第一章

1

喝了不含酒精的啤酒，或者是「不會醉的梅酒」，然後再去開車，這樣會形成「酒駕」嗎？不，想必是不會。畢竟這些飲料裡頭並沒有含酒精成分，所以當然不會被認為是酒駕。

那麼同樣的道理，抽沒有燃燒菸葉也不會產生煙霧的電子菸，或是加熱式香菸，算得上是「抽菸」嗎？令人難以置信的是，答案是「算」。

在餐飲店的禁菸席上抽加熱式香菸，是「不行」的；當然在新幹線的禁菸車廂抽也是絕對「不行」。昨天我還被說：「這輛列車本身並沒有吸菸車廂，所以如果您無論如何都想抽加熱式香菸，或是慣常的那種紙菸，煩請移駕到吸菸室。」

這麼說起來，我還真不知道自己為什麼要改抽加熱式香菸了……

武脇元一邊想著這些事情，一邊在菸灰缸捻熄所謂的「菸蒂」。警局的後方是停車場，停放著漆上黑白相間顏色的警車，而吸菸區就位在角落。以前在警局裡頭無論何時何地都可以抽個過癮。是到什麼時候才開始改變的呢？記憶已經模糊不清，或許是十五年前，還是說已經二十年了？究竟，哪個才是對的？

吃完中餐休息了一下，武脇元回到了三樓的刑事辦公室。

武脇並非是現在身處的高井戶警署中的一員，隸屬於警視廳刑事組搜查一課的他，即使回到高井戶警署的刑事辦公室，也沒有同部門的同事在。不過話說回來，雖然武脇在這裡算是「外人」，但能夠待的地方也只有刑事辦公室了。正確來說，應該是刑事組織犯罪對策課辦公室。他之所以會出現在此，主要是因為一件不太尋常的事情。

這個月，也就是三月十七日星期五，二十三點四十二分，警視廳通信司令本部收到一則通報，內容是「有一名男子遭受襲擊」，因地屬高井戶警署管轄，因此派了人員趕往現場。在這個時間點，尚無法判斷是犯罪事件或一般事故，所以也通知了東京消防廳，讓救護車一併前往。

只不過刑組課（刑事組織犯罪對策課）的負責人員抵達之後，發現男性被害人已經氣絕身亡，主動報警的女性表示事情是她做的，因此同行的女警要求這位女性配合協助調查，帶著她到高井戶警署詢問事情經過。

女性加害人到了警署也沒有改變說法，因此在隔天，十八日的十點三十分，高井戶警署即以傷害致死的罪名將其逮捕。

一般來說，只要是發生殺人之類的案件，通常警視廳本部都會派超過十位以上的殺人犯調查人員進駐事件轄區的警署協助搜查。但即使如此，絕大部分的情況都是抓不到人的，因此像這次事件一樣，加害人自己撥打一一〇報警，一直待在現場沒有逃走，甚至還自己聲稱「是我做的」，等於是接近半自首的狀態遭到逮捕，這對搜查一課來說是完全不會發生的情節。事實上武脇也曾耳聞「可能會到高井戶設立特搜小組」，但馬上又傳出「這件事取消了」的說法，他原本還想說是要前往下一個案件的搜查本部呢。

真是讓人意想不到。

疑犯遭到逮捕後過了三天，時間來到三月二十一日。武脇的上司——搜查一課殺人犯搜查第四組組長村內警部，突然對他下了一道命令。

「那個，我說啊，先前高井戶不是出了件事嗎……」

「嗯嗯，傷害致死的。」

「沒錯沒錯。這起案件的調查，你可以過去稍微處理一下嗎？」

不管從哪個角度看，都無法讓我心悅誠服。

「只是去看看就可以了，是嗎？」

「是對方指名要你的喔。對方說，希望武脇能來調查一下。」

搜查一課的成員既不是美容師也不是坐檯小姐，絕不會被欽點了就會說聲「感謝您的指定」，然後欣然前往的工作。

「……課長是跟對方說『好的，我知道了』，接下這件事了是嗎？」

「沒辦法啊。畢竟是高井戶的刑組課長官所提出來的請求。」

什麼意思啊？如果這是高井戶警署的署長提的，那還情有可原，但區區一個刑組課課長的請求，憑什麼警視廳本部就非得派調查官過去不可？搜查一課的課長職位是警視正，高井戶警署署長的階級是在此之下的警視，村內課長是警部，高井戶的刑組課課長也同樣是警部。如果說，高井戶警署的無理要求，搜查一課不問原由就照單全收，那麼權力的平衡就蕩然無存了。倘若這件事是某個人從某個地方不知怎麼聊著聊著聊到了「刑組課課長的請求」，那還比較說得過去。順帶一提，武脇是位居警部之下的警部補。

村內可能也感受到了武脇難以接受，對他投以戲謔的眼光。

「……你是不是，不知道高井戶的刑組課課長是誰啊？」

這種事情有必要知道得那麼詳細嗎？

「嗯，我的確不知道。」

「現在在那邊的刑事組辦公室工作的人，是Totan。」

Totan……

「啊，是土堂先生……嗎？」

傳說中的男主角「土堂稔貴」。前大和會會長與東和會大打出手時，他在一班直屬組長的團團包圍下「命令」雙方握手言和。那個男人現在是高井戶警署的刑組課課長啊。

不僅如此，武脇幾個月前還跟土堂一起在同一個單位任職，也就是澀谷警署的刑事課，偵查過程也是兩人合作完成。

原來是這樣啊。就是因為這個「緣分」，所以才會叫我去的吧。

「看來，事情已經沒有轉圜的餘地了吧。」

「嗯嗯，是啊，畢竟是土堂先生……也沒有其他辦法了吧。」

之一。

雖然說武脇自己並不相信，但據說土堂「背後有大日如來佛的加持」，這也是原因之一。

果然，土堂還是依舊讓人感到害怕。不，應該是因為年歲的增長讓頭髮及眉毛稀疏了許多，因此看來更添幾分可怕的感覺。

「武脇，好久不見了。」

這個聲音。聽來就像是在空空的肚子裡塞進棍棒一樣，令人難以忘懷。

「……是的，真的好久不見了。」

像鱷魚一般的眼神。明明視線完全沒有稍瞬轉移，但不知道為什麼就是感覺兩人沒有四目相交。反倒是讓人感覺有某個東西刺進了眼球深處。他的眼神就是給人這樣的感覺。

「總之，就麻煩你了。」

「好的……不過我還是想問，為什麼找我呢？」

土堂的視線首次轉開了，讓人不禁鬆了一口氣。

「你自己看看啊。如果我以外貌來挑選的話，就會是這些人出馬耶。」

既然對方都說了，武脇也就順著看了一圈，結果馬上就後悔了。整個辦公室裡都是長得像流氓、殺人犯、詐欺犯之類的男人，只有一個年輕的女性長得還算過得去。

土堂也把目光投向那位女性。

「在這麼糟糕的狀況下，只能匆忙交給這個女同事，但她還只是部長（巡查部長）而已，根本就沒有調查殺人案的經驗。說起來，這個案子正好可以給她磨練對吧，況且犯罪嫌疑人（疑犯）也是女的。原本我交代那位負責人來處理，但卻讓疑犯嚇得一直哭，一點都沒有調查進度可言。就是因為這樣，我才想到了你。我在搜查一課的某個人那邊聽到，你似乎是個很溫柔的人。」

到底是誰將這種無謂的資訊告訴土堂的。

「原來如此，這就是整件事情的來龍去脈呀？」

「沒錯，就是這樣。那個女同事會在旁協助你的，總之你就趕快想想辦法好好處理，把犯人結送出去吧。反正犯人一開始就說人是她殺的了，即使會把她弄哭，至少也要讓她好好說話吧。知道了嗎？」

那雙鱷魚的眼睛並沒有轉過來。

「知道了，我會試試看的。」

「不是試試看，而是一定要做到啊，你這傢伙。」

「是……那麼，我就先去忙了。」

為什麼這樣的人可以坐上課長的位置呢？

經過一番介紹認識了協同調查的菊田梓巡查部長後，武脇就開始藉著她的說明將事件的詳細內容記在腦海裡。

「疑犯的年紀剛好跟我一樣。」

中西雪實，三十歲，單身。武脇今年四十五歲了，所以對方的年紀小了他一輪以上。

「菊田小姐也單身嗎？」

「沒有，我結婚了。老公也是警官。」

「喔，這樣啊。」

男性被害人名為濱邊友介，三十六歲，死亡時身上並沒有能夠證明身分的資料，所以關於這一點還沒能進一步確認。

「疑犯與被害人的關係是？」

「還不是很清楚。畢竟只要一問到，她就會馬上哭了起來。」

要先搞清楚這件事。

「她，該不會是假哭吧？」

「不，我覺得她是真的哭得很傷心。不過這也無可厚非，被那些……看起來像惡棍捧角手的人一嚇，如此柔弱的平凡女孩當然會哭得一把鼻涕一把眼淚的。」

三十歲的人是不是還能稱得上「女孩」呢？算了，這完全不是現在的重點。

「那麼，意思就是說雙方是否有感情上的糾纏，現階段也無從判定。」

「是的，目前能確定的只有：事發現場是疑犯的房間、疑犯所使用的凶器，以及疑犯供稱人是她殺的。」

凶器的照片，是這張吧。

「……這是什麼？」

「原本是玻璃製的天鵝裝飾品，這個殘留的金屬部分是頭部及翅膀，身體似乎是由玻璃製成的，現在已經支離破碎了。」

原來如此。

「應該沒有殺人的意圖吧？」

「不知道耶。不過，她是在男子尚未氣絕之前報警的，照常理來看應該是傷害致死的案件，但她本人卻什麼都不肯多說，所以詳細情況如何不得而知。」

此時剛好來到十二點，因此正式的調查就從午休過後開始。

吃完午餐喘了口氣之後，武脇回到了刑事辦公室，結果菊田立刻慌慌張張地從辦公桌前的椅子上彈跳起來。

「太好了，疑犯也差不多要抵達了。」

「好，那我們走吧。」

現在東京都二十三區裡頭，女性專用的拘留所只有三處，分別位在原宿警署、東京灣岸警署，以及西丘分所。不知道這該說是女性罪犯原本就很少，還是該說男性罪犯太多了。這樣的現況當然有所不便，就拿這起案件來說吧，高井戶警署的羈押單位要審問的時候，就必須要將疑犯從原宿警署借提過來。當然，調查結束後還必須得將疑犯送回原宿警署去。要說麻煩的話還真的是挺麻煩的。

武脇和菊田兩人在審訊室等待，過了五分鐘左右，聲音響起。

「打擾了。」

「請進。」

由一男一女兩位羈押人員帶進來的疑犯中西雪實，光以第一印象來說的話，看起來就是個非常平凡的一般女性。現在的她感覺眼淚已經流乾，精神及底氣似乎也都耗盡，整個人就像失魂落魄的空殼，不知道在案件發生之前，她是不是有辦法精神奕奕地在工作上好好表現？大致上就是一個會讓人如此想像的「平凡女孩」。

羈押人員讓她坐在靠裡邊的位置，將腰繩綁在座椅的管子上，然後將手銬解開。當兩位羈押人員退出審訊室時，菊田一邊點頭致意一邊將門關上。在這個過程中，中西雪實既沒有望向坐在對面的武脇，也沒有看出入口一眼，只是將視線停留在桌子下方，雙手周邊的小小空間。直到現在也還沒看武脇的臉。

對於她這樣的精神狀態，必須得要先做點什麼。

「早安……喔不，應該是要說『午安』才對。」

如果對方能從這一句招呼語意識到審訊官已經換人了，那就太好了，但看來似乎並沒有。

武脇從口袋拿出名片夾，取出一張後放在空無一物的桌子上。

接著，將名片推到中西雪實的面前。

「我是武脇，從今天開始負責審訊的工作。我並不隸屬於這間警署，而是從位在霞關的警視廳本部搜查一課借調過來的。到目前為止曾詢問過妳的內容，可能會再次重複訊問，還請諒解。」

倘若能看到臉，她應該就可以發現到武脇並不是像菊田所說的那種「惡棍摔角手」了吧。中西雪實鈍鈍地抬起了視線，確認了武脇的臉。

用不會讓人產生誤解的說法來形容，中西雪實算是長得相當可愛的一個女孩子。留著一頭稍微能看見耳朵的短髮，跟光滑圓潤的臉蛋非常合拍。身上穿著的是米黃色的羊毛外套，裡頭搭配黑色的T恤、淡紫色的運動長褲。這並不是原宿警署借提犯人時的專屬衣著，所以應該是她本人的衣服。

「我想妳應該還不習慣拘留所的環境，但有稍微睡一下嗎？」

她的視線忙著在桌上的名片及武脇的臉之間來來去去，在這個過程中，她的臉也上下擺動，雖然只是少少幾公分的幅度。可以當作是點頭回應了吧。

「那就太好了。總之呢……一開始妳是自己打一一〇通報說妳傷害了一個男人，之後來到本署妳的口供內容也沒有任何改變，根據法律規定，這樣的行為該如何定義，是接下來審問的重點，但無論如何，一個男人因此而死亡了是無庸置疑的事情，這麼說沒錯吧，中西小姐？」

剛才小小的動作看來果然是「點頭」，現在她也用幾乎相同的動作來表示肯定。

「好的了解了。那這個部分沒問題了……接下來要談到的是死亡的濱邊友介先生。關於你們之間的關係，我有些問題想問，不曉得可不可以？」

等待了幾秒的時間，看起來沒有任何反應。

「……可以說說看吧，畢竟他是在妳的房間裡死去的。也就是說，他是妳的男朋友吧，不是嗎？」

雪實眉頭深鎖，微微地搖了搖頭。

「意思是，你們之間並非男女朋友，也不是經常往來的朋友，或任何類似的關係囉？」

這次，她的臉微妙地傾斜了一個角度。那個狀態看起來應該可以視為是「歪著頭」吧。

「實情究竟如何呢？是剛剛所提到的關係？還是單純的朋友、認識不深的人而已？」

歪頭的角度變到了另一邊，除此之外沒有任何其他反應。

應該就是這個了，武脇心想。

即使是他，在面對現在這樣的情況時，也感到有些焦慮。

對方絲毫反應都沒有。如果是做好覺悟高喊「打死都不會說」的壞人，哪還需要想方設法，面對那種傢伙，就連武脇也說不定會往「惡棍摔角手」的方向處理。

另外還有那種巴拉巴拉說個不停的疑犯，或者是對於刑警的詢問曖昧推託、閃來躲去的類型。如果是這類人，對武脇來說反而易如反掌。愛碎嘴的就讓他說個痛快，只要能在他說完之後針對相互矛盾的地方細細突破，那麼疑犯自然就會露出馬腳。如果有人自傲地認為「我的頭腦很好，就連刑事警察也被我耍得團團轉」，那只要「將計就計」就行了，表現出「不行了，我拚不過這傢伙」的狀態，一步步讓對方信以為真。雖然這麼做會花上不少時間，但武脇認為自己比起耐性可是不會輸的，以將棋來比喻的話也可以說是留了好幾手。總而言之就是「時間的問題」。

然而，中西雪實這位疑犯，跟前面所談到的犯人有本質上的差異。

說起來她也算是有做出反應的，但那個反應卻非得要一一透過既定的規則加以檢驗才行，細微到讓人不禁感到焦慮。如果一直這樣反覆進行的話，「惡棍摔角手」說不定真會冒出來怒吼一些「快給我說清楚」之類的話。儘管武脇並不是那種會失控大吼的人，但卻似乎可以理解這麼做的原因。

「……不過，一般來說，一個既不是朋友也不是認識的人，當然更不是男朋友的男性，會像這樣進去一個女生的家裡嗎？」

武脇嘗試用「一般來說」這個字眼深挖看看。

「妳該不會，是在做那種生意的女人吧？我不是在懷疑妳喔，雖然不是在懷疑妳，這話說起來也難免有些奇怪，但妳是不是把陌生男人帶進房間，然後用肉體關係來交換金錢啊？若是如此，那還比較容易理解。陌生男子來訪，結果發生了一些麻煩事，導致形成傷害致死的案件，如果是這樣的案子，那就不難想像了。」

嘴裡儘管說著「不是在懷疑妳」，不過武脇心裡並不認為沒有這種可能性。就算有那麼一張可愛的臉，但會做的就是會做，女人就是這樣的生物。

雪實慢慢地抬起頭，眉間灌注了力量，臉都震動了起來。

「……怎麼會……」

總算！她總算說了一句話了。可能是太長時間沒有說話了，聲音聽來有點沙啞。

「妳是說，怎麼會嗎？」

可惜僅止於此，她又恢復了沉默。接下來要讓她再說第二句話恐怕就沒那麼容易了。

「……妳是想說，『我怎麼會做這種事、我怎麼會是那樣的女人』，是嗎？」

兩公分左右的點頭。即使如此，也能看得出是肯定的回應。難不成，是否定？

「那麼，妳跟濱邊先生到底是什麼關係呀，不是朋友也不是認識的人，一個素昧平生的陌生人出現在房間裡……難道說，濱邊先生是幹了闖空門之類的事情，剛好跟返家的妳不期而遇，進而發生爭執，最後導致被妳殺害……是這樣嗎？」

她針對這一番話很明確地搖了搖頭，簡單易懂。

緊接著，她吐出第二句話了。

「是認……認識的人，應該可以這麼說。不過才剛認識沒多久，所以不是很熟……」

即使如此，還是讓人家進到家門裡面來了。兩人的關係至少是到了允許濱邊友介這麼做的程度，難道不是嗎？

武脇試著改變話題。

「中西小姐的工作是……在出版社任職對吧……協文舍，好像不是一間很大的公司，『SPLASH』編輯部……這是寫真週刊對吧，我也偶爾會看。該不會，妳跟濱邊先生是透過工作的關係認識的？是這樣嗎？」

這並不是一個難以回答的問題，但依舊沒有任何反應。或許這是她不願意觸及的問題吧。

「編輯部大概都負責做哪些事呢？妳也要出去採訪或是當狗仔等等，做些像記者一樣的工作嗎？如果是這樣的話，那倒是跟刑事警察的工作內容有異曲同工之妙呢。關於這一點，妳有什麼想說的嗎？」

雖然說還是會有例外，但基本上一旦疑犯認定審訊官也同樣是「一般人」，就會開始喋喋不休了。至少，武脇是這麼想的，有話就好好講，好好講就能被理解，每個人也都渴望被理解。如果這樣的心情能夠傳達給對方，那麼對方苦悶的內心世界相信也就能夠攤在陽光下。不管是暴力型的犯人或是智慧型的犯人，在這一點上都是相同的。

以這個技巧來說，武脇認為記者跟刑事警察的工作型態很相近，剛好就是一個適時適地的話題。辛苦埋伏的種種過程，都會在成果揭露之後一掃而空，這時候也就可以好好來談事件的原委了。這樣的劇本雖然順利進行的可能性真的不高，但卻也不會是毫無機會，武脇以這樣的想法抱持著期待。

然而出乎意料的是，中西雪實的第三次發言，卻說了完全意想不到，甚至是難以理解的內容。

「那個……從剛剛開始吧……我聽到了一個聲音……」

當然會聽到聲音啊，畢竟都已經這樣面對面在進行審訊了。

「一開始聽不清楚嗎？我的聲音……」

「不是，我說的不是……而是女人的，聲音……」

菊田今天除了打了個招呼之外，可以說就完全沒有再說過任何話。審訊室的牆壁很薄，所以隱隱約約可以聽到外面的聲響，但根據土堂的說法，在這個刑組課裡頭，女性警官應該只有菊田一人，所以很難想像外面會有女生的聲音傳進來。至少從武脇開始審訊之後，就沒有聽到過。

「女人的聲音……我沒有聽到耶。」

「這個當下我也沒聽到，但是……是聽得到的。」

現在不是討論這個的時候吧！武脇把內心的吶喊強壓了下去。

「不好意思，那個，妳說的到底是什麼意思？」

雪實又再次陷入了沉默。不過，這跟她剛開始的沉默狀態不太一樣，既不是怕得說不出口，也不是因為不想說而保持沉默。就武脇的觀察而言，她現在的沉默屬於「因為不知道該怎麼說明而感到困惑」這種類型。

雪實的視線徬徨無依地遊蕩在僅僅放了一張名片的灰色桌子上，看起來好像在尋找些什麼。會是什麼呢？什麼樣的說明、什麼樣的言語。

什麼樣的女人聲音呢？

「那個……不知道是誰發出來的，突然之間就聽到了，一個女人的聲音……自己待在房間裡的時候也有，搭電車的時候也是，還有走在路上的時候……也一樣，都聽得到，那個女人的聲音。」

喂喂，等一下！

難道說，這是需要送請精神鑑定的案件？

2

我應該可以說是在還過得去的小康家庭中長大的，是一個還算幸運的孩子。

已經記不得這是不是我最一開始的記憶了，總之每當我在回憶小時候的事情時，第一個浮現在腦海的就是晴朗早晨的餐桌光景。這個畫面出現在弟弟出生之前，所以應該是三歲或四歲左右那段時間的記憶。

雖然那時候我已經擁有自己的房間，但由於我害怕自己一個人睡，所以還是會睡在爸媽那間主臥的大床上。每到晚上，媽媽都會先哄我睡覺，再晚一點等到爸爸也回來之後，兩人才一起上床，躺成川字形全家人一起睡。

不過，早上起床時，往往都只有我自己一個人。

現在馬上就起床的話，說不定還能見到爸爸一面。而且我一邊喊著「爸爸」，一邊跑去抱他的話，他一定會把我抱起來，然後親我一下跟我說：「我要出門囉。」內心抱持著這樣的期待下床飛奔，可惜大部分的狀況是爸爸早已出門，因此常常都只有站在廚房的媽媽會用帶著遺憾的語氣跟我說：「早安，爸爸已經出門了。」——這就是我的記憶。

儘管如此，但我並不會因為爸爸經常不在家而感到難過。對料理相當在行的媽媽，做的早餐光是用看的都很滿足，因為她會做最近非常流行的「角色人物便當」，像是用玉子燒做成獅子，或是火腿捲成圈之後放進生菜沙拉，做成一朵鬱金香等等。其中我最喜歡的就是熊貓御飯糰。咦，那應該是我帶去幼稚園的便當吧？沒錯，那就是我的便當。

家裡只有我一個孩子的那段期間，媽媽經常會念繪本故事給我聽。我最喜歡的一本繪本，每次一定都要請媽媽念的，就是古利與古拉（Guri and Gura），在這個故事中，主角會用大大的平底鍋製作長崎蛋糕，然後跟動物朋友們一起享用。

我老是想要自己試著畫看看老鼠「古利」和「古拉」，所以應該浪費了為數可觀的圖畫紙及蠟筆。但是，在我的記憶中始終沒有自己畫得很棒的畫面。媽媽對於繪畫也相當厲害，我拜託她「畫畫看嘛」，結果她一邊問著「是這樣嗎？」一邊畫給我看。對此，我並沒有感到不甘心，應該也談不上心理受創，只是在小小的心靈裡烙下了「我做不到」的印象。也許是因為這樣吧，我才會放棄臨摹畫作，改為練習學寫繪本裡的文字。

結果引來驚訝不已的稱讚，用現在的話來說就是「啵棒」。

「好厲害，真的太厲害了！真的有好好把『古利與古拉』看完，而且還寫出來了，太強了。」

我真的感到非常開心。那時候的我，對於繪畫與文字的差別應該還沒有明確的認知，但我隱隱約約知道，媽媽每次都用同樣的話在闡述同一個故事，應該跟密密麻麻地排列畫面留白處的那些小東西有關。在念給我聽的時候，媽媽也會一邊指著念到的文字，所以我就想說「啊啊，媽媽說的故事是從這邊來的啊」，小小的腦袋大致上就理解到這邊。

文字與語言、語言與故事。一旦了解其中的關聯性之後，當然就會萌生自己閱讀的欲望。不知道是特別去買的，或者是雜誌附贈的，總之媽媽很快就把「母音符號表あいうえお」貼在牆壁上，我就這樣自己按圖索驥，靠自己學會了閱讀繪本。

正因為如此，我在進入幼稚園就讀的時候，就已經懂得平假名、片假名，以及基本的數字了。就連漢字也認識好幾個。拜此所賜，我雖然沒有到被大大地捧為天才那種程度，但卻也成為無庸置疑的優等生，跟我同一組的朋友們，一半以上都非常依賴我，把我當成大姊姊一般。

這也是理所當然的，畢竟其他孩子就連黏土盒上寫著自己的名字，也沒有辦法確定那屬於自己，甚至還有些孩子會硬把別人的說成是自己的。

每當發生這樣的情況，就是我出馬的時候了。

「不可以吵架……這個，不是ken的唷，是maru的才對。因為這裡寫著『yoshida harumi』呀。ken的是……你看，不就在這裡嗎？這個才是ken的，『yagi kentarou』寫得很清楚啊。」

可能是在幼稚園扮演大姊姊的角色為我打下了基礎吧，在弟弟出生之後，我從不記得自己曾萌生過「爸爸媽媽被小寶貝搶走了」、「長大之後的我變得不可愛了」之類的嫉妒情緒——不，可能或多或少還是有吧，但可以說是微乎其微，這一切都要歸功於事先演出大姊姊角色的經驗。

另外，跟同學年的同學比起來我的個子比較高，我想這一點也帶來了影響。跟同年紀的孩子一起玩的時候，周遭的人總會認為我的年紀比較大。每當有人問我「幾歲了」，而我直率地回答後，老是引來「妳長好高喔」之類的驚訝回應。被問了上百次、回答了上百次，然後得到上百次相同的反應，我難免會覺得有些厭煩，心想「也該夠了吧」。

「是啊是啊，我長得比其他孩子都高，聽到答案的時候可別太訝異唷，我今年才六歲，而且還沒有開始上學。真不好意思啊，喔哈哈哈……」當然我沒有真的這樣回答，但心裡差不多就是這麼想的。

個子很高、表現很好，聰明伶俐的優等生。

要是一直都被這樣看待，小孩子也會自然而然維持這樣的態度。因為本來個子就比較大，所以要是做出打人的動作，後果往往都會比個子小的小朋友要來得嚴重，因此我學會不要對那種亂七八糟的事情感到生氣，開始懂得控制自己的情緒。取而代之的是，我會在內心裡咒罵對方：矮冬瓜、笨蛋、矮冬瓜笨蛋、矮冬瓜笨蛋笨蛋，再也不想跟你一起玩了！不過，雖然心裡這麼想，但隔天還是會玩在一起。我的個性就是這樣，沒辦法像幼稚的孩子似地故意在那邊鬧脾氣。

對媽媽來說，我應該算得上是非常好養的女兒了吧。

不需要特別指導自己就會讀書了，對於照顧弟弟也顯得非常積極，不會在幼稚園或學校裡惹人生氣，基本上也沒惹過什麼麻煩，甚至還是個很少感冒發燒的健康寶寶。真要舉出什麼困難點的話，頂多就是衣服很快就會小到不能穿這一點而已吧。

事實上媽媽也經常這麼說：

「妳真是一個不需要人費心的孩子。光是如此就不知道幫了我多大的忙了。」

倒不是這在我心裡留下了多深刻的印記，但認真說起來，我的確也希望能有個人讓我撒嬌，甚至有些時候會想要拋出幾句類似「討厭啦、不知道啦、咧咧咧咧」的話，然後丟下一切轉身逃走。可是，我辦不到。不管去到哪裡，我都是「大姊姊」，真的沒開玩笑，我在幼稚園時的小名就是「大姊姊」。

不過，在進入小學之後，情況就徹底改變了。有好幾個人跟我長得差不多高，還有好幾個書讀得比我好。其中還有英文說得很好、會打棒球踢足球，以及跳舞跳得很好的孩子。

我不再是鶴立雞群的一個人了，這種美妙的心情，還真是第一次感受到。心裡變得輕鬆許多。

我也結交了一個不會把我當成「大姊姊」的朋友，她叫足立美波，長得不高但卻跑得很快，對運動相當在行的一個女生。平常話不多，臉上老是掛著好像有點生氣的表情，但笑起來時，雙頰非常可愛。

她交代我說：「叫我的時候要叫名字。」所以我就不假思索地喊她「美美」。

結果她馬上就大笑了起來。

「……不是念作『美美』啦。」

從那之後，我或多或少會提醒自己，但還是難免會有幾次大舌頭念成了「美美」，而她都會糾正我：「就跟妳說不是『美美』了。」此時，她的笑臉真是非常可愛，並且感覺上她自己也沒有感到多不開心的樣子，所以我後來就都叫她「美美」，結果她也模仿我，把我的名字叫成「小真」。

脫離被稱為「大姊姊」時代之後，第一次被取的小名就是「小真」。好開心啊。

我真的越來越喜歡美波。

幼稚園的時候，也會有短距離跑步的「賽跑」，不過並不會真的拿馬表來記錄時間。不過小學可就不一樣了，上體育課一般都會計時。

我因為受益於自己的身高，所以排名還算挺前面的，不過美波就完全是靠實力拿到第一名。或者該說她的體能很強。

「……好、好快……」

美波真的跑得很快，快到連在一旁觀看的男生都會忍不住驚嘆。而且她不僅跑得快，跑步的姿態更是好看。該說是風馳電掣嗎？反正不管是她跑步的方式非常正統，或是跟大人沒什麼兩樣，總之就是很酷。
「美美，為什麼妳可以跑得那麼快呢？」
美波在想事情的時候有個習慣，就是櫻桃般的小嘴會縮得更小。
「唔……我不知道耶。」
「妳有學過跑步嗎？」
「我才沒有學過呢。」
「去過一些運動教室之類的？」
我當時有在上鋼琴的補習班，所以會知道那些身懷絕技的小孩，其實大多都在某些地方學習技能。
不過，看來並不是這麼一回事。
「什麼教室？唔，我沒聽過耶。」
就在問東問西的過程中，我了解到原來美波有兩個哥哥，打從小時候她就會跟著哥哥們一起出去外面玩。一旦發現什麼好玩的東西，哥哥們就會立刻拔腿狂奔，如果美波不想被留在原地，就得拚了命地趕上去。可能就是因為這樣吧，我以小孩子的思維加以分析、歸納，並且終於能夠了然於胸。
我就完全不會做這樣的事情。
一直以來我都會牽著弟弟的手，配合他的步伐一起走。把弟弟留在某處然後自己跑掉的事情，我可是一次都沒做過，甚至是連想都沒想過。真這麼做了，要是弟弟跌倒了怎麼辦？迷路了怎麼辦？一想到這些，就根本沒辦法把牽著弟弟的手放開。

因此相對來說，其實我也有感到羨慕的地方。

當時的我，不知道有什麼適當的語言可以形容內心的感覺，不過反正重點就是那種「狂野」的感覺。儘管對於野蠻、狂亂、草率等等的行為抱持否定的態度，但另一方面卻相當期待如此生氣蓬勃的創造力，因為那是我所沒有的特質。

兩個哥哥跟小小的美波，在空曠的荒地跑來跑去的時候，美波就不知不覺闖進了一個陌生的地方，因而迷了路……這簡直就像是會出現在繪本故事中的情節啊，不是嗎？精彩的冒險即將開始了。內心一直有好多小小的聲音，「一定得要在天黑之前趕回家」、「趕不上鋼琴課了」之類的。但那根本不是說這些事情的時機點。就連能不能平安無事地回到家都不得而知了，這可是貨真價實的冒險啊……

「小真……冒險是什麼意思啊？」

「那個啊，其實就是……儘管在森林裡迷了路，或是遇到了什麼危險的事情，妳都還是能夠堅持到底、平安回家的意思。」

「我並沒有跑到森林裡去喔，大多只是在家裡附近的空地而已，況且那邊又沒有車，所以一點也不危險啊。」

好吧，我的想像力有些時候就是會像這樣猛然爆發，這應該說是過度的幻想吧。

回想起來，對於美波的哥哥們，我也是有無限的想像。

美波長得十分可愛，所以我就認為她的哥哥們應該也是翩翩美少年吧。我私底下擅自將他們想像成會出現在動畫裡頭的那種「帥氣學長」。
結果很抱歉，完全不是那麼一回事。
「美波，幫我把這個拿回家吧。」
「也幫我吧。」
在我們一年級的時候，他們兩個分別讀四年級跟三年級。他們將書包還有學校的帽子推給美波，然後一溜煙往回家的相反方向跑走了。才剛放學而已，他們身上就已經東一塊西一塊髒汙了，現在去玩一定會玩得更野，我都可以想像得到他們弄得全身髒兮兮，在夕陽的照耀下返家的樣子。
被塞了兩人份的雙肩書包及校帽，美波臉上掛著欲哭無淚的表情。
「美美，一個給我吧。」
「……嗯，謝謝。」
我從她腋下抽出校帽後，將其塞進書包裡。由於我們的背上都有各自的書包，所以轉個方向將哥哥們的書包放在胸前用抱的。這副模樣真的非常古怪，不過兩個人一起做的話，反而讓人感到有些開心。
不過，美波似乎不這麼覺得。
「這兩個哥哥真的是，淨做一些壞事。」
「不過，他們跑得很快耶，真不愧是美美的哥哥。」
「只不過是跑得快而已，本質上就是笨蛋。我覺得，小真的腦袋應該比他們都好。我啊……很想要有姊姊，或是弟弟、妹妹之類的。真的不想要有哥哥啦，太討厭了。」

雖然當時我年紀還很小，不過也知道在那個當下並不適合說出「那我就來當美美的姊姊吧」這樣的話。

「我家是有個弟弟，不過說起來也沒什麼好的。對我來說，不會特別想要有哥哥或姊姊，但會想要有個妹妹，這樣一來就可以一起玩女孩子專屬的遊戲，還可以一起做餅乾什麼的。如果有個妹妹的話，畫圖的時候應該也會更開心。弟弟的話，就只會玩汽車、火車、怪獸之類的東西，像個傻瓜一樣。每次都玩到全身髒兮兮的，而且那個怪獸玩具還有尖尖的地方，頂到都好痛。一邊喊著哇哇哇，一邊衝撞過來……但我是不會跟他生氣啦。當我還在想『啊啊啊該怎麼辦』的時候，就已經嗚嗚嗚地被他襲擊了。」

這一番話似乎讓美波感到有些害怕，只見她眉頭緊緊鎖了起來。

「原來，有個弟弟是這麼一回事啊……」

都還沒回過神來，她就又立刻對我展現出我最喜歡的笑容。

「那這樣吧，我來當小真的妹妹好不好？不覺得很棒嗎？」

什麼！結果，我又變成「大姊姊」了。

三、四年級的時候，我們被分到了不同的班級，不過上下學的時候大多還是一起走，再加上我們下課後會玩在一起，放假時也會到彼此的家裡去拜訪，所以就朋友的角度來看的話，美波依舊是我最好的朋友。我想，美波對我應該也有同樣的想法。

到了五年級，我們又被分到同一班，那時我真是嚇了一大跳。
「嘿，小真，把球傳給我。」
上體育課時我們在打籃球……
「……嘿咻。」
美波接到隊友的傳球，立刻做了遠距跳投；從敵隊手上搶到球之後馬上跑走，運球到籃下做了一個漂亮的小人物上籃。所有分數幾乎都是她一人得的。「所向披靡」說的應該就是她這樣的情況吧。
上了四年級之後可以參加社團活動，美波就是在那時候開始接觸籃球運動的。我所選的是電腦社團，所以美波打籃球時會有什麼樣的英姿，在此之前我並沒有一探究竟的機會。
我不禁由衷佩服，她真是太強了。
雖然說美波的個子還是一樣嬌小，但她卻用超強的跳躍能力來彌補這個缺憾。更值得一提的是她的爆發力。接到球之後很快就做出下一個動作，一氣呵成、非常流暢。而且，她會行雲流水地變換自己的動作藉以閃避眼前的防守球員。儘管我從來沒看過職業籃球比賽，但我私自認為她的表現真的是職業級的水準。
其他人也都對美波另眼相看。
班上在分隊的時候，沒有辦法全部都五個人一隊，難免會有一或兩個隊伍只有四個人，此時，美波就一定會加入那個只有四個人的隊伍，但無論如何，只要有美波在的隊伍一定都強得不像話，所以每個人都很想要加入有美波在的那一隊。可能是因為這樣吧，即使是男女混合的隊伍，男同學也都很希望美波能加入，如果沒能順利拉到美波加盟，男同學們無不哭喊著：

「啊，完蛋了，一切都完了……」

在那個當下，勝利已經遠離了他們。美波就是厲害到這種程度。

經過了六個小時的時間，一直到學校都放學了，我的興奮程度都還沒消退。

「雖然以前妳曾經在空地對著籃球架投籃給我看，但我還是完全沒料到美美有這麼厲害，真的超驚訝的。」

那一天，美波很難得地臉上浮現了一點點驕傲的笑容。

「我是真的挺強的，在籃球社跟其他男生one on one的時候，我也從沒輸過。至於其他體育項目，只要對手是女生，全部我都能輕鬆獲勝。今天原本期待自己可以投進更多三分球的，結果大多投歪了，狀態不太行啊。」

「『三分球』我還聽得懂，但更前面的那個詞就搞不清楚了。」

「汪汪汪？是什麼？」

美波裝出了「一口水忍不住噴出來」的模樣。

「妳搞錯啦，又不是狗……one on one，指的是一對一鬥牛啦。」

「一對一，意思就是只有對手跟自己？」

「沒錯。」

「那，這樣不就不能傳球了？」

「當然沒辦法，所以要靠運球跟腳法進行對戰。我經常跟拓海一對一，所以已經很習慣了。」

拓海就是美波第二個哥哥的名字。

由於美波的兩個哥哥都已經上國中了，所以她再也不需要幫忙拿書包回家，也不會在同班同學面前被捉弄了。反而因為彼此保持了良好的距離，變得會一起打籃球，哥哥們還會教她功課。

這個時期的美波會如此神奇、表現得如此活躍，我想也跟與哥哥的相處有關。

果然，有個年紀大一點的哥哥，真的是好事一件。

這的確是千真萬確的好事。

3

我們既沒有去參加私立國中的入學考試，也沒有什麼好的地緣關係，因此就直接升上了在地的公立國中。

由於在就讀小學高年級的時候，就已經擁有堅強的實力，所以國中的社團美波理所當然也選了籃球社，而且是「女籃」。原本我心想，不知道同學間會不會出現像「喂喂，那傢伙明明才一年級，怎麼這麼囂張啊」之類的流言蜚語，不過美波雖然還是新人，但卻很快就獲得了比賽出場的機會，所以似乎沒發生什麼狀況。這讓我不禁鬆了一口氣。

我自己則是進入了文藝社。就我的設想來說，文藝社的社團活動應該就是看看詩集、看看小說，然後大家一起評論文學，並試著創作自己的作品，最後將社員的作品集結起來製作成一本文藝社合輯。這些設想基本上也沒有什麼不對，不過二年級、三年級的學長姊們，甚至是同年級的社員，大家真正的興趣都是漫畫及插畫，像我這樣早早就對繪畫死心，以文字為發展主軸的人反而少之又少。認真說起來，也就我和三年級的織田學姊而已。順帶一提，文藝社裡頭全部都是女生，就連擔任顧問的上野老師也是女的，而且是個稱得上是老婆婆的老師。

文藝社並沒有每天都安排活動，基本上只有星期三及星期五，並且也不見得一週一定要出現兩回。

「不好意思，因為我還沒有寫完，所以我就先回家寫囉。」

像這樣跟顧問或是學姊們說一句然後就直接回家，也不會有任何問題，可以說是學校裡頭最寬鬆的社團了。

相較之下，籃球社的練習理所當然就是每天進行，她們經常在校園內跑步，簡直就跟田徑社的沒什麼兩樣，而且往往我心裡認為「也該結束了吧？」結果到體育館一看，就會發現包含美波在內的一年級社員還在裡頭擦球。

也是因為如此，所以我們沒有辦法再像小學時一樣每天放學一起回家，頂多就是一個星期或兩個星期能約成一次，一起回家的日子通常也是由美波來約我的。國一的時候，我們分屬不同班，她往往會在午休時跑來找我。

「小真，妳今天要去文藝社嗎？」

「嗯，會去喔。」

「結束之後一起回家吧？」

「好啊。那我在大門的老地方等妳。」

順帶一提，在同年級的學生裡，差不多有三分之一是畢業於同一所小學，所以我的小名「小真」很快就確定下來了，就連文藝社的成員們也不知不覺都開始這樣叫。

「小真，妳的新作品『兔之村』好有趣喔！」

「松田學姊，妳說錯了，是『兔之群』啦。」

「嗯嗯嗯，兔之群，知道了啦。對了，可以的話也讓我插一腳吧。妳看喔，女主角諾瑪不是跟吉爾互相喜歡嗎？這條線的發展可是讓我文思泉湧啊。」

雖然覺得很不好意思，可是我個人對於松田學姊偏輕小說的插畫風格並不是很喜歡。況且，什麼叫做諾瑪和吉爾互相喜歡！「兔之群」可不是那種「百合系」的作品啊。

「啊，那個……該怎麼說呢，那個作品還沒完成，我還想再多寫一點東西進去，故事整體也說不定會有所改變……」

「那，妳就把諾瑪和吉爾的關係寫得更緊密一些，嗯嗯，就全力往這個方向發展吧！」

我不會直接說出「才不要」之類的話，而是用苦笑的方式適切地表達接受，這就是我的處世哲學。

接著，就在社團活動結束之後。

「……小真，不好意思，妳等很久了嗎？」

「不會不會，沒關係的。」

這段上下學的路線，跟小學時比起來長了許多，我跟美波一邊不停聊著天，一邊慢慢地晃回家。

「大木學姊真的是太煩人了，明明自己又笨又爛，卻老是嚷嚷著『足立，練習運球的時候要再更認真一點』之類的話……要不然就是說『妳啊妳，一雙眼睛飄來飄去的，又看球又看其他地方，我可是完全專心一致看著前方，所以才能夠比妳早一步做完啊。別再懶懶散散的了！』」

我就這樣聽著美波的抱怨，基本上我們的對話大概一半以上都是這樣的狀態。

「大木學姊是二年級吧？」

「是啊，她的個子相當魁梧，但中看不中用，實際下場後只會露出一臉『正在認真防守』的表情，但對手輕輕鬆鬆就能突破她的防守。她原本應該就是沒什麼實力的人……沒實力就算了，也沒什麼大不了，但她卻會要求其他人努力幫忙協防，真的是煩死了。」

講著講著，美波好像發現了什麼。

「……不好意思，我又開始一直自顧自地抱怨了。」

「不會，沒關係的。文藝社完全沒有像這樣劇烈衝突的狀況，我們每個人都是緩慢悠閒、懶洋洋的……所以，可能對美美有些不好意思，但我覺得妳說的事情很新鮮，可以讓我當作學習或參考。」

「什麼？寫小說時的參考嗎？」

「唔……是沒有到寫小說的程度啦，可能就是寫成一個小故事吧，我還沒有太多想法。」

在上下學的路上有一家便利商店，我們有時候會進去買麵包和包子來吃；有時候則會跑遠一點，去大馬路旁的漢堡店。美波很喜歡吃炸雞塊，我則是買熱蘋果派或是甜的東西比較多。

「我說啊……女籃跟男籃的學長姊們，好像有很多在交往耶。」

「嘿……是喔！」

這同樣也是只有女性成員的文藝社不可能發生的事情。

「其實這也沒什麼啦……本來同樣身在籃球社，應該就比較多話題可以聊，應該是這樣沒錯吧……不過，也沒必要特別跟籃球社的人交往不是嗎？就拿我來說，我就會想要像這樣跟小真一起邊聊天邊走回家，但其他女籃的成員，平時就只跟社裡的人混在一起，就連交往的對象也只找男籃的人，這就會讓我覺得『有沒有搞錯啊』！」

美波很少會聊到像這樣的話題。

真的，有點奇怪。

「美美，發生什麼事了嗎？」

「……沒有。」

但她的表情已經出賣了她，看起來太不對勁了。

「少來了，一定發生了什麼對吧。」

「妳幹麼突然這樣啊。」

「我才想問妳呢，跟男籃的人交往這種事情，從以前到現在妳可是一次都沒有講過耶。」

「有啊，我有講過。我真的……有講過，只不過那時候講的是學姊的事情。」

「美美妳也太緊張了吧，妳看，番茄醬都快灑出來了。」

我特別叫她要留神，結果沒想到她反而弄掉了炸雞塊，現場一片慌亂。

「啊，可惡……都是因為小真說了奇怪的話才會這樣的！」

「我並沒有說什麼奇怪的話呀，只不過問了妳一句『發生什麼事了』而已。」

不可否認地，此時此刻在我心底，小小的好奇心正在萌芽。因此事實上我也的確在一旁說些「我們從小學一年級就在一起了，妳有事可不能瞞著我」，或是「妳心裡有什麼事馬上就會寫在臉上了」之類的話，試圖持續刺激她。

結果完全沒料到的是，她竟然真的一五一十全盤托出了。

「……我被阿倍學長告白了。」

在這個當下我還不知道，不過沒多久我就去做了進一步的確認，這才曉得原來這位名為阿倍的男籃學長，有著一顆栗子頭、身材圓滾滾的，真的很難稱得上是苗條的帥哥……總之就是給人這種感覺的一位學長。

「……阿倍學長，幾年級啊？」

「二年級。」

「他跟妳告白時說了什麼？」

「問我這次放假要不要一起去看電影。」

「然後呢？他不會只是想約妳看電影而已吧。」

「嗯，我也是這麼想的……所以我就問了他原因。」

「結果呢？」

「他說，『我好像喜歡上妳了』。」

哇呼！突然有一股想要冷嘲熱諷一番的衝動，我趕緊壓抑下去。

「……好像、喜歡上妳……這話到底是什麼意思啊？」

「就是說啊，一般不會這樣說吧。」

「那，美美是怎麼回答的呢？」

「這次放假我已經跟朋友有約了，所以就不跟你一起去看電影了，不好意思。」

這究竟算不算是好的拒絕方式？我並不清楚，不過……

「那麼，美美妳覺得阿倍學長怎麼樣呢？」

「完全不是我的菜。以籃球的術語來講，就是兩次運球。」

這個比喻我不是很懂，但總之聽起來就是以犯規來說明她並不喜歡學長。

「那我問妳，妳有喜歡的人嗎？」

「妳是指男籃裡面的？」

「嗯。」

「沒有。我真的很喜歡籃球這個運動項目，也有喜歡幾位學長姊，但單純就是基於對傑出選手的崇拜，壓根就沒想過要交往，這對我來說是絕對不可能的事情。」

從美波嘴裡說出來的這句「絕對不可能」，感覺就好像是她「被男生用雙手從正面推了一把」似的，強烈地表現出抵抗的力道。

「唔……在籃球社裡沒有呀……那麼，別的社團呢？」

我倒不是對答案感到困惑，而是因為聽到美波嘴裡冒出的「唔」還是「嗯」這種不像聲音的氣音，讓我起了疑心。

她在騙人吧，是嗎？

「如果把男籃排除在外的話，妳有喜歡的人？」

「問我有沒有……那小真妳呢？」

「我有沒有不重要吧，美美，妳喜歡的人是誰？」

「小真妳呢？」

「我沒有喜歡的人啦！美美呢？」

如果真的要老實說的話，我是有一、兩個挺喜歡的男生。像是足球社的澤木學長、美術社的古川同學，還有輕音樂社的一位我不知道名字的同學，他總是隨時背著一把吉他，而且瀏海留得很長。每次見到這幾位，我內心都會呼喊著「真帥啊」。

不過像美波這樣，一想到臉頰就會瞬間泛紅的對象，我可是一個也沒有。

該怎麼說呢，就好的方面來講，美波就是很純真的一個人，但說難聽一點，其實就是太過單純。我至少在某種程度上可以控制得了自己的情緒，而且我還能從臉上的表情去研判對方內心的想法，這點也比美波要強。

就像現在這個時候。

我暫時讓自己保持沉默，而美波則像是要努力填滿這段空白的時間似的，用非常非常小的聲音，傾訴了自己的內心話。

「……那個，也就是說……像是B組的，古川同學……」

她指的不就是，美術社的古川同學。真的假的？

「啊，啊啊，是這樣啊……原來是古川同學，嘿……」

真讓人感到意外。

古川同學看起來就不是一個擅長運動的人，真的下場運動了或許可以做得不錯，但無論如何就外表看來是不太行的，身形太纖細了，不過倒是一個相當知性的人。他長得很高，每每從遠處看著他的時候，總會覺得他身上有某種特質，會讓人感到他異於周遭其他人。他就是這樣的一個男生。說不定他只是有點傻氣而已，不過，看著他跟朋友說說笑笑的樣子，往往都能讓人心情為之放鬆。「啊啊，原來古川同學也會像這樣捧腹大笑啊。」偶爾內心也會冒出像這樣的感想。所以，該怎麼說呢，如果說母性的本能有因此而受到刺激，或許他的性格也是要素之一吧。

「……小真，妳覺得……怎麼樣呢？」

還能怎麼樣，美波如果全力以赴衝過去的話，古川同學肯定無力招架的吧，可能不僅僅是被撞飛那麼簡單，身體多兩、三處骨折應該都算是意料中事。

「……啊啊，我覺得，很好啊……」

「騙人，妳明明就沒有覺得很好。」

「不，我不是這個意思。應該說，我本來就不太認識古川同學，所以不知道他人怎麼樣，但因為是美美喜歡的人，所以我才會覺得很好。」

美波已經將視線從我的臉上移開。

「……小真，妳可以幫我嗎？」

「唔，嗯……可、可以啊。」

「那妳想怎麼幫？」

「喔，就是……跟妳說『要加油喔』之類的。」

「說得具體一點，妳會做些什麼？會怎麼做？還有，我應該要怎麼做才好呢？」

這我哪知道啊。

以結論來說，美波與古川同學就連一厘米的進展都沒有，而我也沒有一股腦地投入幫忙，歲月就這樣靜靜地流逝而去，而我們也順利從國中畢業了。

『將此畢業證書授予……』

老實說，我認為自己跟美波的緣分，應該走到國中就算是到頭了。

不是我驕傲，但我的成績一直都維持在全學年的前段班，就連縣內最難上的升學學校，我的偏差值也幾乎都保持在可以輕鬆入學的範圍內。

反觀美波，雖然留下了出戰籃球全國大賽的華麗戰績，但是成績方面卻讓人捏一把冷汗，甚至會想搭著她的肩、注視她的眼，認真詢問她：「妳不要緊吧？」就是悲慘到這種程度。

「喂，日本的總統，是天皇嗎？」

「不是。」

「芥川龍之介，真的是一隻貓嗎？」

「當然不可能啊……況且，妳想說的應該是夏目漱石吧。」

不過話說回來，學校原本就不是一個單純供人讀書的地方，在運動方面取得好成績，事實上跟學業成績的效用是相同的，甚至可以說運動成績的價值還要更高。

「總之總之，未來的三年，請多多指教啦。」

「彼此彼此，也請妳多多指教。美美，妳的領結歪掉了。」

美波透過運動成績獲得入學推薦，我則通過了正式的入學測驗，我們兩就這樣毫無懸念地進入了同一間高中。

理所當然地，美波沒有選擇社團的自由，高中三年她都必須得要待在籃球社，不過我就不是如此了。因此我也開始思考要接觸些什麼新的領域，並且也來來回回拜訪了幾個社團。

帶著百分之五十的期待，我首先考慮的是吹奏樂器社。雖然鋼琴我多少會一些，但要學習一項新的樂器對我來說還是太難了，所以決定放棄。

接下來是插花社，因為感覺上跟我原本的印象有落差，所以也是放棄。

然後是電腦社，整體氛圍相當灰暗，因此選擇放棄。熱舞社，不可能；話劇社，更不可能；攝影社，可能好一點，先保留。

另外我還是有去文藝社看了看，可能是因為文藝社裡還另外有漫畫研究組及動漫研究組，所以多少讓我覺得高中的文藝社活動跟國中比起來整體印象好很多。再加上學長姊們也都很好相處，所以也是先保留下來。

最後就是美術社之類的，壓根就不會想加入。

我不停反覆思考，內心煩惱不已，幾乎呈現半放棄狀態，最終甚至可能直接選擇「回家社」，但就在這時候，偶然間在話劇社遇到感情還不錯的飯森同學，強力邀請我：「那就來試著寫劇本看看呀。」結果劇情急轉直下，我就這麼加入了話劇社。

「那個，我說真的，演技什麼的我是絕對沒有的，管管服裝、當當後臺人員，或者是如果幫得上忙的話就寫寫腳本，就是這類的事情……請讓我做這類的事情就好，不好意思……多多拜託了。」

在我跟美波說了這件事之後，她幾乎是笑得人仰馬翻。

「妳不是說……不考慮話劇社的嗎？」

「我也搞不懂。但說不定我隱藏起來的演戲才華，會意外地爆發出來呢。」

「小真妳啊，在思考才華之前，還是先想想妳的咬字吧……咬字，懂嗎？妳念一次『力挽狂瀾』看看。」

又來了，老是要提起我小學時候的黑歷史。

「……才不要。」

「力～挽～狂～南～」

「我才不會那樣。」

「那妳念念看啊。」

「不要，我可以念得很好，只是不想念而已。」

還真是從小一起長大的好朋友啊——我偶爾會像這樣在心底嘀咕。

美波上了高中之後依舊是一個一流的選手，只有她一個人在一年級時就被納入正式選手之列，且在比賽場上表現得相當活躍。

因此在這方面，她一點都不會令人擔心。

我所擔心的，反而是她的人際關係。

我們學校從一年級開始就默默地按照成績為學生進行了分班，A、B兩班屬於前段班；C、D是中段班；E是後段班；而F則是後段及體保生的混合班級。升上三年級之後，A班就會變成是「資優班」，B班則為「升學班」，要考大學的學生以及沒打算要考的學生會明確地分開。

我勉勉強強進入了B班，美波則不出意外地進入了F班。

像美波這麼優秀的選手，光靠籃球技能就直升大學的可能性也是有的。因此對她來說，待在F班沒有什麼大不了的。儘管美波可以坦然接受自己在F班的事實，但老實說，其他同學才是真正的問題所在。

一年級的時候大家都還乖乖地，然而升上三年級可就不是那麼一回事了，E班及F班的學長姊，基本上光看外表就很容易能分辨出來，像是頭髮會染成黃褐色、耳朵會穿耳洞戴耳環，當然女生也一定會在臉上化妝，制服則永遠不會是穿戴整齊的模樣。

雖然我挺討厭自己冒出「大姊姊本性」，但我更不想看到美波變得跟那些人一樣，所以只要碰到類似狀況，我就會板起臉來說她幾句。

「美美，最近妳的裙子是不是有點太短了？」

「唔？不會啊，我不覺得。」

裙子到底有沒有過短，其實只要把背心拉起來就能看得很一清二楚。

「妳看，果然有折吧……啊，而且還折了兩次。」

「不是這樣的，如果我不折這麼多起來的話，對我來說裙子反而會太長。」

「那妳折一次就好了吧，現在這樣真的太短了啦。」

「嗯，知道了。」

我所說的話，美波大抵都能聽得進去。再者，因為美波得參加社團活動，所以頭髮當然不可能染成黃褐色。然而，她有沒有可能被那些不良分子找出去玩，因此蹺掉社團活動？會不會去把耳洞打得密密麻麻的？這些事情都讓我相當在意。

不過，跟我心中所設想的一樣，美波似乎也長大了，不再是小孩子。

「我不會去做那些會讓小真討厭的事情的。小真討厭的那些事情，我不會故意去做，所以妳就放心吧……況且我現在時間都用在社團活動，也沒有做那些事的力氣。小真最後不也是接演了毛毛蟲的角色嗎？我們一起加油吧。」

難不成，演戲這件事情反倒激勵了美波？這我真是完全沒想到。

4

我覺得，人生的齒輪啊，真的不知道會在什麼時候、什麼地方，開始瘋狂地轉動起來。

以美波來說的話，就是高三的春天。關東大賽預賽的第一回合賽事。那次比賽我也到場加油了。

一開始賽況就跟以往一樣，我們的校隊接連進球、頻頻得分，美波的狀況也很不錯，全場跑來跑去。不過，進入中場後不知道為什麼球隊的表現突然急轉直下，而且主力選手越智同學還被換了下場坐到板凳區。

因為我只能從觀眾席上觀察，所以完全不曉得發生了什麼事。只見其他隊員以及教練等人全都一臉擔憂地圍繞在她身旁，還有就是她正冰敷著自己的肩膀。不知道是在場上跟其他選手碰撞所造成的，還是自己不小心撞到的，詳細原因不得而知，但這場比賽直到最後越智同學都沒能再次回到場上。

儘管不應該拿這件事情來當作理由，不過無論如何，少了越智同學的籃球校隊，就這樣錯失了出戰關東大賽的機會，我們的校隊已經七年沒進到關東大賽了。

更糟的是，越智同學所受的傷比想像中還要嚴重許多，接下來的所有比賽她都無法再上場，並且，有可能是因為美波和越智是互相配合的兩人小組吧，美波的活躍程度也從那時候開始戛然而止。

理所當然地，全國高中綜合體育大會賽事的預選，球隊也沒有得到太好的結果，美波的高中籃球生涯就這樣在夏季來臨前宣告終結。

我想，假設這件事情發生在一年前，也就是我們二年級的時候，那美波不就還有可以重新修正的機會嗎？少了越智同學之後的賽事，應該可以由團隊合作的方式來補強吧。然而事實上現在已經沒有餘裕的時間。

關鍵的第三年，美波最終還是沒能好好把握。明明第一年、第二年都表現得那麼好，她本人對此似乎也感到相當不甘心。

「……說起來，即使小智不在，兩人小組的配合或是個人的技術，都應該要更加提升磨練程度的……我跟小智幾乎是到了一個眼神就能互相心領神會的地步，甚至不需要看眼神也能夠溝通，簡直就是那個『什麼什麼添翼』……像這樣瞬間咻咻咻就能心領神會，感覺簡直完美。實際上也真的很完美，我照著自己的想法將球傳給小智，然後她就投籃得分……球傳給小智之後，假如我很想要再持球，她也會在適當的地方傳回來給我。對我來說，不管是打板傳球或空中接力，若沒有小智就施展不開。」

「打板傳球、空中接力」什麼的，我壓根就聽不懂，不過「什麼什麼添翼」我想應該就是在說「如虎添翼」吧。

透過體育項目推甄進大學這件事，當時我可以說是一無所知，不過我認為既然沒有辦法闖進全國高中綜合體育大會，那推甄成功的難度應該就很高了，果不其然，的確如我所想。

沒有任何一間大學回應美波的申請，然而若是要以一般的考試方式升學，以美波的實力來說，能選的學校實在有限。我問美波，假設考上了某間學校，那麼她還會願意披上那間學校的戰袍出戰籃球場嗎？她的答案是「不想」。

總而言之，她所得到的結論就是：

「……我說真的，就各種意義上來說，我的人生已經結束了。」

我心裡當然會覺得「還那麼年輕別說這種話啊」，但實際上我能為她做的事情並不多。最重要的是，時間已經不夠了。

我一方面在縣內的升學預備校上課，以應屆考取大學為目標持續努力，一方面還要因應文化祭校慶活動，協助話劇社進行準備。因為我並沒有擔綱演出任何一個角色，所以只是做些像是服裝製作或腳本撰寫之類的事情，不過為了讓美波的心情能夠變得開朗，只要我得出席排演，就會強拉她一起參加。

結果，可能是因為美波長得也算可愛吧，有些人開始慫恿她在演出中軋一角。

「什麼！不可能、不可能，絕對不可能。」

演員之一的袴田對於邀請美波演戲一事尤其積極，感覺應該是挺喜歡美波的吧。

「沒問題的啦，妳只要在從舞臺的右手邊走出來，像平常走路那樣移動到左手邊，在離場前稍微回頭看一下，這樣就可以了。」

「我聽不懂那個什麼舞臺右手邊……是哪邊啊？」

「從觀眾席的角度來看的舞臺右邊。」

「右邊是哪邊？」

「……呃？」

原本我想說透過這件事或許可以讓心情盪到谷底的美波稍微振作一點，結果沒想到完全適得其反。

「那，美美，我往這邊去搭電車囉。」

「嗯……小真，妳不需要如此勉強自己，我沒事的。」

「完全不會啊，一點都沒有勉強，那就明天見啦。」

「嗯，好好認真讀書。」

以前我們都會一起搭電車到離家最近的車站，但由於我現在得去升學預備學校，所以必須要搭乘往東京方向的電車。現在我跟美波在車站通道的地方互相道別的次數越來越多了。

如果在那個時間點，我可以做點什麼的話，或許美波後來就不會變成那樣了。

明明我應該還可以為她多做點什麼的，到底有哪些事情是我做過頭的、哪些是我忽略了的，又有哪些是我看見了卻假裝沒發現的呢？

這些問題我每每不經意時就會持續問自己。

雖然我沒考上第一志願，但好歹上了第二志願，於是我隔年春天就開始過著到東京上大學的通勤生活。

對我來說，那是個充滿希望的春天，新的朋友、數不盡的社交圈，還有不知道自己到底該如何分配才好的充裕時間……這點當然是開玩笑的，什麼叫作課程註冊啊，什麼又是學習計畫？學校內的所有一切都讓我感到新鮮，比方說校園裡居然有餐廳，甚至還有文具店、書店、便利商店等等，就連到了晚上可以喝點小酒的咖啡廳也有，族繁不及備載。我的所見所聞，接觸到的、因緣際會碰上的，全部都讓我感到耳目一新。

來自鄉鎮地區因而自己一個人住外面的同學也相當多。

當中有人跟我說：

「哇，妳每天都要花一個半小時通勤喔？這樣太辛苦了吧。在學校附近租一間房然後自己住不就好了。」

儘管有人如此建議，但我自己認為應該是窒礙難行。這是一個跟高中完全迥異的環境，而且是在東京這座大城市裡頭，我要自己一個人一邊上大學一邊打掃家裡、洗衣、吃飯，總而言之就是從一大早起床後就獨自完成這些事，對我來說是絕對不可能的事。

另外就是想要抱怨或有事想商量的時候，終究還是得要找能讓我感到安心的對象，否則我也說不出口，因此想當然耳，我會需要有家人陪在我身邊。

「我真的不知道該怎麼說了，在不知不覺之間，我居然以臨時入社的身分先加入了神祕學研究社、相聲研究社、足球社等社團。關於學習計畫這件事吧，怎麼說呢，跟熱心的學長姊們討論過後，我才了解到原來是那麼一回事……也就是說，完蛋了啊，那些社團都必須要取消掉才行。最後，我是跟大家說，我想要加入新聞媒體研究社。」

特別是媽媽。基本上爸爸的工作一向很忙，而弟弟更不用說了，我老是搞不懂他到底是個笨蛋，還是個天才，或者單純就是個宅男，為了黴菌和苔蘚之類的研究，他可以做到廢寢忘食，我所說的話他根本也聽不進去。

所以對我來說，能夠聊聊的往往只有媽媽。

「結果啊……即使現在已經是個人化主義的時代了，但那些負責拉人的學長姊，真的是為了增加社員而無所不用其極，抓到一個是一個的感覺。喔對了，雖然我都是以臨時入社的身分加入的，不過倒是沒有收到任何威脅或抱怨。總之呢，我覺得當我跟這些社團的人說『不好意思，我決定不加入了』的時候，對方應該會回答『啊啊這樣啊，那真是太可惜了』，然後便結束這一切。」

我邊說邊把手伸向放在餐桌中間的一隻玻璃天鵝，它的背部挖了個洞，裡頭永遠都會放著滿滿的小點心，像是巧克力、糖果、餅乾等等的。

「但是……當我跟神祕學研究社的前輩說我不加入了的時候，對方居然哭了。」

「男生還是女生啊？」

「女的，是學姊。」

「那，應該是假哭啦。」

「才不是，她真的有流眼淚，我親眼看到了。」

「那不然就是在演戲。女人啊，大多都是可以說哭就哭的。」

「唔……我就沒辦法說哭就哭啊。」

「那是因為，妳骨子裡並不是女生。」

這是什麼話？什麼意思？

「……那媽媽呢？也是有辦法說哭就哭的人嗎？」

「妳說呢？」

「等等！為什麼敷衍我！」

「說真的，如果說我做得到，眼淚的價值不就被拉低了嗎？就是因為不知道是真的還是在演戲，所以女人的眼淚才會如此珍貴呀。」

聊著聊著，媽媽不知道為什麼好像被勾起了回憶，突然說了句「啊，對了！」然後便將話題帶開了。

「話說，妳最近有跟美波碰面嗎？」

「沒有，完全都沒有碰到面。」

「有打電話或傳傳訊息嗎？」

「最近這段時間啊……我自己也是挺忙的，所以有一陣子沒跟她聯繫了。」

聽到這裡，媽媽雙眉緊皺，輕輕地點了點頭。

不過，她並沒有再多說些什麼。

「怎麼了？美美發生什麼事了嗎？」

「沒有啦，就只是……」

「只是什麼？」

「唔，可能我……看錯人了吧。」

話都說到這裡了，怎麼可能有人會不繼續追究下去的。

「什麼啦，趕快說清楚。」

「嗯，好吧……讓妳事先知道一下，或許等到真的跟她碰面時，就不會被嚇一大跳了。」

「等等，這是什麼意思？」

媽媽開始變得面有難色。

「就是……她的頭髮，染成了一頭金髮，而且妝也畫得很濃……妳記得廣岡太太嗎?就是在妳二年級的時候，跟我一起以家長身分成為班級幹部的那位。」

什麼啊，染成金髮了嗎?

「唔……妳說的是棒球社廣岡同學的媽媽吧?」

「沒錯，就是那個廣岡太太，她也跟她女兒稍微問了一下……妳知道F班的笹本嗎?」

哪有什麼好知不知道的，同學年裡也只有一位笹本而已。重點是，她這個人就像是不良少年的大姊頭似的，只要她在樓梯上方盤腿坐著，一般的學生不分男女全都會怕到不敢往上走，她給人的感覺就是如此。別說是聊過天了，我跟她根本是連一次招呼都沒打過。總之就是這麼一號人物。

她的名字就叫笹本圭子。

「知道啊……不過，美美的金髮跟笹本同學有什麼關係嗎?」

「那可大有關係囉。最近笹本那邊的不良少年們，跟美波好像處得還不錯。雖然國中不是讀同一間學校，不過笹本同學的家就在社區的另一頭，看來並不是住得很遠。可能是因為這樣吧，她們會一群人坐在車站附近……似乎倒也沒有打算要做些什麼，就只是那麼一直待著。」

其實從很久之前開始，我心中對美波就隱隱約約有種感覺，該說那是藏在腦海裡的恐懼呢?或是不好的預感呢?不過無論如何這就是我會三番兩次多管她閒事的起因。

基本上，美波的性格很坦率，有她充滿熱情的一面，很有才能，對於自己喜歡的事物，往往可以投入比別人多一倍的努力，雖然她確實是我從小一起長大的至親閨密，但是——我並不想這麼說，但她真的……該怎麼說呢，就是那些不良分子似乎挺喜歡接近她。「她的眼神帶有那麼一點流氓氣息」，這樣的說法應該比較不會被誤會。

那是一雙帶有攻擊性的眼睛。這個特性發揮在籃球場上是非常好的事。為了從實力堅強的敵隊手中拿下勝利，本就該不惜一切代價拚到底。美波所擁有的「鬥志」，被消耗在運動場上，可說是一點毛病都沒有。不過，一旦失去籃球舞臺的話，她會變得如何呢？那種源源不絕的鬥志該何去何從？該如何發洩才好？

因為意識到這件事，所以我總是一有機會就對美波提出忠告，在她剛結束籃球生涯時，也盡可能地陪在她身邊。

不得不承認，那種潛藏在腦海裡的恐懼，那種令人感到不妙的預感，儼然已經成為現實。

美波與同學年裡「最壞的」學生笹本圭子混在一起了。

無論如何，一定要阻止這件事。

我有試著聯繫美波，但打電話她都不接，傳 mail 或訊息時，回覆的內容也都很短，只會傳一些像是「很好啊」、「我沒事」之類的回應。

我一直很擔心她。我沒有一天忘記美波，只不過平常我也是挺忙的，有小組活動、跟系上或課堂上的朋友互動，當然還有念書等等的事情。我沒有辦法像其他學生一樣，沒有任何理由就蹺課，因為我跟爸媽住在一起，平常每天都要跟他們打照面，這是最主要的原因。我的想法是，畢竟為了肯定不便宜的大學學費，爸爸每天都拚了命地在工作，我可沒有辦法當作錢白白浪費了。

「妳啊，還真是比外表看起來要認真多了。」

我不知道旁人對我有什麼評價，但要是說到認真或不認真的話題，那我個人絕對是屬於認真的那一派。

所以，對於美波的事情，我還是持續關注著，聽到媽媽說「美波會坐在車站附近」之後，每當經過一些群眾聚集的地點，像是便利商店前方，或是位在站內通道的家庭餐廳，我都會習慣性地用眼睛搜尋美波是不是身在其中。

時序進入七月之後，我終於偶然地碰見了美波。

記得當時是晚上八點左右吧，錄影帶出租店前方停了兩臺車，車旁站了幾個跟我差不多年紀的男男女女。

其中一人，就是美波。

媽媽說得果然沒錯，美波完全是一頭金髮。還有臉上的妝，也的確很濃。美波並沒有在抽菸，不過站在她旁邊的一、兩個男生正在抽。笹本圭子也在那一群人之中，另外還有田部亞里沙以及新村順，這兩個人從以前就跟著笹本一起混，簡而言之就是狐群狗黨。

說實在的，這並不是一個適合打招呼的情況。「媽媽所說的一切居然是真的！」那個晚上，光是要消化這件事，就已經讓我筋疲力盡了，所以最終我也只能沮喪地逃回家裡。

再次見到美波，是十月初的時候。

那天晚上天空下著雨，美波打著一把塑膠傘，一個人站在銀行的停車場前面。當時周圍烏漆抹黑的，而且場所也令人費解，所以有那麼一瞬間我還以為自己認錯人了，不過，看那身形高度符合，還有那一頭隱沒在黑暗中的金髮，以及在街燈照耀下的側臉，讓我得以確認圓潤的臉頰……沒錯！那就是美波。

「……美美？」

我一出聲呼喚，美波就好像要跳起來似地伸直了背部，由於反作用力使然，推積在傘上的雨水也因此向四周噴灑。

我拿的是一把深藍色的傘，所以我想美波應該看不到我的臉。只見她緊緊皺著眉頭朝著我的方向探視。

「咦……是小真？」

「嗯，好久不見。」

我希望盡可能地讓自己的聲音聽起來開朗一些，但到底有沒有成功，我就不得而知了。美波臉上依舊掛著驚訝的表情，臉上的妝倒是沒有先前看到的那麼濃。

然而，這個奇妙的時間，在這個奇妙的地點……

「美美，妳在這裡做什麼啊？」

「啊、啊啊……我來打工，就在，這附近……」

我並不知道美波有在打工，不過，這就是她臉上的妝偏淡的原因吧，這倒是可以理解。

「唔？打工？什麼樣的啊？」

「沒什麼啦……反正不是什麼重要的工作。小真呢？妳怎麼也會出現在這裡？」

「我啊，是為了來那一間超市啊。妳看那邊，上頭擺著無添加的食材之類的東西對吧。我媽跟我說『回來的時候去買個明太子』，所以……」

「啊啊……原來，是這樣。」

從小學、國中到高中都一起長大的閨密，闊別幾個月之後的重逢，居然是這樣的氛圍、這樣的距離感，到底是怎麼一回事。這是正常的嗎？還是說，我們之間重要的某個東西，已經被我們拋下了？

劈里啪啦，打在傘上的雨聲，對彼此的沉默帶來干擾。

我應該要說些什麼呢？應該要問些什麼呢？美波又是怎麼想的？有什麼想跟我說的話嗎？還是沒有？

突然之間，美波櫻桃色的嘴脣動了起來。

「……對吧。」

抱歉，我沒聽清楚。

「咦，妳說什麼？」

「沒啦……我是說，小真心裡應該是在想……我們之間的感覺，已經變了……對吧。」

我的確是這麼想的。

「嗯，妳的一頭金髮，那個……說實在的，讓我感到很驚訝。」

「妳應該覺得一點都不適合我吧。」

說實話，當下的美波的確不是「我最喜歡的美波」，不過，要說金髮不適合她，我倒不這麼覺得。

「這個嘛，怎麼說呢……其實挺適合的，真是出人意料。只不過……有點嚇到而已。」

美波輕輕地搖了搖頭。

「沒關係的，妳不用勉強自己來稱讚我。」

「我沒有勉強自己啊，況且也沒那個必要。」

美波的雙頰露出了苦笑的形狀，嘴裡輕哼了一句「這樣啊」。

然後，又陷入了沉默。

看來，我必須要多說點什麼。得說點什麼才行。

「……不過，妳還真是下了很大的決心呢。是因為發生什麼事了嗎？該不會是，失戀了？」

我原本是打算要開個玩笑的，特意讓話題遠離核心，如果行得通的話，說不定能逗得美波笑出來。然而，遠離目標所丟出的球，居然打到了屏障、接著撞上電線桿，最後彈回來重重地襲擊了美波的後腦勺……

我壓根沒想過事情會變成這樣。

美波的臉變得一片慘白。

「……看來，果真是如此啊，在小真眼中，我就像是敗犬吧。」

「什麼……」

「為了體育推甄費盡心力，結果還是沒能成功，因此染了個金髮想換換心情，沒想到卻因此連想好好打個工也接不到工作……在這樣的情況下，碰到從小一起長大的閨密，卻被問是不是『失戀了』……」

不對，我不是這個意思……

「小真真好啊，頭腦很聰明，又備受爸媽呵護，而且現在還考上了東京的大學……而我呢，就連籃球這項唯一的優勢，也都只是坐享其成而已……妳該不會正在想『這傢伙也會用這麼艱澀的詞彙』吧？還不是因為有別人這麼說我，就是領隊和教練啦。他們說『妳不靠別人、不坐享其成的話，就沒什麼用了，連大學也沒有錄取』……啊啊這樣啊，真是不好意思……總之，我就是碰到了這些鳥事。算了……以後小真也不用再跟我聯絡了，因為我知道妳覺得我很煩，不僅頭腦不好、看起來活生生就是鄉下流氓，而且對於籃球已經完全沒有一絲興趣了。我真的太蠢、太沒用了，就連打工也應徵不上。妳說我『失戀』太抬舉我了……我根本沒人要啊，怎麼可能有人要，畢竟我是這副德行。」

我不是這個意思，我並沒有想要講那樣的話，對不起，不是這樣的，真的不是，對不起，我很抱歉。

我的腦海裡跑著這些想法，但卻沒辦法好好化成語言說出來，所有想法就這麼哽在喉頭，而眼淚則自顧自地開始溢流……不過，如此一來我不就變得跟那些把眼淚當成武器的女人一樣了嗎？那真是太可恥了、太不甘心了。

美波可能也有同樣的想法吧。

「那個，真的很抱歉，我看起來像是要哭了一樣……如果妳變得討厭我也沒關係。小真就是小真，妳做得很對，千萬，不要變得跟我一樣喔。」

在那個當下，看來是此路不通了，但之後一定還有機會的。下次碰面的時候，我絕對會把情緒整理好，該道歉的地方就好好道歉，然後再多聽聽美波說話。現在，我們之間存在著明顯的距離，美波恐怕也沒辦法打開心胸暢談。即使如此，美波就是美波，只要說了她就會懂，她一定能理解我的，我如此相信。因為，美波就是美波……

抱持著這種想法的我，真是太天真了。

但是，當時我還不知道。真的完全都沒想到。

短短的三個月之後，美波被殺死了。

第二章

1

武脇當警察到現在有二十二年了，開始負責刑事案件也已經有十八年之久。在這之間雖然也被分發到地政課、生活安全課、警備課等單位，不過把時間軸拉遠來看，待在刑事課及刑事組的時間是最長的了。理所當然地，他面對過各式各樣的罪犯，殺人犯、竊盜犯、性侵犯、詐欺犯、黑社會暴力組織成員、暴走族等等。不曾直接處理過的，大概只有縱火犯了吧。

無論案件是大還是小，罪犯們全部都會說謊。這些罪犯絕大多數都是胡攪蠻纏的傢伙，為了讓自己將要承受的刑罰可以多少變得輕一些，直到最後的最後都還是會做垂死掙扎。喝醉了、不記得、被對方惹火、掉入陷阱了、被騙了。雖然在此之中還是會有事實與說法相符的案例，不過真的少之又少。一般來說，喝醉並不會讓人完全失去判斷能力，甚至就連非常細微的小事，當事人都可以記得一清二楚；而說被惹火的，一開始先擺出挑釁姿態的往往是他自己；至於掉入陷阱或被欺騙，也都不是那麼一回事，終究是自己的貪心欲望所造成的結果。

也不知道是幸運或是不幸，具有精神障礙，或者該說是疑似心神耗弱的疑犯，武脇到目前為止都還沒有碰到過，更何況是說出「一直聽得到女人的聲音，但不知道那是誰，無論是在房間裡、列車上，或是在路上行走，都聽得到」這樣一番話的疑犯，真是史無前例。

即使如此，也絕不能面露驚慌。不，感到驚訝已經是既定的事實，沒辦法取消重來，但至少不能讓詫異之情寫在臉上。以這個角度來說，應該還來得及。

「妳說，女人的聲音……是嗎？」

更麻煩的是，這位名為中西雪實的疑犯，到目前為止完全沒有像樣的口供。前一位負責的調查官一定在這樣的情況下採取了許多措施，而武脇也用了自己的一套方法，努力營造出讓中西雪實能夠放鬆開口供述的環境及氛圍。

結果，就是這樣嗎？只得到一句「聽得到女人的聲音」？

「妳的腦袋是不是燒壞了啊！」要用這樣的話頂回去是很容易，但武脇並不想這麼做。好不容易終於願意開口說話了，當然不希望她的嘴巴又像蛤蠣一樣緊閉起來。

「具體來說，對方是說了些什麼呢？」

武脇心想，到底為什麼身為警察、身為調查官的我，要對那位不知是妄想還是憑空想像出來的「聲音主人」，用上「對方」這種充滿敬意的詞彙呢？愚蠢到超過一個程度之後，緊張的心情為之散去，笑意也就湧了上來。

雪實微微地歪著頭。

「……叫我要小心，之類的。」

「什麼？」

「……車子，之類的。」

這是媽媽跟小孩子之間的對話嗎？

「呃，那除了車子之外呢？」

「……還有電車，之類的。」

電車及車子都是交通工具，所以說的是同一件事。

「電車，指的是平交道嗎？」

「不是，不是說那個……而是色狼，之類的。」

原來如此，如果以這個角度來看的話，電車及車子的確有所不同。

「好的，那麼基本上來說，那個聲音應該是來自於妳認識的人囉？」

武脇慢慢感到習慣了，所以用眼睛就可以辨識出雪實正在皺眉。

「是不是認識的人……我也不知道，因為我並沒有機會，碰到她。」

如果可以直接回說：「那我們不就更沒頭緒了嗎!?」不知該有多好。

「但她給妳提醒，就是希望讓妳避開交通事故或是色狼對吧，這不是一件很貼心溫暖的事嗎？像媽媽一樣。我想，照這麼聽起來，對方應該是相當重視妳的吧。」

武脇已經搞不懂自己到底在說些什麼了，不過事到如今必須要有耐心。讓雪實養成說話習慣是現在的首要之務。

雪實依舊歪著頭。

「但是……」

審訊室外傳來電話鈴響的聲音，有人接起話筒，說了句「請稍等一下」，然後對那通電話按下保留。可能是透過視線交流的方式完成溝通了吧，立刻有另一個聲音說道：

「電話換人接了。」

「咦？但是？」

「但是……現在的我，之所以會在這裡……」

喂喂，不要開玩笑了。

「在這裡，意思是說在警署嗎？」

「是的……我覺得，這跟我所聽到的那個聲音，絕非、毫無關聯。」

露出馬腳了！精神障礙及心神耗弱。先前雪實曾經跟護士面會過一次，可能是那時候學到了些知識吧。犯下凶案這點毫無疑慮；而她是以接近自首的形式遭到逮捕，所以搜查過程也沒有任何不當。因此進到法庭之後，能夠拿來抗辯的也只有「負起刑事責任的能力」而已。

好吧，就再陪她多玩一會兒吧。

「妳想說的該不會是，那個聲音叫妳殺了濱邊先生吧？」

「不是，並不是這樣……」

猜錯了嗎？

「不是這樣？」

「只是，那個……抱歉，就到此為止吧。反正我說了也沒有人會相信。」

若是如此，那我們這邊可是會感到相當困擾的，武脇心想。

「不過啊，中西小姐，名叫濱邊友介的男人進到了妳的房間，然後他就這樣死了，這是既定的事實。而且，這件事情與妳有關，這也是妳自己親口承認的對吧。所以，我們朝著這個方向往下聊聊吧。濱邊先生跟妳是什麼關係？為什麼他會進到妳的房間？在房間裡又發生了些什麼？為什麼最後他會死了呢……我說啊，如果妳不親口說明一下妳的心情、妳跟他的關係，還有解釋一下你們兩人之間聊了些什麼，那麼很有可能最後的結局會是妳一點都不想要的那種喔。」

不知道是聽懂了武脇的話了，還是沒搞清楚。

雪實又變得呆若木雞了。

「……那麼，我們試著說得具體一點吧。一個人讓另一個人受了致命傷，並且就這樣負傷而亡，而那個始作俑者就是妳，光是這樣的結果，就可以有好多種合理的推測。在此之中，罪刑最重的當然是殺人，也就是妳懷著殺人犯意奪走了濱邊友介的生命。這會被視為完全只想到自己，沒有任何值得同情的地方。」

雪實的眉間突然竄入一股力量，很好的反應。

刻不容緩，趕快往下繼續。

「相較之下稍微輕一點的，是傷害致死。也就是雖然沒有到殺意騰騰，但讓對方受的傷比想像中嚴重，最後導致死亡。在這樣的情況下，即使沒有打算要殺掉對方，然而傷人卻是出於妳的本意，所以會被認為是犯罪故意。」

這些內容會讓罪犯學到一些知識，進而讓疑犯能優化自己的口供，所以不喜歡觸及這一塊的調查官應該所在多有。但武脇完全沒有考慮那麼多，說了之後能聽到疑犯的解釋或任何一點什麼都好。管它是辯解還是坦白，只要能夠說出口，就能成為「素材」。之後一一將素材過篩，就能找出其中的矛盾之處。畢竟是自己親口說出來的話，一旦被指出前後矛盾，疑犯往往就會慌了手腳。當然結果也有可能衍生出其他的謊言，但武脇一點都不在意。只要繼續檢視那些言論內容，繼續揪出矛盾之處就可以了。就這樣一直來回兜轉就可以了。要比耐性的話，武脇是絕不會認輸的。他會一直奉陪到底。

最後，一定會有某些東西留在篩子上。

讓疑犯「徹底認罪」，說的就是這種情況。

「再下來就是防衛過當。濱邊想要傷害妳，而妳在傾力抵抗的過程中，拿起玻璃製的鶴，就這麼揮來揮去……」

「主任，那是天鵝。」菊田在斜後方小小聲地說。

「喔喔……用玻璃製的天鵝毆打他，但一時之間沒有辦法停下來，最後因為打過頭了，讓他丟了性命。這裡的『打過頭』其實說起來挺微妙的，如果法官認為『絕對沒有打過頭的問題』，那就有可能會變成是……正當防衛囉。法官在審判的時候不會只拿妳的說詞來當作判刑依據，當然我們可以透過搜查的方式來強化妳所提出的口供，但想要怎麼做完全端看妳自己的決定。如果覺得反正妳說了也沒有人會信，讓一切停在這裡的話，後續可能會衍生出更大的問題喔。就像我剛剛提到的，以現階段而言，從殺人罪到正當防衛……妳的罪名，或者該說是罪刑的解釋或定義，落差可說是相當大，所以，案發當天到底發生了什麼？為什麼事情會演變至此？我認為對妳來說，這真的有親口說明的必要……喔不，是有親口說明的價值。」

雪實微微地嘟嘴，讓嘴唇尖了起來。不過，這並不是為了保持沉默，而是將要開口說話的預備動作。也就是說話前的助跑。

「……不過，刑警不也是覺得……可以聽見女人說話聲音的我……是個腦袋壞掉的人嗎？」

武脇心想，我可不是刑警，而是警部補。嚴格說起來，巡警或巡查部長才叫做刑警，「況且稍早之前我才遞了我的名片過去，好歹會知道我的名字吧。」不過算了，不想管那麼多。

覺得她腦袋壞掉嗎？沒錯，的確是這樣。

「關於這一點，如果不能再多聽一點妳的說法，我也沒辦法給出什麼評論。內心的聲音我想每個人多少都聽到過，即使聽到的是別人的聲音，但探究其源頭，說到底也是自身思考的一部分吧，意思就是說，改變觀點、用第三者的客觀角度去看，應該是這樣吧。」

「怎麼會。」

不錯，很順利。看來應該可以聊得下去了吧。

「我知道啦，妳說妳聽得到別人的聲音對吧。那麼，關於這個部分，請再多描述一點吧。我才只聽了車子跟電車的事情而已。那個聲音跟這次的事件到底有什麼關係？反正我也不會相信，喔不，我的意思是，就別管我那麼多了，請用我能夠理解的方式說一說吧。」

她似乎正在撥弄刷毛衣物的下襬，桌子下方傳來衣服摩擦的聲音。

「……跟濱邊先生的關係，我自己，也不是，很清楚。」

太好了太好了，就這樣繼續下去，希望至少多問到一點跟事件相關的資訊。

為了趕上晚餐時間，武脇早早就讓中西雪實回到原宿警署，接著跟菊田一起寫口供報告。

寫報告的地點直接就選在審訊室。武脇沒有自己的辦公桌，所以也別無他法。

「武脇先生，所以說那個凶器，並不是鶴啊。」

「啊，是天鵝對吧，抱歉抱歉。」

時間雖然已經過了晚間七點，但好歹是完成了，武脇起身去找在課長辦公室等待的土堂。

「……課長，不好意思來晚了。這是今天的報告。」

「嗯，辛苦了。」

在土堂審閱內容的時候，武脇就這麼直挺挺地站在桌子旁，其實沒有必要這麼做的，但不知不覺就變成這樣了。

「又看到土堂的腦門了，還真是稀疏啊」、「過了這麼久，髮膠還是沒變，跟以前的味道一樣」……武脇想著諸如此類無關緊要的事。

「……武脇，做得不錯嘛。」

這是誇獎呢，還是貶低呢。

「我以為總算是能問出個端倪來了，結果看來是疑點越來越多啊。」

「你是指女人的聲音這個部分嗎？」

「是啊。」

「不過，疑犯並沒有打算要把犯行動機歸咎給那個聲音吧？」

「目前看來是這樣沒錯。但是，辯護律師想要在法庭上挑起『疑犯有沒有負起刑事責任的能力』這一點，已經是昭然若揭了。如果無法蒐集到動機及物證來加以阻止，後續可能會變得很麻煩。」

「我們去那邊坐吧。」

一直站著看來是讓土堂感到不好意思了，他把武脇兩人引到課長辦公桌旁的小型接待桌子區。

「不好意思。」

武脇在土堂的正對面坐下，菊田則坐在武脇旁邊。

土堂的視線再度回到口供報告上。

「……疑犯與被害人之間的關係，這也是第一次提到吧。」

「是的，畢竟她說話的方式是一個字跟一個字之間拉得很長，要問出個所以然耗費了不少時間跟心力，但這已經算是今天最大的收穫了吧。」

中西雪實說，她之所以會跟濱邊碰面，是由於接到了他打來的電話。

濱邊友介在兩個月前左右打了一通電話到協文舍的「SPLASH」編輯部。一開始接到電話的並不是雪實，而是其他編輯，不過由於電話中詢問的是已經離職的前輩負責處理的案子，所以電話就轉給了接手的人，也就是雪實。

然而，濱邊並沒有說太多跟案件有關的話題，反而是問了跟雪實本身相關的問題。雪實也不是沒有感受到一絲絲詭異，不過她心想，自己身為新的負責窗口，雖然告訴對方「什麼都可以跟我說」，但要馬上取得信任應該不容易。一想到這裡，雪實便耐著性子開始向濱邊提問。

「……週刊雜誌的編輯人員會做這樣事嗎？」

「她是這樣說的。」

「對於貿然打電話進來的人，有必要問得那麼仔細嗎？」

「這個我也不清楚。不過，畢竟對方有可能會提供一些資訊，就這一點來看的話，盡可能有禮貌地應對進退，也不是那麼異於常態的事情。」

土堂曖昧地點了點頭，目光又回到口供報告上。

當時，雪實調過去「SPLASH」編輯部才一個半月左右，個人經驗方面可說是一片空白，也就是說，對於這方面的累積她是相當「渴望」的。因此她才會考慮與濱邊友介碰面，雖然她並沒有抱持太大的希望。幾天後的下午兩點，在新宿車站附近的咖啡廳。

「……這裡的日期是？」

「二月的，好像是一號還二號吧。她本人是說看了手機或筆記本就能得知。」

「了解，那這部分就由我們來處理吧……今天就先進行到這邊而已？」

「好的。畢竟也不是一個可以一直逼的人。」

土堂心不甘情不願地點了點頭。

「……把人借調過來是有時間限制的，而且這樣的案子你也是第一次遇到，能搞定吧？」

跨警署來尋求協助的人，可以這樣說話嗎？

「謝謝指教。接下來會去聽聽協文舍內部的說法，也會去被害者的老家去調查濱邊的出身狀況，我想事件的原委會慢慢變得明朗的，你們這邊可以調動多少人手？」

一般來說，殺人事件的搜查本部，最少也要聚集四十位隊員來執行初期的搜查行動，當然現在可能沒辦法對人數有這麼高的期待，但武脇希望能至少確保有十位左右可以調動的人手。

土堂此時真的是滿臉「土」似的面無表情看著武脇。

「多少人都可以。」

「……這麼說的話，具體而言會是多少？」

「看是四個還是五個，你可以照你的意思差遣。」

「那，菊田巡查部長呢？」

「她當然算在裡面啊，還用說嗎？」

所以實際上，只有四個人能用啊？

雖然不是為了顯示交情，不過兩人還是在出了荻窪站後找了間燒烤輕食吃了個消夜才各自回家。

當然不是跟土堂，而是跟菊田巡查部長。

「那麼，菊田小姐，明天也同樣請妳多多幫忙了。」

「彼此彼此，請多多照顧，乾杯。」

由於兩人是坐在小小店內的吧檯座位，所以就沒辦法聊跟搜查有關的話題。即使如此，武脇還是有些問題想問。

「對於今天的中西小姐，妳有什麼想法？」

可能是生啤酒的氣冒上來了吧，菊田用手擋住了嘴巴。

「嗯……跟昨天比起來，她的表情已經完全不一樣了，所以我心裡的想法就是『果然是高手』，學習了很多。」

「沒有沒有，才沒有妳說得那麼厲害。」

畢竟是被誇讚了，所以武脇的心情也挺不錯的。

「話說回來，問題還是……那個吧。」

「啊啊，女人的聲音，對吧。」

「菊田小姐曾聽過嗎？像那樣子的？」

「像那樣子指的是……比方說靈異現象之類的嗎？」

「嗯嗯……中西所聽到的，也還沒確定是哪一種聲音，算了，就當作是那一類的吧。」

「我沒有聽到過。」

一般來說不會有吧。

「對吧，但讓人感到意外的是，聽到這件事課長居然可以不動聲色。」

「可能是沒有太大的興趣吧，畢竟在此之中沒有任何靈異現象的氛圍，疑犯也沒有顯露出看到鬼的恐懼狀態。」

「的確是。」

店家送上一盤黃瓜及章魚的醋拌小菜。以個人口味來講，武脇喜歡醋的味道再重一點，不過沒關係，反正都喜歡。

「……武脇先生曾有過嗎？」

「靈異現象嗎？沒有。」

「身邊有親朋好友曾有過類似經驗嗎？」

「菊田小姐，我認識的人也都沒有遇到過。」

「啊，你可以直接叫我的名字，我完全不在意的。」
「啊啊，這樣啊……嗯，那就從明天開始吧。」
「什麼嘛。」
真是一個笑起來相當迷人的女孩啊。
「……來囉，串燒兩串，久等了。」
「謝謝。」
盤子越過吧檯送了過來，菊田伸手把兩份都接下，其中一串放到武脇的手邊，接著將七味唐辛子和放竹籤的桶子也擺設好。
「武脇先生，要喝點什麼嗎？」
「那……生啤酒再來一杯。」
「不好意思，麻煩生啤酒兩杯。」
這種情況就是人家所說的「女力」高漲吧。究竟，她的老公是怎麼樣的人呢？雖然聽說她老公也是個警察，但應該老是黏在這個女人的後面吧？武脇就這麼想著一些沒用的事。
菊田用筷子將烤雞肉從竹籤上剝下來，手法也相當俐落。
「……我啊，有個朋友倒是有靈異體質。」
對喔，剛剛是在聊這個話題。
「唔，然後呢？是什麼樣的狀況？」

「就是能夠看到，說是跟一般人沒兩樣。」
「沒兩樣，意思是……有腳嗎？」
「我也問了同樣的問題，結果好像有呢，不僅有腳，連指甲也有。另外也有穿鞋的……要說那是人可能有點微妙，但有的人是穿著涼鞋，赤腳的也有。」
原來是這樣啊。
「不知道他們那樣的人會不會說話？」
「我覺得會喔，因為似乎可以聽得到他們的話語。」
特別用話語一詞來做區分，是否有什麼特別的用意？
「這是什麼意思？可以聽得見話語，但嘴巴沒有動這樣嗎？」
「不，我也沒有問得那麼詳細……不然我去問一下吧，我有對方的聯絡方式。」
怎麼辦呢？問清楚會比較好嗎？

2

這件事是從媽媽那裡聽來的，先前我都不知道。
「妳先冷靜下來，把呼吸調整好，然後仔細聽著……足立美波，昨天，去世了。」
第一個浮上我腦海的念頭是——自殺。然後是交通意外。三個月前碰到她的時候我還一無所知，但有可能在當時她就已經惡病纏身了。這個可能性也是有的。或者，可能是肺臟或胃臟，總之我知道有些癌症是越年輕發展得越快。這也可能是她的死因。

不過，媽媽是如何得知這個消息的，我就不清楚了。

「……騙人。」

對此，媽媽既沒表示肯定，但也沒有否定。

「美美……騙人的吧。」

媽媽只是靜靜地緊抱著我。

「騙人……美美，騙人……明明……前不久才碰到的……為什麼……美美！」

媽媽一定也感到很猶豫。要跟十九歲的女兒說她從小一起長大的好朋友去世了，根本無法得知女兒受到的衝擊會有多大。況且，還要說明死因，這真的太殘酷了。但是話說回來，這種事情什麼時候究竟要什麼時候說才好？是要先等情緒冷靜下來嗎？但好不容易冷靜下來了，還要因為得知死因而再次被推落谷底嗎？照這麼說起來，倒不如現在就一次解決比較好吧。不不，再怎麼說，這樣的衝擊已然超過一次所能承受的極限值太多太多了。現在的情況不太妙。只能見機行事了，不然的話……

然而，對答案毫不知情的我，執拗地不斷逼問媽媽。

「為什麼啊？為什麼、到底為什麼美美會、就這樣死了……」

媽媽把我帶到客廳的沙發坐下，接著坐在我身旁，像是要我把她的膝蓋當枕頭似的抱著我的頭。

「……好吧。這是我從廣岡太太那邊聽來的消息，詳細情況如何，我也還不清楚。不過，我可以跟妳說說，我所知道的事情。因為真的有點……喔不，是會讓人感到非常震驚，所以至少請妳要先做好這樣的覺悟。不管妳怎麼哭、怎麼吼都可以，即使情緒失控也沒關係……總之做好準備，然後好好聽著。」

從媽媽說話的口氣，幾乎都能感受到她內心的痛苦，由此可知這件事有多麼不尋常。想必不會是一般的生病或交通意外之類的狀況。這些我好歹還能設想得到。

我緊緊抓住媽媽的腰。

就好像不讓她飛到任何地方去似的。

也好像誰也不能把任何東西給奪走似的。

「……我知道了。我會好好聽著的，美美到底，為什麼會死……我要聽……」

媽媽抱著我的手，多施加了一分力。

「嗯……那麼，我說囉。美波，是被某個人殺死的。犯人還沒有被逮到。我知道的就這麼多，除此之外我一無所知。」

在那之後的事情，我已經記不太清楚了。到底有沒有嚎啕大哭，也記不得了。不過我想，至少我沒有歇斯底里地情緒失控。好像只是變得有點失魂落魄而已吧。從小到大一起長大的青梅竹馬，跟我同年齡的女孩，有可能在這個地方，或是周邊的區域遭到殺害，這讓我感受到一股恐懼感。另一方面，現在的我正在自己家裡，媽媽也在我身邊，所以又有莫名的安心感。

我平穩寧靜的「日常」，就這麼被可怕的「非日常狀態」給團團包圍。

不，應該是說，我平穩寧靜的「現實生活」，開始遭到殘酷的「事實」所侵略。

美波的守靈夜，直到事件發生之後的第十天才終於舉行。原因可能正是因為這是一起「事件」。

這十天之間挖掘到的訊息，可說是少之又少。

事件發生的地點是在美波家往西七公里左右的一處河岸，這是從新聞中所得知的資訊。那個地方有座綜合運動公園，是沿著「新川」這條河建造的，而陳屍地點聽說就在網球場內側的河岸旁。犯案時間說是深夜十一點前後。

美波為什麼會在那麼晚的時間出現在人煙稀少且四周昏暗的地方呢？究竟是出於自願，還是被帶過去的？這些問題的答案新聞都沒有揭露出來。新聞媒體寫到的只有「疑似遭到勒死」、「重要物品並沒有被取走，所以警方判斷這可能不是一起強盜殺人案，而是認識的人所犯下的罪行」等等的內容。

美波被殺了，被認識的人……

高中畢業之後，美波的交友關係如何我一點都不知道，就連有沒有在打工我都不清楚。新聞所寫的是「待業」，但實情如何不得而知。假設是當工讀生的話，算不算是待業呢？我真的什麼都不知道。

我在曾祖母（父系）及外婆（母系）去世的時候，就有守過靈了，所以美波對我來說是第三次的守靈經驗。

「念珠要馬上拿出來嗎？」

「……嗯，這裡……要立刻拿出來。」

在媽媽的陪伴下，我走進了靈堂。跟曾祖母及外婆的會場相比，這裡感覺上小了許多，不過以美波的年齡來說，這應該也是理所當然的事情。況且，就社會性的觀點來看，她既不是學生，也不是上班族。所以可想而知，美波的雙親應該會認定來參加美波守靈或告別式的人不會太多。

不過，不管怎麼說，這個會場也未免太小了。來憑弔故人的訪客，從會場的入口一直排到了受理櫃檯前方。

美波高中畢業還不到一年，所以有許多同學都還留在當地。況且也還有兩個學年的學弟妹。前來憑弔的訪客大多都是跟十幾歲的年輕人，跟我們同世代的。在這裡頭有不少人我也認識，彼此也會出聲打個招呼，不過，在這樣的場合裡，到底應該說些什麼呢？或者是不是應該保持沉默，什麼都不說呢？我連這樣的事情都不懂，所以結果頂多也只是會在擦肩而過的時候說聲「你好」罷了。

這起事件在新聞媒體上也有報導出來，所以我認為一些媒體記者應該會為了取材而前來，不過就我所見倒是沒有這樣的人出現。也有可能來是來了，但因為我沒察覺到所以忽略了。

令人感到意外的是，在弔唁的賓客隊伍之中，看到了笹本圭子的身影。她跟美波不同，一頭黑髮並沒有染色，再加上全身上下都穿著黑色的服裝，所以乍看之下絕不會認為她是個壞人。排在她後面的是田部亞里沙，新村順則站在亞里沙身旁。

美波被殺了，被認識的人……

我的腦海中浮現了這一句話。這幾個女生沒有任何一個可疑之處，然而，毋庸置疑地，她們就是最近跟美波關係最好的人。即使不是她們殺了美波，至少也應該知道一些蛛絲馬跡。

就去問問看吧。雖然心裡這麼想，但即使我問了，恐怕她們也不可能告訴我實情，況且在我發問之前，警察應該早已審訊過她們了吧。所以，此時此刻我就只是這麼盯著她們，連招呼也沒打。

隨著隊伍前進，終於看得到廳內的狀況了。

美波的遺照擺在裝飾著白花的祭壇上，照片裡的她是黑色頭髮，應該是用了高中時期的照片。圓圓鼓鼓的臉頰、櫻桃般的嘴唇。我最喜歡的美波式笑臉，就高掛在那兒。

美美……

就算緊緊咬著牙、就算用力抓緊念珠，就算我再怎麼奮力抵抗，還是無法阻止眼淚直流，握著方巾的手始終沒能放下。

在輪到我捻香前的等待時間，彷彿被拉得好長好長，我內心希望自己至少在這段時間內可以停止哭泣，但實在太難了。

進入內廳後，可以坐在專門準備的座位上，不過還是要照著順序繼續等待。對於捻香的禮節我不是很清楚，就只知道前面的人是將抹香放進香爐一次。

終於快輪到我了，我也前進到可以看到遺眷表情的地方，結果讓我再次大吃一驚。在遺眷的席位上，並沒有看見美波的媽媽。喪家主人是美波的父親，接著旁邊是她的兩個哥哥，以及一位跟父親差不多年紀的女人。

我想起三個月前美波曾對我說過的話：

「好羨慕小真喔，頭腦很聰明，又備受爸媽呵護……」

當時我左耳進右耳出的，沒有特別在意，但如果她所暗指的是這個意思，那一切就合理了。我想，美波的爸爸跟媽媽應該是離婚了。三個小孩留在足立家，只有媽媽一個人離開了。今天的情況到底是怎麼一回事呢？難不成是聯絡不上嗎？又或者是，媽媽混在一般的弔唁客人裡頭，已經來捻過香了，這也是不無可能的。到底是媽媽沒有坐在遺眷的位置裡，還是不願意坐，或是不讓她來坐……實情究竟如何我不得而知，但這一家人彼此間的關係一定相當複雜，這是可以確定的。

美波都已經死了還這樣，真是太教人傷心了。

我突然覺得自己懂得當時美波內心的想法了。對於傷痕累累、滿目瘡痍的美美，我真的感到很抱歉，在她最痛苦的時候，我沒有待在她身邊，也沒有多聽她說幾句話，真的很抱歉。

輪到我們了，朝著遺眷區深深一鞠躬之後，我跟排行老二的哥哥對到了眼。他跟其他所有遺眷成員所行的鞠躬禮不太一樣，看得出來他是單獨對著我點了點頭。

我的捻香動作可能有點生硬，不過看起來還是有板有眼地完成了。最後的合掌鞠躬禮，我的腦海裡不自覺冒出了「美美」的呼喊聲，惹得我再次淚流不止。

在招待守靈客人的宴席上，有好幾個同年級的同學來跟我打招呼，然而我自己一個人哭個不停，根本沒有辦法跟任何人說話。中途只有在媽媽問我：「要回去了嗎？」我回了句：「再多待一下。」請她留下來等我。三色壽司我吃了一、兩個，烏龍茶也喝了一口，除此之外我什麼都沒做，就只是一直盯著白色的桌巾看，直到守靈夜結束為止。

我似乎就這樣維持了一個小時左右吧。

「那個……小真？」

回頭一看，站在我眼前的是美波的二哥拓海。

我慌慌張張地站起身來。

「那、那個，這次的事情，想必讓您很傷心……向您表達、深切的、慰問之意……真的很抱歉……好久沒向您問候……」

邊哭邊說，實在沒有辦法把話說好，不過我想意思到了。

「彼此彼此，好久沒聯繫了。今天真的非常感謝您們。您的母親大人還特別帶您過來，真的很感謝……捻香儀式已經順利結束了，方便的話，要不要去看看美波最後一面？」

拓海哥也在哭。

「好的……謝謝您。」

走上守夜宴席處的人們魚貫流動，我們三人彷彿逆流似地下了樓。可能是捻香儀式已經結束，接待處也收起來了吧，廳內一下子人去樓空，氛圍跟剛剛完全不同，只剩下遺眷和幾位親朋好友留在現場。

祭壇前方。棺材在臉部左右的地方開了一扇窗，我在媽媽及拓海的攙扶下，慢慢走近美波。

「……美美。」

三個月前稍微回復黑色的頭髮，現在又全部都變成了漂亮的金髮。雙眼緊閉、略施薄粉，乍看之下感覺是挺安詳的，不過脖子上纏繞了白色的布巾，看來沉重的苦痛是無法掩蓋的。還有，她的鼻子裡塞滿了棉花。

雪白的、圓圓鼓鼓的臉頰，如櫻桃般的嘴唇。這些特色的確能讓人肯定躺在裡頭的是美波沒錯，但在我眼裡，感覺完全就像其他的物品似的。並不是因為美波臉上沒有表情。與其說那是人工產物，倒不如說是長得很像美波的某個東西。就是類似這樣的感覺。

性命已盡、魂飛魄散，原來就是這麼一回事。

此時此刻，美波的靈魂去到了何處呢？

美波的死對我來說絕對是十九年的人生裡最痛的一件事，但我絕對不允許事情就這麼過去。

一月的後半段是大學入學考試的後期測驗，因此我不得不好好念書。特別是大一時，語言類、專業類，還有通識等等的課程較多，跟專注在某些科目比起來，我必須要廣泛地將所有知識全都塞進腦袋裡，所以真的有些辛苦。

在後期測驗期間，每當想起美波，我還是會流淚。一邊擦拭淚水、一邊溫書備考，導致我的眼睛四周都紅通通的，每次踏進各學科的教室時，朋友們都會驚訝地問：「妳怎麼了？」也不知是幸或不幸，我的視力相當好，所以並沒有戴眼鏡，想遮擋一下都沒辦法，真教人感到困擾。

新聞媒體針對美波遭遇的事件所做的相關報導，只在一開始維持了一個星期到十天左右，後續犯人究竟是否已經遭到逮捕，媒體上可說是一點消息都沒有，更別說是地區性的報導了。唯一一件可以稱得上有相關聯的事情，就是在考試期間有兩位刑警到我家拜訪。來訪的目的當然就是要聽聽我這個同級生且從小一起長大的青梅竹馬有什麼看法。

媽媽一回答：「女兒去大學了。」刑警就馬上說：「那我們晚上過來……」所以媽媽只好拜託他們：「現在正是大學的考試期間，請你們考完後再來吧。」兩位刑警說了聲「好的了解」，接著就打道回府了，不過很快就在考期最終日的前一天下午再次到訪。提早回家的我，當時正在二樓讀書。

聽到門鈴聲以及說話交談的聲響，我心想，應該是警察吧，下樓之後果然就看到了兩個穿著短大衣制服的男人站在玄關處。

媽媽一定會想要請他們明天再來，藉以委婉拒絕，但就我的角度而言，我當然是希望殺了美波的犯人可以早一天遭到逮捕並被判處死刑。所以我對他們表示「如果可以在一個小時左右結束的話，那可以談談」，並將兩人邀進家裡面。

我將所有我知道的關於美波的事情，全都說出來了。

像是從小學一年級開始，我就一直跟她在一起；她一直很認真在練習籃球。可惜上了高三之後遭受挫敗，甚至放棄升大學，這件事對她來說傷害相當大。另外我還提到畢業之後她跟笹本圭子一行人混在一起的事情。事件發生前的三個月，我曾跟她小聊了一下，感受到她在畢業前夕的慌張心情，這件事我也說了。還有就是從她的言談之中聽得出來好像有在打工，但我後來發現到其實似乎並沒有，而她也沒有什麼社交往來的對象。就連在守靈會場中我察覺到美波的雙親似乎離婚了這件事，我也一併告知。

我原本心想，警方應該針對笹本圭子做了深入的調查了，不過看來並沒有。警方只是向我解釋說，他們用自己的方法掌握了美波的交友關係，整體調查正在進行中。

最後，我試著提問。

「還不知道犯人是誰嗎？」

一聽到我的問題，感覺像上司的那位刑警就回答：

「……我們一定會逮捕他的。」他是兩人之中年紀較大的那個，看起來差不多跟爸爸同年。

這個答案有說跟沒說一樣，但對於身為學生的我來說，也只能對如此幹勁十足的宣言抱持信任了。

後期測驗結束之後，高中也正好差不多進入漫長春假的後半段。

新聞媒體研究社的聚餐結束之後，我回到了住家附近的車站。不過因為突然間想吃烤地瓜的關係，所以我邁步前往有在販售烤地瓜的便利商店。

結果沒想到就這麼巧，笹本圭子和新村順就站在那家店前面。田部亞里沙倒是不在，只有她們兩人而已。

該怎麼辦呢？儘管感到猶豫，但也只有那麼一瞬間。倘若是在高中時期，對方是絕對不可能理我的。不過，我想現在這個時間點應該能獲得回應。簡單來說，就是因為我已經升格為大學生，光是這一點就帶來非常大的差異。

穿著同樣的制服、身處在同一棟教學大樓，在這樣的情況下，跟個性殘暴的同年級學生產生關聯，說實在的是一件可怕的事情。但我已經是大學生了，至少再也不是同一間學校的學生，明天在教室撞見的可能性也幾乎為零。再者，當了大學生之後，也比較能夠理解在這個世界上多少還是有能夠逃避的地方。這就好像原本心想一旦遭到霸凌就逃不掉了，後來變成認為自己逃得過，甚至會覺得只要躲起來就好了，會有這樣的想法轉變也是可以理解的。

如果真的打起架來，我恐怕絕非她們的對手，這一點跟高中時代並無二致，不過至少現在我們並不是在校園內，而是在便利商店前的公共場合。商店裡的店員對於自家店門前所發生的暴力事件，應該不會假裝視而不見吧。好歹會通知警方吧。像這樣的基本常識，笹本一行人至少還有吧，所以應該不會以下下策的方式暴力相向。我的腦袋就這麼執行著成熟大人（雖然這樣說可能誇張了，但起碼是高中以上水準）的判斷力。

我自顧自走近並出聲招呼：

「……妳是笹本，對吧？」

頓時之間，她臉上露出了「誰啊？」的表情，商店裡的燈明亮地投射出來，所以應該不可能因為太暗而看不清我的臉，因此我認為她並不記得我的臉。

不過，新村順靠近她耳邊說道：

「不就是小真嗎？」

笹本不經意「喔」了一聲，並點了點頭。

接著再次看著我的臉。

「常聽美波提起，妳是她從小一起長大的好朋友對吧？」

新村穿著淺色羊毛長大衣，笹本則穿著黑色皮革夾克，以及到處都開了洞的仿舊牛仔褲。包含她的眼神、聲音，以及用字遣詞，所有的一切氛圍都讓我感到歷歷在目。

即使如此，但我的決定還是不會改變。

「沒錯，我跟她一直都是很好的朋友……所以，我想問問笹本，關於美波最近的狀況。美波到底發生了什麼事？如果妳知道些什麼的話，希望妳能告訴我。」

只要稍加注意，我還是可以好好地說出「美波」的名字。

笹本看著我的眼睛並點了點頭。

「……我知道了。那我們，先換個地方吧。」

我當下立刻下意識地問她：「為什麼？」失去便利商店前方這個明亮的地點，與其說是出乎意料，倒不如說是讓人感到害怕。

然而，目前的情勢發展，對笹本而言想必是見怪不怪了。

她一眼就看透了我內心的想法。

「別那麼害怕，我既沒有想要搶妳的錢，也沒有要把妳痛打一頓的意思。當然更沒有打算要叫一群男人來輪姦妳。我們也都被警察叫去問案過。的確有些事情沒有辦法在那裡講，也不想在那裡講。而妳，不正是想聽聽那些我們沒講的事情嗎？」

又被說中了，我只能默默點點頭。

「美波有多麼重視妳，我們多少也是知道的。所以我們認為，關於美波的事情，我們所知道的，妳也有權利知道，而且美波也一定會希望讓妳知道……雖然說畢業之後妳們稍微有點疏遠了，不過對美波來說，妳依舊是最特別的一個朋友，這一點並沒有任何改變。人都死了，也顧不了悲慘或虛榮了。我會全部都跟妳說的，不過，妳要答應我，這些事情可不能跟警察說喔。如果這些話傳到別的地方去，我們會讓妳吃不完兜著走的。」

我感覺自己的心臟像是往上跳到了耳邊似的，心跳的聲音在腦袋裡轟隆作響。眼前的畫面也跟著心臟鼓動開始冒出一閃一閃的金星。

後來我才想到，其實我常常會站著站著就貧血了。

笹本所選的地方，是在地的ＫＴＶ，我也曾看到過這家店的招牌。

「矢須先生，包廂借我用一下。」
她說話的對象，是服務櫃檯的一位像漁夫一樣有著赤紅膚色的中年男子。
他指著走廊的深處。
「……五號房現在空著。」
「謝謝。」
我們一行人照著男人說的走廊方向前進，接著打開上頭寫了「5」的門並進到裡頭。
笹本直接走到底之後，撲通一聲在沙發上坐下，新村則就這樣站著。
「我去拿飲料，妳要喝什麼？」
「我要威士忌蘇打。」
新村轉向我這邊。
「……小真呢？」
我跟新村在二年級的時候曾在運動會上一起負責同一件事，當時有稍微聊了一下。
看來她還記得我。
「啊，我也一起去好了。」
「沒關係啦，要喝什麼直接說。」
「那，烏龍茶吧……麻煩妳了。」
「ＯＫ。」
就在這時候，笹本已經點燃了香菸。

大大地吐出一口煙之後，她將目光投向我。

「……那麼，妳想知道什麼？我該從哪裡開始說起呢？」

這我也不知道啊。

「那個，所以說……就是關於美波變成這樣的所有事情，全部都想知道。」

「知道了之後，妳打算做些什麼呢？」

「沒有先搞清楚的話，我也不知道能做些什麼。」

「……這麼說也沒錯啦。」

不久後，新村拿著托盤回來了，可能是因為當過服務生吧，發送杯子的手法看起來似乎相當老練。她自己好像是叫了啤酒來喝。

「小真，妳的是烏龍『茶』，不是烏龍『燒酒』喔，可以吧？」

「嗯，烏龍茶可以，謝謝。」

新村發出了噗哧一笑的聲音。看來挺正常、挺可愛的嘛，或許她並沒有那麼可怕。

「總之我們先乾杯吧。」一口氣喝掉大半杯的笹本，深深地吐了一口氣。

「……就像剛剛所說的，接下來我們聊的所有內容，對別人完全都得隻字不提，不僅僅是警察而已。」

美波有所不同的是，笹本對於四字成語知道得很多，這點倒是挺讓人感到佩服的。

「知道了，我不會跟任何人說的。」

「拜託了，我是認真的……那麼，就從妳最在意的事情開始說起。妳知道小真有在做仙人跳嗎？」

這裡的仙人跳三個字，指的是那件事吧？

「嗯……就是比方說把男人引誘到汽車旅館做那檔事之類的吧，然後藉此進行恐嚇……對嗎？」

笹本輕輕用鼻子輕笑了一聲，並點了點頭。

「沒錯，就是這樣。不過我們只有做到進入汽車旅館為止。只要能在裡頭拍到照片，就沒有必要上床了不是嗎？況且我們原本的目的就是勒索敲詐罷了。」

這是屬於犯罪行為吧！我想她們自己應該也非常清楚，所以才沒有跟警察講，根本是連講都不能講，而且還強硬地對我下了禁口令。這樣的話一切就合理了。

笹本接著說道：

「那些賤男人在交友網站上要多少有多少。我們只需要拍下一張在汽車旅館前雙手緊緊護著胸部的照片，就可以立刻撤退。接下來只需要把照片傳到對方的手機，然後問『你打算怎麼處理這張照片？』就可以了。要是對方置之不理，那也就算了，我們只處理那些會自己送上門來的人，一般來說可以騙個兩萬或三萬。總之就是賺賺小錢啦……不過在此之中，有一個人非常可怕。」

對我來說，這一整段內容聽起來就已經夠「可怕」的了。

「……是什麼樣的人呢？」

「菅谷建設的社長，菅谷榮一。」

菅谷建設是本地非常有名的建設公司，就連我多少都曾聽說過這家公司跟黑社會關係密切的傳言。

「我發誓，我們從頭到尾只有這一次讓美波來擔任誘餌的角色。她是一個非常認真的孩子，這一點我們也很清楚。畢竟她可是我們學校的風雲人物啊。所以……我們只有讓她出了這麼一次骯髒的任務。而且不曉得為什麼，美波自己對我們說，『我挖到了一個冤大頭，大家就照慣例把照片拍好就可以了。』總之……一切都像平常一樣進行得很順利，應該不可能拿不到錢才對。不過緊接著，美波的表情突然間就垮了下來。」

新村點頭表示同意。

笹本熟練地在菸灰缸內捻熄手上的菸。

「菅谷社長跟美波所發生的事件有沒有關係，我們也不清楚。不過若是要問有沒有什麼線索的話，第一個浮上腦海的就是他了……可惜，我們沒有辦法告訴警察。話說回來，現在妳也知道這件事了，但應該也是於事無補吧。」

還真是一點都沒說錯。

3

臨別之際，我從笹本那邊收到了照片檔案，總共有八張。

照片裡除了美波之外，還有一個個子相當高的中年男子。美波穿著棒球外套以及牛仔褲，男子則穿了明亮的灰色西裝。有一道橘黃色的光從兩人的斜上方照射過來，背景則是建築物的白色外牆。另外，雖然小小的，不是那麼顯眼，不過看起來有一個設有燈光照明的紅色看板在照片裡。如果說這是某個夜裡，兩人在某間汽車旅館前一起拍下的照片，看起來的確是挺有那麼一回事的。

回到家之後，我把八張照片列印出來，心裡想著「應該是這樣吧」，就這麼照著順序排在一起看。

雙手插口袋、走路有點駝著背的男人；用小跑步的方式追上來的美波。男人用驚訝的眼神看著雙手護著胸部的美波。挺直背部、把臉靠近對方，看起來好像是要向對方索吻的美波。不過下一張照片裡頭立刻就看到男子非常明確地拒絕了。再接下來，男子拉開了與美波的距離，但美波食髓知味，再次用手護住了胸部……

八張照片連在一起看，並且稍微發揮一點想像力，應該可以很明顯看出當下是美波在強迫那個男子就範，但男子始終拒絕。不過，兩張雙手環胸、一張美波索吻，單獨把這三張照片拿出來看的話，可能會讓人懷疑照片中的兩人是不是在交往，甚至男子如果已經有家庭的話，可能會讓人覺得他出軌了。我是因為得知內幕之後才看到照片，所以並沒有太過驚訝，但若是突然看到這三張照片，內心肯定會受到不小的衝擊。美波如果還活在這個世界上的話，一定會立刻飛奔到那個女生家裡，叨叨絮絮地念著「別再幹這種事了」、「好好珍惜自己吧」。

菅谷建設的社長菅谷榮一。這組照片拍攝的時間地點是深夜時分的屋外，所以肯定沒辦法拍得多清楚，不過炯炯有神的雙眼、稜角分明的國字臉，還是清晰可辨。他給人的印象絕對不會是什麼「溫和的人」，認真說起來倒比較接近嚴肅的人，會讓人感到害怕。年紀的話大概是比我的爸爸年輕一點。

我三番兩次地將照片從筆記本中拿出來，並且對著照片說話。

美美，妳為什麼要這麼做呢？做這種事到底有什麼意義？

過了幾天，我聯絡了新村，向她詢問這些照片的拍攝地點。實際到現場一看，才發現那根本不是汽車旅館的入口，而是一棟平凡中帶有一點點時尚感的公寓大門前方。那個看起來像是裡頭裝著紅色燈泡的看板，事實上是寫著公寓名稱的金屬板，只不過因為光源的照射偶然變成紅色罷了。這樣的結果讓人不由得猜想，這些照片該不會是為了讓人看起來覺得可疑，所以經過後製加工吧。

美美，妳想要利用這些後製的照片，從菅谷榮一那裡得到多少錢呢？三萬、五萬？還是說十萬？拿到這些錢之後妳又有什麼打算呢？是想要買衣服嗎？還是想到迪士尼樂園去一股腦地花掉呢？

我好幾次都想把這件事給忘掉，而且也努力克制自己不要再去想。事到如今，美波的過往壞事被掀出來，好事卻一件都沒有。我覺得我應該要好好珍惜跟美波的那些美好回憶，每天只需要不斷想著她可愛的笑臉就夠了不是嗎？但是，無論如何我就是做不到。

因為，殺害美波的犯人，還沒有被抓到。

因為，我還沒有辦法接受美波從此跟我天人永隔。

明明可以為美波做到的事情有很多，但我卻都沒有付諸行動，雖然還談不上「無法原諒自己」的程度，但該怎麼說呢，反正就是感覺很差。

無法忘記美波的我，無時無刻都在想著美波的我……

或許，我是被這件事情困住了吧。

我也曾直接到菅谷建設公司大樓前一探究竟。

該公司所在地是一棟四層樓的建築，辦公室就在一樓，面對馬路的那一面採用的是像商店一樣的大片玻璃設計。白天的服務櫃檯可以看得到一位穿著制服的女性員工，不過到了傍晚她就下班回家了。天黑之後再過去看，辦公室裡頭全都只剩男性員工。

有喝著罐裝啤酒、抽著菸，穿著連身工作服的人；也有穿著長袖T恤的人，看來似乎正在換裝，手邊忙著調整不怎麼合身的腰帶；還有身穿西裝、雙手抱胸，正在看電視的人。不過，在此之中並沒有見到那位中年男子，也就是菅谷榮一的身影。社長的辦公室可能位在更高的樓層吧。

我到底是在做什麼啊。

連我自己都搞不清楚。

假設菅谷榮一在辦公室裡頭，並且我從外頭就可以確認到這一點。那麼，我可以說一句「不好意思，我有些事情想要請教一下……」然後就自己一個人大搖大擺走進去嗎？辦公室裡可是充滿脖子粗、手臂壯，全身晒得黝黑的大叔啊，直接闖進去並且劈頭就嚷嚷：「我有話想跟社長說……」這樣的事情我真的做得來嗎？

說真的，我辦不到。

不過，要是菅谷榮一從裡面走出來的話，或許還有那麼一點點機會。他好歹也是得要回家的吧，只要一直在這裡等著，他總會出來的。

有那麼一下子，我的確是這麼想的，但是很快我就察覺到可能性其實很低。

辦公大樓的入口處旁，設有兩個信箱，一個寫著「菅谷建設（株）」，而另一個則寫著「菅谷」。也就是說，這棟四層樓的建築物，同時也是菅谷榮一的自家宅邸，可能是四樓而已，或者包含了三、四這兩層樓，總之我發現這就是一棟住商混合的建築。

如此一來，不管等多久菅谷榮一也不會出來的。

即使如此，我也還沒有想要輕易放棄，都來一趟了，至少要堅持到把菅谷家的家庭成員搞清楚。不過可惜的是，直到最後都沒看到任何像是社長夫人的女性進出，也沒發現小孩子，只有一直看到年輕的男性進進出出的。

我心想，這會不會是一棟單身宿舍，可能公司有提供年輕男員工住宿的福利。公司的辦公室設在一、二樓，單身宿舍在三樓，社長住家則在四樓。這棟建築的確有可能如此安排，若真是如此，那菅谷榮一可真是一位相當暖心、願意替員工著想的社長。

這樣的人，會跟美波的事件扯上關係嗎？

腦袋裡反反覆覆不停思考著，放任想像力不斷發散，可能是因此而稍微偏離了現實軌道吧，雖然睜著雙眼，但我卻感覺自己像是進入了夢中的世界。

現在的情況，應該就是這樣吧。

「喂！」

後方傳來一個尖銳的聲音，我不自覺地挺直了背。

我都還沒轉過頭去，聲音的主人就已經來到我面前，並且直直盯著我的臉看。

「最近一直在這裡看到妳耶，別晃來晃去的。妳來這裡到底想幹麼？妳到底是誰啊？」

說話的是一個年輕男子，身上穿著連身工作服，還搭了件工裝夾克之類的，總之就是深藍色的外套。胸口左邊金色的刺繡寫明是「菅谷建設」，糟糕了。

「我問妳是誰啊，妳說話啊。」

男子頭髮的瀏海長長垂下，幾乎將眼睛全都遮住了，所以看不太到。臉的下半部則是細細的鼻梁、薄薄的嘴唇、尖尖的下顎。不過我只匆匆看了一眼，因為我很快就把頭低下來了。

「別不說話啊，妳好歹要說點什麼吧。在這裡做什麼？打算要幹麼？」

這裡，指的是菅谷建設辦公大樓斜前方的新建住宅，前面還立著一個「歡迎入內參觀」的牌子。總之就是個類似停車場的地方。因為從這裡可以很清楚地看到菅谷建設的出入口，而且還能躲在圍牆的後面，所以非常適合晚上待著。

「妳這傢伙，我要叫警察囉！」

我不自覺「咦」了一聲。

沒想到我的第一次出聲，反而像是火上澆油更添他的怒氣。

「妳把這裡當成什麼地方了？這裡可是私人土地喔！不是一般的空地，也沒有要賣。信不信我用擅闖私有土地的名義把妳送辦！」

他的年紀應該跟我相差無幾，可是感覺上跟大學同年級的男生或學長完全不一樣。完全沒有要輕饒的意思，滿滿的敵意猛然朝著我湧來。

「說話啊！如果妳以為自己是女生，哭一哭就可以得到原諒，那可就大錯特錯了！」

會被揍嗎？還是會被踢呢？更有可能的是會被用更凶狠、更嚴厲的態度對待吧。

我大概是因為太害怕了，所以閉起了眼睛。

感覺似乎就這樣過了一分鐘之久，不過實際上可能只有十秒或甚至更短。

因為沒有發生任何事，也似乎不會發生任何事，因此我顫巍巍地睜開了眼睛，將視線往上移，結果就看到了他的臉。

而他也正盯著我瞧。

「該不會是認識的女生吧，這傢伙到底是誰呢？」他看起來似乎正在思考這樣的問題，不過，要是反過來，明明壓根就不認識還凝望個半天，那可就恐怖了。

先把這張臉記下來，之後再好好調查清楚。這個區域的高中只有三間而已，只要在附近把最近幾年的畢業紀念冊蒐集起來，就一定能從中找出端倪吧。如此一來，不管是名字或是地址等等的資訊，都能全盤查出。妳這傢伙，別讓我追到妳、別讓我追到妳……

「喂！」

我猛然往前跑去，兩人的肩膀互相撞在一起，但我完全不在意，依舊死命奔跑。幸好我穿的是運動鞋，所以並沒有發生鞋子脫落或是跌倒的狀況。

我拚了命地奔跑，往明亮的方向、我明明是朝著明亮的方向跑，不知道為什麼卻在小區巷弄迷路了，還闖進了一座公園，幸好最後跑到了一間開到很晚的藥妝店前方。我躲在店裡頭待了二十分鐘左右，一直窺探著外面的狀況，不過他似乎並沒有追上來。

我鼓起勇氣走出店外，依舊沒看到他。快步衝到車站，在剪票口前回頭搜尋，也沒見到他的身影。搭上電車時，我的視線不停在車廂內掃射；在離家最近的車站下車後，還不放心地在月臺上找來找去，一直來到出站剪票口前，我又再次回頭，仍然沒看到他。進到平常不會光顧的便利商店之後，出來時也是瘋狂確認四周，不過還是沒有。

此時此刻我才終於認定沒有人在追我了，走到家門前，我的精神及肉體幾乎都要累垮了。

再也不幹這種事了。

我領悟到，堂堂一介大學生，去搞些偵探在做的事真是不太好。

我是一個很懦弱的人。

同時也是一個很狡猾的人。

我明明無法忘掉美波所遭遇到的事件，也明明還沒完全搞清楚事情的來龍去脈，卻不斷告訴自己「別再想了」、「別鑽牛角尖了」，就連那八張照片，也被我裝進信封袋之後，放到抽屜深處去了。若不這樣做的話，我感覺自己的人生彷彿跟著美波一起停止了。

我對著自己說，眼前的教科書所代表的科目，會不會對將來的生活帶來幫助還不得而知，但應該是很重要才對。所以我以此為優先，拍拍自己的臉頰，繼續埋頭努力念書——繼續假裝埋頭努力念書。另外，社團活動我也非常投入，畢竟人脈的拓展或人際往來的經營，也算是社會大學的學習，所以我也鼓勵自己要多多加油，讓自己像是社交花蝴蝶一般。

人啊，都是這樣的，剛開始雖然是在「假裝」，但只要持續下去，自己就會當真了。就拿我自己來說，首先我所選的科目就沒有任何一科被當，且在「傑出、優、良、可、不可」等五個等級之中，我每次幾乎都是拿「傑出」或「優」。

大三的夏天，在出版社工作的學姊主動來找我，所以我就開始在那間公司打工了。工作的內容主要是接電話、影印、列印、檔案管理、在網路上或書本裡查資料、製作各式各樣的表單或資料庫，以及藏書的整理等等，可說是非常紛雜。偶爾也會被交代「買些水果或甜點當慰勞品，送到拍攝現場去」、「把出差同仁忘記帶的東西送到出差地點」之類的差事。

雖然有點老王賣瓜，但我真的是一個很認真做事的人，接到任務之後我都會拚了命去完成。當然難免還是會有做錯事的時候，也曾好幾次同事驚訝地對我說：「妳連這種事都不知道嗎？」不過大致上來說，我想我的工作表現應該是有超過時薪的價值。我會這麼想是因為我得到不少稱讚，也收到不少感謝的心意，所以……應該是這樣吧，應該吧。

總之，結果就是如此。總編跟我說：「去接受入社測驗吧，因為我有推薦妳。」我照著總編的邀約參加了測驗，並且也合格了。原本我就相當喜歡閱讀文章及撰寫文稿，而且還因為對媒體感興趣而加入過相關社團。這間公司的整體氛圍雖然我還不是很理解，但也稱得上是了然於胸，所以正式成為一員對我來說完全不會猶豫，也沒有不方便的地方。

協文舍，主力商品為雜誌，應該可以這麼說吧。週刊誌有兩本、女性族群的月刊有六本，男性族群的月刊則是一本。文學雜誌方面有一本月刊、一本季刊。漫畫雜誌原來也有一本月刊，但在我打工期間就休刊了。

對於出版業界的規則我還不是很懂，所以曾問說：

「休刊的意思是之後還會再出刊對嗎？」

「不是，休刊基本上即等於是廢刊了，不會再啟動了。」

書籍出版方面，舉凡文學、非文學類、實用書、寫真集等等都有。根據不同的時機或狀況，還會出漫畫或是繪本。尺寸也有一般常見的二十五開精裝本、平裝本，以及新書版、文庫版、變形版等，類型相當豐富。

最近公司也開始投入電子書出版的市場，負責的單位是數位資訊部。以目前的情況來說，協文舍會將自家出版的書籍或雜誌，提供給電子書通路廠商，雙方配合得很好，不過協文舍還是有在研討要採用社內獨家研發的平臺去進行電子書的線上配送。

總而言之，這些就是一般消費者所能接觸到的所有協文舍「商品」，不過除此之外，公司的業務或其他布局還有很多很多。

負責為雜誌廣告開發刊載客戶的廣告部，以及反過來需要對外宣傳行銷的宣傳部，當然一般的總務部、人事部、營業部、銷售部也都具備。

在此之中，讓我最感興趣的就是內容事業部。

在協文舍，負責將已經出版發行的小說等作品進行影像化的專案，就是由這個部門在接洽。一旦從製作公司那邊收到「希望能將貴公司的作品影像化」的需求，該部門就會開始討論。相反地，由協文舍主動提案給製作公司的情況也是所在多有。企劃案通過之後，部門成員就會與原著作者取得聯繫，成為交涉版權費等相關事宜的窗口，同時也會統整各式各樣的合約。另外在影像拍攝現場，他們也得照顧原著作者。反過來說，如果因為影像化而需要產出新的書籍作品，例如像是電影的解說手冊、照片集等等，他們就必須針對這些書籍的發行制訂縝密的計畫。整體說起來真是我夢想中的部門。

不過，新入社的成員想要分配到自己的理想部門基本上是不可能的。在四月一日報到之後，各部門的部長或總編會發講義給新人，然後舉行為期十天左右的研修講座；接著就是輪番到各個不同部門跟著學，一直學到五月中旬；最後才到書店現場實習。以上流程全都走完，才會決定新人所分配的部門。

拿我來說，就是被分配在最一般的營業部。

差不多有三個月的時間，我都是跟著前輩一起往來各家書店，之後不久我也開始有了自己負責的區域。有些人會以法人代表的身分，包下大規模連鎖書店的所有工作，但這是經驗老到且能力優異的前輩才能做到的事。像我這樣的新人，首先還是要從近一點的地方開始做起。因此我就先從北關東區域開始接起，包含有埼玉、群馬、栃木、茨城等等。習慣了之後，又追加了新潟、長野、岡山、福島等地，好不容易我總算在各據點可以說一句「大家好，平時受大家照顧了」就自行「刷臉」入內的，沒想到隔沒多久負責的區域就又進行替換了，這次我接的是關西及四國區域。一開始當然挺辛苦的，然而不知不覺間我也習慣了搭乘新幹線出差這件事，在各地轉搭電車也不會迷路了，還有了幾間相熟的旅館，差不多到了可以有餘裕地笑著說幾句「您好啊，這次也請多多照顧了」等等的寒暄話語時，卻又從營業部接到了調職的命令。

不知道為什麼，我下一個調派的部門是雜誌的編輯部。而且還是我認為跟我個人最無緣的女性時尚誌「every」的編輯部。我想，應該還有人比我還適合這個工作吧，但反正我奉行的思想就是「接到交辦任務，去做就對了」。首先，雜誌內頁會請模特兒來拍攝照片素材，我得記住模特兒的基本資料、合約及工作協議的內容、服裝品牌的名稱、化妝品的系列名稱，以及售價範圍、色票色號，諸如此類的專業用語，還有其他出版社所出版的雜誌走什麼風格等資訊，全都要牢記在心，更有甚者，包含電影、戲劇、綜藝節目、相關網站等，都要一一關注，藉以掌握及挖掘流行趨勢。如果發現到可愛的女生，就先調查一下對方的經紀公司，並確認本人有沒有當模特兒的意願，沒問題的話就可以向總編提案。

「這個女孩，絕對能紅！」

「好，那就試試看吧！」

不過，不知道從什麼時候開始……

我每天都在想著「哪裡做錯了」、「又是哪裡出錯了」。

一開始，在面對一團糟的工作狀態時，我原本覺得可能只是因為我已經「不年輕了」。不過，事情似乎並沒有那麼簡單。

違和感、焦躁感、虛無感。

不，有可能都不是，而是這些以外的「某種感覺」。

我之所以會注意到那個「感覺」，是有一次跟同期進公司的四個好同事，一起到公司附近的居酒屋，喝著喝著，那種感覺突然向我襲來。

「說起來真是太誇張了……才這個年紀就得經歷肛門科看診初體驗，真是想都想不到。」

開口抱怨的是被分配到寫真週刊雜誌「SPLASH」編輯部的同期男同事。

聽到這番話，立刻吃吃笑著挖苦起來的是另一個銷售部的男同事，他是同期裡頭最成功且最受矚目的人。

「不過，不只是『大號』必須要忍住而已吧，『小號』才更是教人感到困擾。」

「說得沒錯，大小號都很不妙，我看我真的很快就得去泌尿科報到接受治療了吧。是這樣的……以前有個很厲害的特約記者，曾經說過他在工作時會穿著尿布。我啊，因為突然被交辦了前往現場守候的任務，所以想說要試試看這個方法，跑去買了成人用的尿布回家試穿……總之呢，我就嘗試要尿看看。」

在非常巧妙的時間點「咦」了一聲的，是在文藝部負責文庫本的女同事。

「安村，你真的很拚耶。」

「不不，你們聽我說，實際穿上去之後，即使很努力想尿出來，但出乎意料的是根本做不到。簡單來說，我就是先將它穿在套裝裡面，確認一下這樣會不會很顯眼，然後在那樣的狀態下，我就算是努力告訴自己『來吧，尿出來吧』，卻還是……該怎麼說呢，我的理性一直不允許我那樣做。真的是做不到啊。即使我憋到下腹部整個鼓起來，也還是尿不出來。畢竟不管怎麼想，那對我來說都是等同於『尿褲子』啊，所以我真的辦不到。太教人感到意外了。」

基本上，同期的安村也是被分配到「SPLASH」編輯部的成員之一，負責的工作跟特約記者幾乎一模一樣，要先埋伏在藝人住處附近，大小便都必須長時間忍住，就這樣一直等到目標藝人帶著對象一起回家為止，足足有半個月以上都在做這樣的事情……簡而言之，他們就是在聊這個話題。

我在聽得有點不好意思的同時，感到恍然大悟。

真正讓我感到驚訝的，並不是聽到記者在埋伏期間沒辦法去上廁所，所以必須穿著尿布這件事。而是我們公司的同仁，還是跟我同期進公司的男同事，居然帶著公司給的照相機和車子，每天都埋伏在藝人的住處。該不會其實在新人研習的期間也提到過這樣的事情吧……喔不，當時研習的內容並沒有如此詳細。這是我第一次得知這件事。

「喂，安村……」

我急著想搭話，而他則用略顯驚訝的眼神望向我。

「……什麼事？」

「『SPLASH』不只是報導藝人的醜聞八卦而已對吧？對於社會事件也會追蹤吧？會去採訪，是嗎？」

安村有點尷尬地點了點頭。

「喔，喔喔喔……若是、有好的題材的話……例如像新聞部主管或總編都認同的那種有趣的題材，那我想是會去採訪的……應該會啦。」

「如果是犯人還逍遙法外的殺人事件呢？如何？」

這讓他皺起了眉頭。

「如何喔？這個……我也不知道耶。你指的應該是打從一開始就抓不到犯人，即使警方已經徹底調查過了，依舊無法順利破案的事件對吧。就像那起『失蹤疑雲』（註1）一樣，有很多案件也是在媒體主導深挖之下才真相大白的，這在過往的確曾發生過。所以

1　一九八二年日人三浦和義在美國洛杉磯所發生的一連串懸疑事件，後因媒體大肆報導而幾經波折。

呢……妳有什麼、妳掌握了什麼厲害的素材嗎？」

是不是厲害的素材，我無法確定。

不過，如果說是無論如何都想知道真相的案子，那倒是有。

4

就現實層面來說，我實在沒有辦法一邊做著時尚雜誌的工作，一邊進行美波事件的調查。原因很單純，就是時間不夠。不過，要是能夠成為「SPLASH」編輯部的一員，就可以把調查美波事件當成是工作中的任務。

我想，就是這個了。我心中模模糊糊感受到的那些違和感、焦躁感、虛無感，或甚至除了這些以外的某種感覺，真正的本體，就是這個！

其實我壓根就沒有忘記這件事，但我卻一副完全沒有被美波的離世打擊到的樣子，每天尖聲嚷嚷著「好可愛啊」、「真的很適合妳」、「好漂亮」。而且我雖然身為女性，但相較之下對於流行時尚的在意程度僅接近平均值或甚至更低，可是腦袋裡的各個角落塞滿了時尚或化妝品之類的資訊，時不時就用一切都了然於胸的表情說著「這是去年的，已經過時了」、「今年流行這個、明年的話絕對是那個會當道」之類的話。這些事情，如今已經一點都不重要了。

從小學一年級開始就跟我最親近的好閨密，在十九歲的時候去世了。是遭到謀殺而死的，犯人還沒有被抓到。這傢伙現在一定依舊生活在社會的某個角落，宛如一個大善人似地每天過著輕鬆愉快的日子。都已經是將近十年前的事情了，即使忘記也沒有關係，但我真的沒有辦法徹底放下這一切，好好去享受自己的人生。

喔不，錯了，應該就是因為已經過了快十年，所以才讓我更加如此。

現在的我跟那時候已經有所不同。我早已不是不經世事、一被男人隨便恐嚇就夾著尾巴逃回家的單純女大生了。如果是現在的話，應該有更多可以做的事，況且我原本就想要往新聞媒體產業發展。因此也有人認為那我就直接去報社或新聞媒體公司上班不就好了，不過那不一樣。比起每天都得不斷去採訪各式各樣的事件，或是去挖掘國會所發生的那些醜聞等等的政治新聞，想要好好專注在一個事件上的我，還是比較適合週刊雜誌這樣的媒體平臺。

就是這個了，儘管營業部及流行雜誌的編輯工作都很重要，但我真正該做的事，應該是那個才對。不管怎麼說，我都應該要潛入「SPLASH」編輯部，徹底調查美波事件的始末，並將真相攤開在太陽下……

話雖如此，但無論是哪個時間點，我都是隸屬於協文舍這個「組織」裡的人，當然不可能有人會直接跟我說：「原來是這樣啊，那下週起就請來『SPLASH』編輯部上班吧。」必須要先提出希望調動到「SPLASH」編輯部的申請，然後等待下一次定期異動時間的到來。最好的狀況是，剛好「SPLASH」有缺人，或是有裡頭的同仁想要調到「every」編輯部。可惜，這樣的奇蹟實際上並沒有發生。

不過我並沒有因此就放棄，這次可不能再輕易放棄了。
因此，我直接去找「SPLASH」的總編輯商量。
「我有一個非調查不可、非寫不可的事件。」
「咦，是喔？是什麼樣的事件呢？」
「這我還不能說。」
「什麼意思啊。不過我知道妳在說什麼，是那件事對吧？我從安村那邊聽說了，什麼未破的懸案之類的，是這樣的題材對吧？」
「……嗯，是沒錯。」
這次的試探到底有沒有成功，我不得而知。公司的人事相關問題本來就都是採取黑箱作業的方式，我區區一介社員不可能知道內部的真實狀況。
然而，願望成真了。雖然離我冒出這個想法以來已經過了兩年半，但終於在我三十歲的時候，正式加入了「SPLASH」的編輯部，而且還一加入就成為專刊特輯班的記者，獲得採訪的許可。專刊特輯班所報導的不是寫真女星、運動明星、潮流文化等等的內容，而是主要以社會事件或問題為採訪核心的小隊。順帶一提，這時候同期的安村已經離開協文舍，跳槽到競爭對手朝陽新聞社的「朝陽週刊」編輯部去了。對我來說，安村究竟是算恩人，還是算背叛者呢？唉，兩者都是吧。
終於，到了調職轉任的第一天，當時總編輯用一臉難為情的表情對我說的話，到現在我都還記得。

「正常來講，實在不會有人一開始就帶著題材想要跳到SPLASH來，所以我其實是有點開心的……負責人事調動的同事，經常跟我起爭執，所以這件事一直沒能敲定，還好我跟古谷董事關係還不錯，當年我剛進SPLASH的時候，就是他擔任總編輯……於是，我就把妳的事情稍微跟他說了一下。雖然不是說光是如此就促成這件事了……不過下次妳在遇到古谷先生的時候，記得致個意道謝一下，這樣就足夠了。」

我也很開心。居然會出現一個助攻的人來幫忙爭取我夢寐以求的工作，真是想都沒想到。

接下來，我就開始過著比以前還要更加忙亂的生活。畢竟我是個新加入的菜鳥，不可能只調查美波事件而已，包含支援前輩記者，從工作推積如山的同事手上接下一些他忙不過來的題材等等，都得要做。偶爾也會發生一些狀況，像是我在「every」任職時期熟識的化妝品公司爆發不良品回收事件，我就會運用當時的人脈幫我調查該公司內部的訊息。美波事件以外的工作，我也都會全力以赴。

不過，我最想做的事還是調查美波事件，這件事完全沒得商量。

我是在進公司的第二年秋天開始搬離老家，自己一個人住的。

從家裡出發，單程上班通勤的時間就要花上一個半小時，雖然這跟大學時期差不了多少，但因為在營業部的時候出差的機會相當多，所以即使我搭清晨的第一班電車，到出差地往往也都差不多中午了，而結束之後得先回公司一趟，此時往往都趕不上回老家的最後一班電車，總之就是很不方便，所以也沒有其他辦法。

我自己一個人出去外面住，媽媽一定會感到寂寞的吧。雖然我心裡是這麼想的，但是根據我所聽到的反應，感到寂寞的反倒是爸爸。

「人去樓空所說的，大概就是這樣的情況吧……」

雖然爸爸把話說成這樣，但其實平常我跟他幾乎都不會碰到面，我開始工作之後，就連週末也湊不到一起，有時候誇張一點甚至會整整一個月碰不到彼此。即使如此，對於不再住一起這件事，爸爸似乎還是不明就裡地感到寂寞。

不過，自從我調職到「SPLASH」編輯部之後，狀況居然也開始產生了逆轉。倒不是說我就因此從東京租屋處搬回老家，而是在週末時我會盡可能地回去，休完假再從老家回到公司上班。

理由只有一個，那就是要重新調查美波事件。

美波事件的犯人依舊逍遙法外。而且更重要的是，我感覺得到最近即使相同的事件持續在發生，但人們對此事件的記憶卻逐漸淡化了。

真是糟糕。

首先，我想搞清楚新聞媒體當時是怎麼報導美波事件的，因此立刻就在網路上展開調查，並且還到圖書館去，將那陣子的報紙新聞縮小保存版全部都翻出來看。不過，就我所看到的資料來說，跟當時我所得知的資訊沒有任何一點落差。

事件發生的地點是在沿著新川整建的綜合運動公園裡頭的一處河岸，距離美波家大約七公里的路程。犯案時間大約是晚上十一點前後，死因是勒死，也就是用雙手掐著脖子直到窒息而亡。由於美波身上的貴重物品並沒有被搶走，因此警方認定此案是由熟人所犯下的……

我也曾到那處河岸去，親眼看看犯罪現場。我認為當時那邊的環境跟現在可能已經有所不同了，所以還到管理處加以確認，不過得到的答案是「沒有什麼太大的變化」。

「硬要說的話，就是因為發生了那件事，所以後來園區內的幾個點有設置了防範犯罪的監視器，不過，即使是這樣也沒有辦法監控園區的每個角落，畢竟這座公園真的太大了。」

公園的腹地的確很大。如果要做到全區覆蓋的話，可能得動用到幾百臺的防範犯罪監視器吧。然而，光是在公園的出入口或停車場裝設幾臺監視器，防止犯罪發生的效果應該就能提高不少。我總忍不住會想，如果美波出事的當下，公園也設有這麼多監視器的話……不過現在說這些都無濟於事了。

接著，我請總編把我介紹給一位新聞媒體的熟人。經由那位熟人的介紹，我很幸運地與當時寫過美波事件相關報導的記者取得了聯繫，並且從對方那邊得到了一些說法。

他是原本在產經新聞任職的記者，名叫遠野和通，聽說他現在人在靜岡縣經營一家舊物回收公司，所以我在拿到出差許可後就出發前往拜訪了。

遠野差不多四十多歲，用一個不怕招致誤會的說法就是他「感覺壞壞的」，總之就是個看起來相當時尚的中年大叔。

「啊啊，那起事件啊……只能說警方的初步調查實在做得不怎麼樣。既不是強盜案件，也不是馬路上的隨機殺人，而是熟人所為，等於搜查方向早早就已經鎖定了……雖然這麼說並不是公平，且任何人都可以在事情發生過後來幾句馬後炮，但如果能把現調……啊啊，意思就是『現場調查』啦，也就是在事件發生的現場周遭鉅細靡遺地展開調查，這部分應該做得更徹底一些。事實上，在我的記憶中，我記得實際參與搜查的人員也曾這麼說過。」

失敗的初步調查。雖然這是不允許發生，也絕不可原諒的事情，但我的目的不是為了彈劾警方的作為。

「完全沒有任何一個可疑的人物浮上檯面嗎？」

「如果妳指的是警方調查中的嫌疑人，那的確沒有，我想是沒有的。」

這話聽起來有點蹊蹺。

「那麼，有感覺怪怪的人嗎？」

「該怎麼說呢，本部……啊，就是搜查本部啦，也不知道是從誰那邊得來的線索，總之就是有這麼一件事。他們從被害女子的通話紀錄之類的資料裡，找了不少那樣的人來問話。這事應該是做得挺徹底。」

「但在那些人裡面，沒有一個是嫌疑人，對嗎？」

遠野歪著頭。

「……比起有沒有可疑人物這件事來說，真正教人在意的還是被害女子本身。那個，她的交友關係相當亂，流言蜚語也很多，像是她有在做援交之類的。」

援交，也就是援助交際。不久前普遍使用的字眼是「少女賣春」。看來，笹本圭子她們口中的「仙人跳恐嚇」這樣的行為，警方也已經有所掌握了吧。對於美波私底下在做些「骯髒事」，我只聽笹本說過一次，不過說不定美波扮演的是居中聯絡的角色，若是如此，那麼跟許多不特定的男子通過電話也就不奇怪了。

「遠野先生，警方找了哪些人去問案呢？你知道具體情況嗎？」

「不，我沒有接觸到那麼深入，況且，警方所發表的調查過程也沒有講得如此詳細。再加上當時已經開始出現禁止調查員單獨行動之類的風氣……雖然說沒有強硬禁止啦。在那樣的時空背景之下，儘管我有在追蹤，但如果太過緊追不捨，很有可能會被禁止進出警局，所以只能先伺機而動。老實說，為了在重要時刻能夠出入警局，我還是希望能保有那張通行卡。所以，那個事件發生之後我就沒有做什麼調查了……沒能幫上忙真不好意思。」

話雖如此，但我還是想死馬當活馬醫地進一步問看看。

「那麼，關於菅谷榮一這個人，你有收到什麼消息嗎？」

遠野露出一臉狐疑的表情。

「妳說誰？」

「菅谷、榮一，就是菅谷建設的社長，這家公司在那個業界幾乎人人都聽說過。」

「菅谷……菅谷榮一。」

遠野緊皺著眉頭、視線往斜下方移動。

看起來分明就是「知道些什麼」的神情。

「你認識嗎？」

遠野用手摀著嘴，頭微微傾斜。

「不……我不記得這個什麼榮一先生，不過要是說到菅谷，而且是建築業界的人，那我以前是也曾聽他說過一些事。不過那跟我們談的這起事件無關，只是一些生意場上的爆料罷了。」

我從筆記本的夾層裡抽出那張照片，美波雙手環抱胸前，而手插口袋的菅谷榮一就站在畫面中間的那一張。

「可以請你看一下這張照片嗎？你說的跟畫面中的男人是同一個人嗎？」

遠野雖有點頭，但卻顯得有點曖昧不明。

「……應該是吧。我沒有辦法百分百確定，不過的確是很像……如果當時跟我說話的菅谷榮一，就是照片裡的人，那又如何呢？」

這就是問題所在。

「我也一樣，沒辦法完全確認，但我聽說，有一條線索表明菅谷榮一可能與這起事件有所關聯，即使沒有，但由於這家公司在地方上有很多不好的傳言，所以我認為解開事件謎團的關鍵或許會在那邊。」

遠野不置可否地點頭回應，嘴裡虛應著「嗯嗯嗯」，看來並沒有把我當成異想天開的瘋子，不過儘管如此，他臉上還是露出了苦笑的表情。

「妳說……地方上那些不好的傳言，我想也只是以訛傳訛，都是不實指控吧。」

「什麼意思？」

「啊啊，我漸漸想起來了……那位社長，有一個弟弟。叫什麼名字我記不得了，反正那傢伙就是個流氓啊。也不知道是隸屬川勝家族還是星野家族，總之就是白川會的組員。然後，我們所說的菅谷社長不是在搞房地產嗎？該怎麼說呢，就是他好像有把黑道勢力當靠山，在背地裡做一些亂七八糟的買賣，我是這麼聽說啦，而且似乎說得真有那麼一回事。不過，若以結論來說，這一切當然都是子虛烏有、都是沒有任何根據的謠言。而菅谷社長本人對於這些瞎猜的言論看來也早就習慣了。我刻意用了違反常規的方式進行採訪，但他還是笑笑地用一句『才沒有那種事』否定了一切。他說，『關於我的弟弟置身那種環境這件事，畢竟他跟我是骨肉相連的親人，所以我也得負起連帶責任，因此我反而認為我們公司必須要做到每個地方都清清白白。』而且他還說，『如果有任何疑慮的話，我們可以將帳本攤在陽光下；若是公共工程相關的內容，那就一起到政府單位去，請負責的長官出示重要資料也沒問題，總之，我們公司非常清白，絕對沒有動用弟弟或組織的影響力。』當然，我是有做過蒐證的，可是什麼都沒有查到，那間公司真的沒有任何骯髒的祕辛……這就是我的結論。」

遠野的一番話並非全都不可信，或許，菅谷榮一在事業上真的是恪守本分，但關於少女買春疑雲就是另外一回事了，即使這有可能也是被憑空捏造出來的謠言。

由於我認為我自己應該也有必要去做點調查，因此就針對業界人士進行了訪談。記者前輩告訴我，像這樣的情況，就要去找一些在同個領域但不同公司，也就是跟調查對象沒有直接關係的人來問，於是我就聽話照辦了。

在鄰近的城市有一間高松土木工程，屬於有限公司，很久之前就開始營業了。跟我聊的是社長高松隆二，身體看來相當硬朗，是一個完全看不出來已經七十歲的男人。

「啊啊，菅谷建設啊，他們的工作總是源源不絕，而且會一直採用好多年輕人，很厲害呢，是經營得很好的一家公司。除了縣市政府的工程之外，大企業轉包的案子他們也會接，真的很了不起。」

這一番言論可能是源自於老手的自信吧。感覺上就是以「稱讚比自己年輕的經營者」為切入角度，聽起來不像是假話。

繼續深入探問看看。

「身為建築工程的承包商，等於貴公司跟對方算是競爭關係，那麼，應該不曾直接跟對方合作，或是一起負責同一個工地對嗎？」

「我們的確沒有。雖然土木工程公司彼此之間會有土木師傅的出借、互相介紹工作之類的往來，但我們並沒有直接跟菅谷建設有所接觸，從以前到現在從沒有過，頂多就是承攬過幾個小案子而已吧。」

承攬，不是很明白這個詞的意思。

「不好意思，承攬是什麼意思呢？真的很抱歉我這麼孤陋寡聞。」

高松雙頰上揚，看起來好像很開心的樣子。

「這個嘛，簡單來說就是轉包的業者。以我們公司來說，無論是新成屋的建造或房子的改建，我們會承攬的包含設計、向木料之類的建材行購入建材、由專業的師傅進行施工等等，不過室內裝潢以及外牆工程等，因為設備的關係……總之呢，我們跟那種大公司不一樣，除了木匠以外的其他所有專業人員，像我們這種小公司是沒有的。也就是說，基本上我們都會用外包的方式進行，電線、瓦斯、自來水管路等，全部都委由專業人員來處理。其他還有磁磚，以及那種舊時代的掛軸製作、字畫裝裱達人，類似像現在的壁紙施工人員吧。還有負責裝潢的公司、石材專業、油漆專業、鋁窗紗窗專業等等，具有各式各樣的分工。這些專業的公司都跟我們不一樣，他們是各自獨立的，比方說水管工人就負責水管裝設，會有許多不同的土木工程行將工作委派給他們，並且以前曾經合作過的話，一有需求就會直接叫來做修理或翻新。假設遇到整體改建的大案子，他們就會說『那我跟你介紹土木工程行』，然後把案子轉交給我……反正就是互相幫忙啦。」

原來如此。這麼說來，菅谷建設也會轉包工作出來嗎？

「具體來說，什麼樣的業者會跟菅谷建設有這樣的合作關係呢？」

「我們跟菅谷建設都有在發包的是自來水管路，以及可能是油漆工吧，還有就是木料行，我們兩家所合作的木料行是同一家。不過要說是互相往來，其實也只是談生意的當下碰個面、喝個茶，問問彼此『最近怎麼樣啊？』瞎扯一些閒話罷了。我自己是這樣啦。」

儘管如此，但若能直接採訪到認識菅谷榮一的人，那就太好了。

「順便問一下，菅谷社長的家人有？」

「唔？我記得那個人單身喔。」

真教人感到意外。照這樣說來，即使跟美波的關係公諸於世了，也可能不會被認為是出軌。

「啊啊，他沒有結婚嗎……一次也沒有嗎？」

「可能吧，關於這個問題我沒有打聽過耶。不過……我也不清楚那到底是什麼樣的關係，畢竟我沒有聽過詳細狀況，總之他似乎有認養一個孩子。」

「是男生嗎？還是女生？」

「好像是個男生。不過那也是我之前從水管工人還是誰那邊聽來的消息……話說回來，妳究竟想要知道菅谷先生的哪些事情呢？」

週刊雜誌記者特有的第六感或任何類似的技能，看來我尚未具備。只是我有一個小小的預感，我感覺有些什麼卡在這個老人的喉嚨，呼之欲出。

「那不重要。總之只要是跟菅谷建設或菅谷榮一有關，無論是你知道的，或是任何相關的線索，如果都能說給我聽，那就太感謝了。」

在我說完之後，高松健二突然收回了老好人的和藹笑臉，並且首次在臉上看到了些許不安好心眼的表情。

「這件事……那個，從哪裡聽來的我不能說，反正就是那位菅谷社長的事。曾在差不多十……十幾年前吧，這附近的一座公園發生了女子遭到殺害的案件，我聽說菅谷社長似乎被當成疑犯，接受了警方的層層調查呢。刑警還曾經直接闖進他工作的地方。畢竟我們這兒是鄉下小地方，業界範圍也不大，所以流言很快就傳開了。一時之間，感覺有些人若有似無地開始疏遠他……不過最終證實他並不是犯人，且原本他就是個非常認真工作的人，從那之後他依舊紮紮實實地將心力投注在工作上，事業發展也依舊平穩順利。因為現在跟妳聊到……我才想起了這件事。」

警方不僅掌握到美波她們的恐嚇行為，同時也與菅谷榮一取得聯繫了嗎？

不過，菅谷榮一並沒有被逮捕，不知道是因為在犯罪時間前後他有不在場證明，或是其他的理由，總之他沒有以殺害美波的犯人身分遭到起訴。

可能有人會想，如果事情發生在美波更為年輕，或是她有上大學，那麼身為流氓的弟弟應該就會出手干預；另外，警察也有可能因為菅谷榮一是當地知名企業的社長，所以就有所禮遇。不過實際出了社會之後就能夠了解，這樣的事情一般來說是不太會發生的。至少，經營著菅谷建設這麼大規模的公司，再加上還有個流氓弟弟可以動用，警方是不可能在得知這些狀況後，還把這樣的殺人犯放出去的。

美美，殺了妳的人，到底是誰？告訴我吧。如果你可以用鬼魂的方式現身，那也沒關係。就請妳偷偷地化身為幽靈出現在我面前，跟我說：「犯人就是他！」

喂，美美，就算給我點線索也好啊。

第三章

1

隨著日子一天天過去，讓中西雪實開口說話這件事算是獲得了豐碩成果。這是非常確定的。

武脇點了點頭。

「那麼，我再重新統整一次。三月十七日星期五的晚上十一點左右，濱邊友介突然跑到妳家找妳對嗎？」

「是的……沒錯。」

「你們沒有先約好對吧，他沒有提前跟妳說要來，也沒說過『碰個面吧』之類的話。」

「是的。」

「明明不曾跟濱邊說過住址，但他卻找上門來了。」

「……就是像你說的這樣。」

這的確是有可能的。雪實是週刊雜誌的記者，尾隨採訪對象應該已是習以為常的事情，但換成是她自己被跟蹤的話會是如何呢？看樣子完全沒有做到任何警戒提防不是嗎？照這樣說起來，即使是沒有調查或搜查經驗的素人，想要找到雪實的住處應該不是一件難事。在此暫且先不討論動機。
「不過，妳還是把濱邊友介帶進了屋內。」
「該說是帶進屋內嗎……」
這句話聽來並不是很同意。
「那麼，實際狀況是偏向濱邊擅自闖入對嗎？」
「不是，也沒有到擅自闖入的程度……不過，他突然來訪，我的確感到有些困惑……總之，在那個當下我因為認定他是我的採訪對象，同時也是情報的提供者……所以我也沒辦法斷然拒絕，雖然現在回想起來是有些迂腐了……但終究我還是讓他進了屋內。」
然而，這番言論之中似乎隱隱透露出一種受到強迫的感覺。
「當時濱邊的狀態如何？」
「進到屋內之後還算正常。」
「所謂的正常，大致上是什麼樣的感覺？」
「……唔，就是挺有紳士風度的，舉止都在常識所及的範圍內。」
「具體來說呢？」
「他有說『這麼晚來拜訪真是不好意思』之類的。」
還真是教人搞不懂。
「喂，中西小姐，沒有先跟妳約好，而且也沒有給出地址的這麼一個男人，突然造訪……說實在的，這樣的情況是好是壞不言可喻。我只是單純有個疑問，是這樣的，面對濱邊的到訪，在那個時間點妳直接予以拒絕是不是比較好呢？應該不是說到訪，而是說讓他進門。」

可能是語氣稍微硬了一些吧，只見雪實皺緊了眉頭，視線又再次向下移動。

不過，事到如今她的嘴也沒有道理再繼續緊閉不談了。

「所以說……可能說了你也不會相信吧，關於這個事件，我說的那個聲音多多少少……最起碼對我來說，真的造成了莫大的影響……但是，即使我這麼說……」

看來，如果沒有把這件事說清楚，是很難繼續往下進行了。

「就是妳先前提到的，會提醒妳注意車子，還有在電車上小心色狼的那個聲音對吧。」

雪實點點頭。不過接下來就陷入了沉默。

在面對這種情況時，如果心中覺得好麻煩，那就當不了調查官了。

「實際上，妳是聽到了什麼樣的聲音呢？」

雪實的視線停留在灰色的桌子上，一動也不動。

「……危險！像這樣的感覺。」

以雪實的表現來看，她應該是想重現自己聽到的聲音有什麼細微的變化吧。「危險」的「危」字聲音較小，「險」字就變大聲了，最後的收尾則又變小聲。

「這個聲音是突然就聽到的嗎？」

「唔……要說突然也真的是挺突然的。我記得有一次是在沒有紅綠燈的十字路口，兩邊的路況也沒辦法看得太清楚，當時就有一個人開著車過來，可能因為是電動車的關係吧，我完全沒有聽到引擎的聲音……他好像是從左邊吧，逐漸向我靠近……就在那時候，我的腦海中突然響起了一聲『危險』，感覺上這個聲音就這樣通過我的腦袋。其實在那個當下，我自己也有察覺到危險的情況，所以，我只是把它……當成了我自己內心的聲音。總之，我的想法就是，沒有被撞到真是太好了、還好有避開，諸如此類的。不過，在電車上我就聽到好多好多次了……我是真的有聽到『色狼』，而且我發現到這跟提醒我電動車『危險』的聲音是一樣的……我心想，怎麼回事啊？又是為了提醒我注意吧。保險起見，我還是移動到別的車廂去了。」

這一番話，有查證的必要嗎？

「原來如此，那然後呢？」

「唔，然後就沒有碰到色狼了。」

「那麼到目前為止，妳有遭受過色狼的騷擾嗎？」

「坦白說還挺常的……不過，不是也有這樣的色狼嗎？就是他到底有沒有摸，我沒辦法肯定。究竟是手掌碰到的，還是指甲碰到？是故意的？還是不可抗力的因素造成的？很難判斷。但那種很明確的，好比說像這樣……噗啾掐一把的話，我當然也會心想『這個死傢伙』。然而，就算是想把這樣的人揪出來，但對方要是立刻就把手縮了回去，在擠滿人的電車上根本沒辦法分辨是誰下的手……我是曾經將色狼趕走過，但抓著對方的手直接拽下電車這樣的事情，我就不曾做過了……不過，只要根據那個聲音的說法為自己換個車廂，就完全不會再碰到色狼了。所以那時候我開始心想，或許，這就是我的守護靈吧。雖然談不上信任或是信賴，不過我覺得倒是可以當作一個參考，這就是我的想法……也說不定，我是已經相信那個聲音了。」

可以閃避交通事故及色狼的騷擾是嗎？

「還有什麼其他的狀況嗎？」

「唔……啊啊，我記得最一開始聽到這個聲音時，並不是叫我要留意些什麼，而是在我買東西時……啊，所以該不會，那就是凶器!?」

雪實突然想起了一些事，並開始自我肯定起來。

「該不會什麼？」

「就是，凶器啊。」

那不是鶴。

「你說的是白色的天鵝嗎？」

「是的，我在百貨公司逛街的時候，突然發現了那隻天鵝，我覺得很漂亮，而且看到之後覺得『好懷念喔』……不過後來我仔細回想，才發現到那個『好懷念喔』其實是那個聲音所說的。那並非來自於我自己的想法。我是聽到了『好懷念喔』這句話之後，才開始心想『對啊，有種復古的感覺，挺不錯的耶』，然後就買回家了。」

「哪裡的百貨公司？」

「新宿的伊勢丹。」
「什麼時候去的？」
「今年年初，元旦過後沒多久。」
那就是兩個月前。
「我確認一下，濱邊先生第一次打電話到編輯部是一月二十七日，你們兩人在新宿碰面則是二月二日，也就是說把天鵝買回家的時間點是在認識濱邊先生之前囉？」
「是的，我想是這樣沒錯。」
「若是如此，那妳不覺得用一月初所買的天鵝毆打濱邊先生，只是單純的偶發事件嗎？」
也就是說，這一切並非那個「聲音」所造成的。
對於這個說法，雪實也表示同意。
「……的確、是這樣，但是……我買回家之後再看它，就沒有什麼懷念或其他任何感覺了，而且它跟我的房間裝潢風格一點都不搭。所以我不禁思考，到底我為什麼要買它？」
覺得女性常會有衝動購買的行為，看來只是中年男子的偏見吧。
「嗯，不過像這樣的事情也是所在多有吧。」
可能是同意的力道不是很強，雪實罕見地露出了生氣的表情，眉頭緊緊皺了起來。
「不只是這樣。我跟濱邊先生……我跟那個人見過面之後，就一直能聽到『那是他、就是他』的聲音。」

雪實此刻的模仿，語氣上有點奇怪，跟先前聽起來不太一樣。

「那個聲音說『就是他』的時候，聽起來也是這樣結結巴巴的嗎？」

「……與其說是結巴，倒不如說是有些嘶啞，或是有些斷斷續續，好比說頻道交錯的廣播……啊，可能不太像吧。不過可以確定的是，那個當下所發出的聲音，比先前都還要難辨認。對於可以聽到那個聲音，我多多少少已經有些習慣了，基本上，我想那就是我……那是我自己的聲音。正因為我認定那是我另外的一個人格，所以我就會在心裡思考著『就是他』到底是怎樣、濱邊先生又是如何如何的。終究我只知道『就是他』這樣而已。」

這一大段話，究竟是跟哪件事情有關呢？

「妳的意思是，那個聲音對妳說的話，妳是可以自行解讀的對嗎？」

「……嗯嗯，是吧。」

「怎麼解讀呢？」

這次的沉默持續的時間有點長。是因為在想該怎麼表達而困擾著？還是因為很難說明呢？

不管如何，武脇可以充分感受到雪實是有話想說的，所以他便靜靜等著。

雪實輕輕地點點頭。

「那個……就像刑警先生所說的，到目前為止，那個聲音基本上都是站在提供幫助的立場，總之就是對我有好處的事情，它才會告訴我。」
「說得也是，比方說小心車子，還有電車。」
「嗯，所以……『就是他』這三個字，在我耳裡聽來就是相當肯定的，該怎麼說呢，就是我能夠理解話裡的意思……」
相當肯定、理解？
「這是什麼意思？」
「……也就是說，那個……」
這個又像是哭又像是笑的微妙表情是怎麼回事。
雪實的視線游移在桌子的一端及桌子與牆壁的連接處兩者之間。
「就是說，類似像『妳命中注定要遇到的人就是他』這樣的說法……我就是……有這樣的想法。」
什麼？武脇不禁想出聲反問，好不容易才忍了下來。
說什麼命中注定要遇到的人，這又不是戀愛劇碼。
雖然心裡是這麼想的，但可不能就這樣直接當著面說出口。
「妳的意思是，那個聲音勸妳要跟濱邊友介交往，是在勸妳對吧？妳是這麼想的吧？」
儘管武脇已經相當慎重其事地用字遣詞，但或許還是多少有一些細微的地方顯露出取笑的態度。

雪實把臉轉向站在武脇後方的菊田巡查部長。

「不過，刑警小姐應該可以理解對吧？無論是偶然發生、或是瞬間的感覺，總之與命定的那個人碰面時，不是說會有電流竄過身體的那種感覺嗎？如果是女生的話，往往都會想要緊緊抓住這種感覺對吧？能夠理解對吧？」

菊田應和地「嗯」了一聲，微微地點了點頭，不過似乎並沒有全然同意這樣的說法。至少武脇心裡是這麼認定的。

雪實繼續說道：

「我知道我一定會被當成傻瓜。但是，我不過就是想要選擇相信而已，難道這樣的心情就這麼不可取嗎？畢竟濱邊先生一直以來感覺就像是個普通的紳士，我完全沒有料到他會是這麼壞的人。」

在這個階段此先做個確認吧。

「……順便問一下，妳最近交往的男朋友是？」

「沒有！」

沒有就沒有，沒必要生這麼大的氣吧。

「了解。那麼，讓他進屋這一點，問到這邊應該可以了。重點在於之後發生的事。尤其是在沒有任何徵兆的狀態下，濱邊先生突然對妳施暴……我的描述是正確的吧。」

武脇一問完，雪實的怒火就像是被水澆熄了一般，肩膀垮了下來，整個人也縮成一小團。

「……是。」

「具體來說，他一開始是緊緊把妳抱住嗎？還是毆打了妳？」

「我當時是一把被他抱住。就在我轉身背對著他的時候，從後面被他猛然一抱。」

「接下來呢？」

「那個……我也不是很能理解，總之他就是說了『我真的不想模仿別人』之類的話，然後就想要脫掉我身上的居家服……」

「這個部分，妳不太記得了是嗎？」

「畢竟是從後面被抱住，所以詳細情況我也……」

「但無論如何，妳還是有起身抵抗。」

「這是當然的啊，就算是那個不知道來自於幽靈還是亡靈的聲音，直說『這個人沒問題的』，但就這樣突然地……這麼突然，我真的沒有辦法，絕對沒辦法。」

菊田在旁點了點頭，可能是能夠認同這段描述吧。不過武脇還是相當在意那個聲音是不是真的說了「這個人沒問題的」這句話。可惜聲音的來歷不明，只能先放著不加以深究。

「明白了。讓對方進入房間裡，並不代表心中一定對兩人的關係抱持著期待，由於還沒有認定對方的身分，因此遭到對方粗暴對待，一定是會反抗的……情況就是這樣沒錯吧。接下來呢，發生了些什麼？」

「接下來……我倒在地板上，手往桌子上一伸，而那個天鵝裝飾品，就放在那裡……」

雪實的房間約有六張榻榻米大小，中間有一張桌子，玻璃製的天鵝就放在桌子上。遭到逮捕的時候，雪實就曾做過相同的供述。這可能是在惡棍摔角手接下調查工作之前所做的供述吧。

「嗯，妳把天鵝裝飾品拿來？」

「我抓住天鵝，然後啪地一揮。」

「這裡，請做出正確描述，妳是用哪一隻手抓的呢？」

「是、左手。」

「而妳的慣用手是？」

「右手。」

「那為什麼在當下會用左手呢？」

「為什麼……就碰巧吧。倒在桌子旁，感覺自己抓住了些什麼的時候，碰巧是用左手……如此而已。」

「妳說感覺抓住了些什麼，那在抓住的時候，妳知道那是天鵝裝飾品嗎？」

「抓住並緊握的當下，應該是知道吧……不過，怎麼說呢，就覺得很好抓，好像可以當作武器來用，所以就，啪地揮出去了。」

「是這樣揮嗎？還是這樣呢？」

這一題主要想問的是，揮動的方式是像網球的正手拍還是反手拍。

武脇試著做出動作之後，雪實也動了動手腕仿效了一下。

「……像這樣。」

原來是反手拍啊。

「妳向前倒去，偶然間左手搭在桌子邊，並因此抓到了天鵝裝飾品，也就是說妳是以返身攻擊的方式打傷了濱邊，這麼說沒錯吧？」

「……是的，確實如此。」

「有沒有哪裡覺得怪怪的？或是有含糊不清的地方嗎？」

「因為那是在一瞬間發生的事情，所以我可能沒辦法記得那麼詳細……不過我想大致上是這樣沒錯。」

「妳只有打濱邊一下嗎？」

雖然這對雪實來說是個相當殘酷的問題，但她必須得要明確回答。

雪實闔上雙眼，一時之間雙唇好像凝固了一般緊閉著。

「……不，揮了一次之後，又再揮了一次，從這邊……像這樣橫掃下去。」

結果，雪實的左手在濱邊友介面前來回各揮動了一次。

「第二次是往反方向打的，意思是在對方靠近之後才施加傷害的對吧。」

「……是的。」

雪實的雙眼之間有些什麼快要滿出來了。

即使如此，問話也不能在這裡中斷。

「打第一次的時候，天鵝的身體部位變得如何？」

「不知道是裂掉了還是折斷了……總之就是掉了一些。」

「打第二次的時候，留在妳手上的部位是什麼？」

眼淚先是順著左眼滑落。

「我想，應該是……剩下頭，還有翅膀的部分吧。是金屬材質的、金色的。」

「第一次揮擊的過程中，大部分的玻璃材質都碎掉了，因此左手剩下的主要就是金屬的部分。不過，相信在接合處還是多少會殘留一些玻璃碎片吧。將殘留在上面的尖銳碎玻璃，像一把刀一樣揮向濱邊，不覺得可能會造成非常嚴重的後果嗎？」

已經沒有任何方法能讓她忍住眼淚了。

「事後回想起來……的確是這樣。我也是，這麼想的……在那個當下，我命都豁出去了，而且，砍傷脖子導致血流如注的結果，我是壓根都沒想過的，更何況是置他於死地……但我真的很害怕啊，因為我說不定會被性侵，更慘的是有可能會被殺死，所以才會抓住了東西就拚死抵抗，這樣做真的有那麼十惡不赦嗎？難道我、難道我要乖乖地讓他性侵才是對的嗎？」

說得真好。

「……喔不，中西小姐，當然不可能是這樣。重點在於，在案發現場只有妳和死去的濱邊友介，而且現在這個時間點，也只有妳在描述著當晚所發生的事情。因此，妳用自己的語言來描述事件經過是非常重要的，不過當然這並不是根據妳聽見的那個腦袋中的聲音，而是出自於妳自己的判斷及責任。非常感謝妳可以提出勇氣把話說出來。雖然還很早，不過我想今天就先到這裡吧。」

按照中西雪實的供述內容來看，這起事件應該是雪實的正當防衛吧。即使要加重量刑，那麼判個防衛過當也應該很合理了。

不過，這也是全盤相信中西雪實的供述才會有的結果。

警方的調查是不可能如此粗糙亂編的。

夜晚，一直繞著證據跑的調查員們開了一個小型的會議。

菊田私底下請被稱為「惡棍摔角手」的小山巡查部長調查了中西雪實的行蹤，也就是案發之前去過哪些地方。

「根據定期車票、ＪＲ的ＩＣ卡，以及只有主管才能查看的疑犯工作狀況……應該是叫工作狀況沒錯吧，總之就是來來去去進行採訪的行進路線，跟現在的供述是完全一致的。」

體型比小山巡查部長要小一號的大山巡查部長，則針對雪實的交友狀況進行了調查。

「的確是完全沒有她交男朋友之類的傳言。所以說，要說與被害人之間有什麼感情糾葛的說法，應該是很難成立了。」

這是在開玩笑嗎？這個部門名字相似的警員也太多了吧。

大谷巡查部長將濱邊友介的身家背景全都查了一遍。

「今天也是一無所獲，什麼像樣的資訊都沒有。到底有什麼來歷完全不知道。如果有前科的話就很容易可以查到了……結果現在這樣，搞得受害者像是無主冤魂一樣。」

照這樣發展下來，真希望可以蒐集到「小谷」，可惜第四位是牧原巡查部長。牧原負責調查的是協文舍。

「在協文舍的部分，倒是發現了相當奇怪的地方。」

牧原翻開自己的筆記本。

「中西雪實說她之所以可以加入『SPLASH』編輯部，是因為有一個人離職了，因此空了一個職缺，而去找濱邊問話這個任務，也是那位離職人員所負責的工作……我們所聽到的資訊是這樣沒錯吧？」

的確如此，這些都是雪實說的。

「是的。但是，怎麼了嗎？這個資訊是錯的？」

「不，不是錯的。她闡述的內容的確是事實，只不過，那位離職的員工，似乎並非一般情況下的自動請辭。」

該不會是拿了公司的資遣費才走人的吧，是這麼一回事嗎？

「喔？那離職的理由是什麼呢？」

「嚴格來說，情況跟離職有點不太一樣，正確的說法是，那人現在依舊處於『留職停薪』的階段。總之呢……那位前任員工從去年的十一月七日開始缺勤之後，就完全聯絡不上了。公司曾聯繫過那位員工的老家，不過家人也完全像是置身五里霧中。那位員工的母親與公司的上司……也就是總編輯，兩人曾一起到那位員工住宿的房間去探訪過，不過並沒有碰到本人，當天母親也提出了失蹤協尋的申請……這是在十一月八日提出的，城東警署也確實受理了該案，在那之後依舊維持著下落不明的狀態，即使過了一個月也沒有收到任何相關聯繫，所以公司方面應該也感到很困擾吧。無計可施之下，最後就在十二月十二日這一天將中西雪實調到『SPLASH』編輯部，將職缺補上。」

的確是讓人感到相當微妙。

「那位失蹤的前任員工，姓名是？」

「啊啊，不好意思，我沒有說嗎？」

牧原將筆記本轉到武脇的方向。

「在這裡。寺田真由，失蹤的時候是三十三歲……不過現在應該也是這年紀吧。不好意思，生日的資訊我沒有掌握到。」

寺田真由，三十三歲是嗎？

2

這件事應該可以稱之為情報資訊版的「稻草富翁」故事吧（註2）。

2　出自於日本童話，闡述一個男子用一根稻草換到一棟豪宅的故事。

我在原本任職於產經新聞的記者遠野和通居中介紹之下，認識了一位退休的千葉縣警，只是那位縣警的專業並非搜查相關，所以又介紹了另外一位，輾轉介紹的那位又再介紹了一位，跟這兩位聊過之後，才終於有了眉目。好不容易，我總算接觸到跟搜查美波事件有關的一號人物。

原本任職於千葉縣警局的刑事警察——津倉博己，六十二歲。退休時所掛的階級是警部補，不過在那之前有很長的時間都是掛巡查部長。「最讓我感到驕傲的，就是整個警察生涯，我都非常專注在搜查這件事情上。」津倉摸著自己稀疏的頭髮笑著說。

「我聽松島說了，妳在調查那個十九歲少女遭到勒斃的事件對吧？」

松島就是介紹津倉給我認識的現任千葉縣警局警部補。

「是的，還請多多指教。」

「嗯……果然。我還在想說，該不會就是妳吧。」

「果然」什麼呢？我一點頭緒都沒有。

「咦？那個……不好意思，我以前曾經在哪裡跟您碰過面嗎？」

「有碰過面啊，只有一次而已。」

千葉縣警的刑事警察，跟我碰過面……

「啊，該不會是，事件發生時的盤問？」

津倉深深地點了點頭。

「沒錯。一開始拜訪時因為妳不在家，所以我請妳的母親讓我跟妳見一面，但她拒絕了，因為當時妳正處考試期間。然而，這可是殺人事件的調查，不能讓犯人就此逍遙法外，也不能讓犯人有自殺的機會，總之搜查工作是刻不容緩的，所以說，雖然我知道很困難，但還是要請您體諒我的無理要求，讓我能夠詢問令嬡……我記得我當時是這麼說的。」

的確是這樣。不過，即使已經說得那麼明白了，我還是沒辦法把當時所見到的刑警和眼前的津倉視為同一號人物。完全無法確認是同一個人。恐怕是當時因為美波的事再加上大學的入學考試，已經將我的腦袋塞得滿滿，所以沒能好好地看清楚刑警的臉。

「原來、是這樣啊……真的很抱歉，那時候承蒙您照顧了。」

「沒有沒有，我才是受照顧的那一方呢。只可惜以結果來說，沒能幫上什麼忙。」

此次的拜訪是直接來到津倉家裡，所以夫人拿著泡好的茶出來招待。夫人是個舉止優雅、散發著幽靜氛圍的人，被她身上穿的和服襯托得相得益彰。

「……謝謝您。」

「請慢用。」

相對來說，津倉的表情就顯得有些嚴肅了。

「跟我想的一樣。松島說有個週刊雜誌的記者想要詢問這起事件的問題，記者名叫寺田，三十歲左右，個子相當高，是個說起話來相當有氣質的人。那時候我就想到……當年的妳，一邊啜泣一邊拚命描述慘遭殺害的青梅竹馬相關的所有事情。我心想，那個女孩出社會工作之後，如果成為一名週刊記者，也是相當合情合理的……從那之後我就一直在等著妳上門來拜訪。」

津倉的視線移動到我的名片上。

「……妳會到協文舍任職，也是為了調查那起事件嗎？」

倘若真是如此，那我的意志可真是強到令人難以置信啊。

「不是，工作方面是自然發展的。只不過，希望能調到週刊編輯部，的確是……為了要調查那起事件，這就真的如您所說了。」

津倉反覆點著頭。

「我沒說錯吧……不過，對此我真的要跟妳好好地說聲抱歉，我們沒能妥善解決這個事件，多多少少讓妳的人生也受到了影響。」

「不會不會，哪兒的話。」

「說不定會有其他更加閃亮、更加美好的未來在等著妳，然而妳的心卻在未偵破案件的籠罩之下，陷入了陰暗面。」

「絕沒有這樣的事。」

「不，絕對是這樣。我們警察啊，在工作上不光只是逮捕犯人而已，事實上我們的影響範圍相當廣，包含犯人的家屬、當然還有被害者的遺眷，再加上我們身旁的親朋好友，乃至於在地的居民等等，都可能被我們影響，這份工作的性質就是如此。在我退休之前，也不曉得有沒有充分照料到所有人，可能有些時候也會有虛應故事、隨便應付的狀況吧……事到如今，我還是感到有些後悔。」

到目前為止，我總共跟六位現役及退休的警察聊過，每個人在工作上都非常認真，且都非常嚴以律己，無一例外。

也因此，對於津倉接下來所說的話，我倒是一點都沒有感到驚訝。

「……話說回來，警察即使退休了，也還是必須遵守保密義務，透過職務所得知的一切，實在不能隨隨便便就說給別人聽。」

「是，這一點我非常清楚。」

「對於妳所期待的事情，我有可能沒法幫上忙。」

「不要緊的。能讓我在津倉先生不會感到負擔的範圍內問些問題，對我來說已經相當足夠了。」

津倉突然像是忍俊不住笑了出來。

「妳這樣，可稱不上是一個合格的記者喔。」

「或許吧。」

「不過，這也算得上是妳的優點吧……好吧，妳有什麼想知道的事情，就請開始提問吧。」

話鋒一轉，接下來才是真刀真槍的對決。

退休警官及現役的週刊雜誌記者；了解事件搜查實況的人及受害者的青梅竹馬；退休公務員及一般企業的社員；已經來到退休之齡的男人，以及好不容易才剛開始體會到工作樂趣的女人。

對於這起事件，津倉叨叨絮絮地說著目前所有我已然得知的資訊。話語裡充滿著歷經過現場調查的人才能呈現出來的真實感，但就事實層面來看，卻又絕對沒有一絲一毫的逾越。

接著，當我往前追問我想知道的事情時，津倉的口氣就理所當然地變得沉默寡言。

「關於菅谷榮一……」

美波跟幾個朋友一起遂行仙人跳恐嚇取財；菅谷榮一也是其中一個受到恐嚇的對象；以及菅谷榮一曾被警方叫去問案等等，我積極地想要從這個角度切入。

「即使如此，菅谷榮一還是沒有遭到逮捕對吧。」

津倉點了點頭。

「畢竟，他是主動自願接受偵訊的。」

「總之，根據警方的判斷，菅谷榮一是清白的對吧。那麼，警方是根據什麼才做出這樣的判斷呢？比方說是難以撼動的不在場證明嗎？是這樣嗎？」

對此，津倉依舊是點點頭。

「就像妳說的那樣。」

「方便的話，可以詳細說一說嗎？」

這句話讓津倉皺緊了眉頭。

「這樣啊……在繼續往下說之前，必須要先跟妳談好條件，這件事不能寫成報導，菅谷榮一的名字也絕對不能出現在雜誌上，如果做不到的話，那要我開口可能就難囉。畢竟沒有任何證據能將他定罪。大不了也只是問訊過程有點草率罷了。事情都已經過了將近十四年，如果雜誌上會出現『當時的疑犯就是這個人』之類的內容，那我可就不會再多說什麼了。」

我在可行的範圍內將身體探往桌子的另一側。

「不會，我絕對不會做出那種事情的。我答應你。就像剛剛津倉先生所說的，我這個人……可能真的是個不及格的記者，但比起能不能寫報導來說，我更加強烈想知道的是美波到底發生了什麼事。我希望你能相信我……就算會寫報導，我保證一定不會把菅谷榮一的名字寫出來，不然也可以讓津倉先生在刊登前先確認過文稿內容。拜託了……請讓我聽您再多說一點吧。」

對「未偵破案件的相關人員」拚命說出「想要知道事情的真相」，或許是有些殘酷，我的話語聽來或許也帶有著威脅的意味，但就算是這樣也無所謂了。

幸好津倉似乎將我的一番言論解讀為熱切的表現。

「我知道了。關於菅谷的不在場證明……該怎麼說呢，受害者的手機裡面確實存有奇怪的照片，而菅谷也似乎真的捲入了仙人跳的套路裡，所以說實在的，菅谷的嫌疑的確相當大。但在自願接受偵訊的階段，菅谷對於犯罪時間點前後的行蹤並沒有詳細說明。當時負責本案的調查員，在看了之後應該會認為他有問題吧。」

有一件事情我想先確認清楚。

「津倉先生當時並沒有負責調查是嗎？」

「那並不是正式的調查，而是他自願接受偵訊……總之不是我。當時我負責的是調查相關人員，也就是去找其他與事件相關的人進行盤問，到妳家拜訪也是其中的一環……對了，菅谷其實一開始對於自己為什麼會被帶去問話並不知情，有可能是進行到某個階段的時候，他突然就意識到自己可能被當成殺人事件的疑犯；或者是負責問訊的人明白向他揭露內情……反正他就說『不是這樣的，我當時好像是正開著車往鎌之谷的方向前進吧，為了要去找我的業主』。」

「不好意思，業主所指的是？」

「發包工程的案主，對菅谷來說就是客人。」

聽到這裡，我才明白過來「業主」的意思。

「抱歉，原諒我的孤陋寡聞。」

「不會不會……接著他說自己去客人那邊是為了要拿工程款，然後……就在收款的時候，業主就勸他說，反正時間也已經晚了，不如就一起喝點小酒吧，看是要啤酒或其他什麼酒都好。菅谷的酒量不是很好，才喝了一點就微醺了。」

「所以他，酒駕了？」

「沒錯，而且在回程的路上還跟自行車發生了擦撞事故。這事也是相當麻煩。由於事故本身並不嚴重，所以根本沒有叫警察，就只是當事人雙方自行在現場協議解決。菅谷直接從收到的工程款裡頭拿錢給對方，拿了一萬還是三萬他說他也忘記了，總之給了錢之後這件事就畫下了句點……菅谷在接受偵訊時，還認為自己是因為擦撞事件才被叫去警局的，所以一直含糊其辭。負責的調查員誤會了此事，因此堅信他就是真凶，其他的警局幹部也都這麼認為，最後甚至整個搜查本部都瀰漫著『凶手就是菅谷』的氛圍。後來菅谷一得知自己被警方掌握到的並不是酒駕及擦撞事件，而是被懷疑犯下了殺人案，才立刻臉色大變地忙著辯解，說著『不是不是，我只是到業主那邊去，並跟自行車發生了擦撞而已，你們只要稍微調查一下就會知道了』之類的話。」

原來如此。

「所以，調查的結果就如同他所說的那樣嗎？」

「嗯，去拿工程款這件事的確是如他所說。關於飲酒的部分，業主也提供了證詞，他說自己是出於好意，心想『弄到這麼晚真不好意思』，於是才會勸誘對方，兩人就這麼喝起酒來。倘若真是如此，那麼菅谷在那個晚上就不可能犯下罪行了。因為業主的家可是在鐮之谷啊。不管怎麼說，都不可能是菅谷……另一方面，擦撞事件則沒有辦法取得相關證據，菅谷好像有說，騎自行車的那個人也喝了酒。說實在的若要去挖背後的真相，那臺自行車究竟是不是屬於發生擦撞的那個人還很難說……因為喝醉了懶得走路，所以順手就在路邊偷一臺自行車並騎回家，這樣的事情所在多有。倘若真是如此，那再怎麼調查恐怕也沒辦法把那人揪出來。不過，菅谷所開的那臺小貨車上，的確有證詞中所提到的損傷部分，且業主的證詞也已經拿到了。菅谷是清白的……這時所有人才開始著急起來，因為地區的調查，還要相關人等的問話，全都要重來。當時第一階段的搜查行動已然告終，畢竟距離事件發生已經過了將近三個星期。這時候還要以這起事件為重點，到事發現場的周邊去進行盤查，恐怕是查不出什麼所以然了……更糟的是，有些調查員在那之後對於菅谷這條線索還是緊抓著不放。」

突然之間靈光一閃。

「你說的該不會是，菅谷榮一的弟弟吧？」

津倉兩邊的眉毛上揚，很明顯看得出來相當驚訝。

「哇，妳調查得很仔細嘛。沒錯，正是如此。」

「不過，那是一件更糟的事情嗎？」

「嗯，因為進行得不是很順利。以結果來說，幾乎是一無所獲。站在對方的立場來看，這也正好成為反將警方一軍的好素材。菅谷的弟弟就嚷嚷著『怎麼，我哥哥洗刷了嫌疑，你們就想動到我頭上來啊？混黑道就要被當成是殺人犯嗎？你們這些傢伙還真厲害，好壞都隨便你們判定啊？』況且，因為得知弟弟是黑道流氓，所以負責的調查員感覺的確是像戴著有色眼鏡在看菅谷榮一，這一點是不容否認的。老實說，當時的調查是太鑽牛角尖了……整個事件的搜查過程，大大小小加起來有好幾個失敗的點，這是警方的問題，沒有什麼好辯解的。對此，我真的覺得很抱歉。」

可惜，現在即使津倉鞠躬道歉，也只是徒增困擾罷了。

「別這麼說，我只是想要知道美波事件的真相而已，所以請不要跟我道歉……其他還有什麼能跟我說的事情嗎？」

津倉暫時陷入沉默，並喝了一口茶。

「總之……我們連菅谷的弟弟都接觸了，可惜結果是竹籃打水一場空。雖然並不是所有調查員都相信他的不在場證明，而且他本人的行事作風看起來一點都不像流氓，因此在菅谷榮一沒有任何線索的情況下，對於搜查本部所做出的判斷……至少在當時我是沒有任何異議的。只不過，還是有些地方會讓人想要再多深入調查看看，而且即使到現在我仍會這麼想。那就是跟他的私生活相關的部分，有奇怪的謠言在流傳……不過這可能跟事件沒有太大關係吧。」

然而，從津倉的表情來看，完全看不出來他真的認為「沒有太大關係」。

我的採訪對象不局限於警察相關人員，比方說美波的家人，我也有重新再詢問。美波的父親看到我就驚訝地說：「哇，當年的小真變成週刊雜誌記者了！」一聽到我正在重新調查美波事件的真相，他就緊緊握住我的手，一邊流淚一邊說著「謝謝、謝謝」。然而，我並沒有得到任何能讓人耳目一新的線索。

美波家的長男如今人在北海道，所以選擇放棄；跟次男拓海則是相約在大手町的茶飲店碰面。

「我聽父親說了，妳現在是週刊雜誌的記者……真了不起。當初真是小看妳了。」

不管是在面對美波的父親還是哥哥，關於美波與朋友合夥進行仙人跳恐嚇取財這段過程，我都會避而不談，單純在沒有任何說明的情況下把菅谷榮一的照片給他們看。

可惜，整場下來都沒有什麼有效的反應。

「……妳說這是誰？」

「這附近有一家名為菅谷建設的建築公司，你知道嗎？」

「啊啊，菅谷建設是吧，我曾經聽說過。」

由於跟拓海聊的時候，老是會岔題，所以一個小時才會不夠用吧。不過，訪談過程中也沒得到什麼新的資訊就是了。

「……不好意思。小真如此拚命地在做調查，但我卻什麼都不知道。真的很丟臉，明明是我自己的家人……真抱歉，我沒有臉面對妳。」

在那之後，為了跟已然結婚生子的笹本圭子碰面，我還跑到靜岡去。田部亞里沙則是在流行服飾店當店員，我前往店鋪所在地澀谷跟她碰面聊聊。

新村順在橫濱的樂器行當店員，我在她準備開店前爭取到一個小時，彼此聊了一下。

「新村在樂器行工作耶，真讓人感到意外。」

「咦，會嗎？我從高中開始就有在彈吉他，而且還在園遊會的時候上臺表演過。」

「原來是這樣啊……真不好意思，我完全不知道。」

「話說回來，小真會跑去當週刊雜誌記者，我才真是跌破眼鏡呢。」

可惜的是，從這三個人身上也沒有挖出什麼新的資訊。

就在這時候，拓海打了通電話過來。

「喂，你好……」

「啊，妳好……我是足立拓海，記得我嗎？」
「當然記得。」
「妳是小真沒錯吧……怎麼電話裡聽起來好像是不同人。」
「唔，會嗎？我第一次被這樣說。」
因為當下我人在計程車裡面，於是就這麼乖乖地聽著。
「其實在不久之前，我想起一件跟菅谷建設有關的事情。」
「是什麼事情呢？」
「嗯，跟父親通電話的時候，許多回憶都開始紛紛湧現。以前，我家的空地旁有一棟房子，裡面住著山下一家人，他們有個兒子跟我哥哥同年，名字叫海斗。」
我打開筆記本匆匆忙忙地記下重點，不過實在沒有閒功夫去確認「海斗」這兩個字是否正確。
「了解。」
「他們家的媽媽不知道是因為癌症或其他疾病，總之生病離世了。接著不知道過了幾年，爸爸也因為發生意外而去世，因為他曾說過『我的父親不是因為墜落意外而過世了嗎……』之類的話。」
墜落、意外。
「那位父親，該不會是從事建築工程相關的工作吧？」
「是的沒錯，就是高空作業的，鷹架工。」

鷹架工，指的就是在施工現場用鐵棒搭建高空施作平臺的人員吧。這的確是相當容易發生墜落意外的職種。

「那這位海斗先生，等於是在短時間內失去了兩位至親囉？」

「是啊，而把成為孤兒的海斗收為養子的，好像就是菅谷建設的社長。」

真沒想到。資訊就像一支箭，沒有任何徵兆地從斜後方向我射來，咻地刺穿了我的腦袋。

菅谷榮一收養的孩子，看來就是這位山下海斗（漢字寫法尚未確定），居然跟美波住在同一區。美波跟菅谷榮一之間的關聯性，並不止於仙人跳的恐嚇取財事件而已。因為山下海斗（現在的名字應該是菅谷凱斗）的關係，兩人間接地串聯起來了。

「拓海先生，海斗住在那個小區的時候，會跟大家一起玩嗎？」

「大家是指？」

「你哥哥，還有拓海先生，以及美波。」

「嗯，這麼說起來，記憶中他只有跟我一起玩過，美波我就不清楚了。當時她還太小了，根本還沒能打進我們的圈子……這是我自己的感覺啦。如今回想起來，總覺得她老是一臉可憐兮兮的樣子，雖然現在這麼想也已經無濟於事，不過當時的美波自己一個人遠遠地坐在水泥樓梯上直直盯著我們看，那個身影一直都還存留在我的記憶角落……我真是厲害，居然能夠想得起來。」

為什麼會這樣呢？

我為了不要讓視野越來越狹隘，一直努力在挖掘事情的真相，並且以中立的角度去看待所有資訊，我知道我必須這麼做，然而到底為什麼當我越往前進，就越發覺得菅谷榮一阻擋在我的面前。

美美啊，這到底是怎麼一回事？這一切都照著妳想要的方向在發展嗎？妳有什麼想傳達給我的訊息嗎？

我帶著「可能會有危險性」的覺悟，開始逐一採訪與菅谷建設關係密切的一些業者，並且還從遠方觀察菅谷建設的施工現場。有好幾次我都看到了菅谷榮一的身影，跟十四年前的照片比起來，是稍微變得胖了一些，不過跟同年齡的人比起來，例如像是我的父親，感覺上就有氣質多了。

另一方面，由於我的距離拉得相當遠，所以要藉由眺望的方式確認出哪位是「海斗」真的相當困難。不過，由於說明工程內容的告示牌上寫著「施工現場管理負責人——菅谷凱斗」，所以這位養子的名字終於能夠獲得確認。

我也曾利用晚上時間到菅谷建設進行監視。現在的我已經跟大學時期不一樣了，不僅拿到了駕照可以開車，而且還吸收了許多週刊雜誌記者的工作經驗，所以可以蒐集到很多資訊，這一點已經跟以前完全不同。對此我至少還有那麼點自信。

結果，我的確藉此得到了不錯的成果。

差不多是過了十一點左右吧，那是一個下著雨的夜晚，穿過前臺玻璃的視野真的不能說有多好，不過還是可以看得到菅谷建設大樓的四樓，有一扇窗內的燈火始終亮著，而且並沒有拉上窗簾。

不久後，終於有一個人影出現在陽臺，那正是菅谷榮一。不知道是因為室內禁菸的關係，還是說單純想要出來透透氣，總之菅谷榮一將叼在嘴邊的香菸點燃，並朝著雨夜吐煙，感覺上心情似乎很不錯。

抽完一根菸所需要的時間是三分鐘？還是五分鐘？

菅谷榮一抽完一根菸之後，並沒有返身回到屋內。他俯瞰著下雨的城市，接著轉了轉頭，可能是感覺肩膀有些僵硬吧，最後他還將兩手舉高做伸展。

就在這時候，菅谷榮一的背後出現了另外一個人。

那是……

菅谷榮一並沒有結婚，所以家裡只有養子凱斗。由此可知，出現在他身後的人物應該就是菅谷凱斗。我在施工現場看過他好幾次了，這個總是忙碌地跑來跑去的男人，原來就是菅谷凱斗啊？

美美，妳該不會是……

3

針對美波的事件進行採訪，對我來說並不算是「工作」。

根據採訪內容寫出相關報導，然後一行一行將「SPLASH」的頁面填滿，不能多也不能少，這才是我的工作。因此不得不說，連一行的報導都沒辦法產出的美波事件，屬於「無法完成」的工作，或者甚至應該說「連工作都不是」。

我自己本身的性格本來就沒有那麼精明，所以要啪地一聲就轉換心情去投入另一項工作，對我來說不是一件簡單的事情。比方說包裝成新興宗教的特殊詐欺事件，我得報導出該宗教領袖的過往事跡；或者是知名的創作歌手被發現作品並非原創，背後疑似有代筆的創作者；還有曾經犯下連續恐怖殺人事件的「少年A」，如今過得如何，諸如此類。蒐集各式各樣的素材，就是我的工作，包含那些看起來沒什麼特別之處的素材；如果不趕快處理就會被其他雜誌捷足先登的素材；一開始根本不曉得有趣的點在哪裡的素材等等。為了做好這些工作，我時不時得咬緊牙根，或是砰砰砰地用拳頭敲打腦袋，藉以激勵自己。

因此，對於疲勞我從來就不在意。每天我都勤勞地工作著，然後就能賺進薪水，在這樣的情況下會感到疲勞是理所當然的事情，我甚至認為疲勞感可以跟充實感畫上等號。

只不過，疲勞就是一種衰退的現象，抵抗力及注意力會因此下滑也是事實。

那件事真的是發生在轉瞬之間。

我所住的公寓位在龜戶五丁目，這個地方當然沒有像千葉的老家那樣偏僻，不過卻是東京地區相當難得的「幽靜住宅區」。麻雀雖小五臟俱全的房子並排而建，是非常適合居住的區域。

另外就是，搭上最後一班電車回到距離住家最近的車站後，只要走個四、五分鐘，就會發現身邊一個人影都沒有。這裡的道路並不像城市裡的主要幹線那麼寬敞，且絕大部分是單向通車的，就連護欄都沒有設置。如果像今天晚上這樣下起雨來，那在汽車經過的時候行人都要先停下來，閃身到馬路的邊緣且把傘舉高，等到汽車經過之後才能繼續往前走。往往一段短短路程就得歷經好幾次這樣的情況。

那時候，有一臺黑色的廂型車橫停在路上，前方還因為有電線桿擋住所以無法通行，當下我覺得又暗又恐怖，而且還相當危險，因此我決定稍微彎下身並以迂迴前進的方式朝廂型車的車尾挺進。沒想到，有個人就擋在那邊……

「……」

突然之間，我感覺到自己像是從這個世界抽離了，自己從尋常熟悉的生活中滾落，一瞬間被關進了黑暗的領域。

「……」

我連聲音都發不出來。

一步步向我進逼的身影，是個男人。一雙無情的手伸得長長的，將廂型車的滑門打開，接著一把抓住我拿著傘的手，另一隻手則緊抓著我的圍巾及脖子，就這樣把我推進了滿是灰塵的車子裡頭。我的兩隻手撲倒在凹凸不平的貨斗地毯上，儘管作勢想要抵抗，但腹部立刻遭到毆打，側腰也被踢了一腳，好不容易我的嘴巴發出了聲音，但那聽起來就像快要嘔吐之前那種悽慘的呻吟。

汽車滑門在砂石摩擦的聲音陪伴下關了起來。是一起上車的男子從車子裡面將門關上的。

我是被、綁架了嗎？

這時候，我居然奇蹟似地還緊握著我的傘。我試著用傘當武器反抗，結果在男人強壯的腕力施壓下，骨架盡折的傘就像是一束稻草，只發出了沙啦沙啦的聲音，一點忙都幫不上，也無法成為我的反抗夥伴。

男子的表現專業到令人吃驚的地步。他以騎馬的姿勢坐在我身上，然後用熟練的技巧拉開膠帶，快速將我的手捆在一起。

接下來是我的雙腳。

「不……不要……」

「閉嘴。」

他將一小段膠帶黏在我的嘴上，黏好後還用手掌在上面打了一下。

這一掌打得我的嘴巴跟鼻子產生劇烈疼痛，我從未感受過這樣的痛楚。

我哭了。就像是迷路的孩子一樣，又痛、又怕，又孤單。

男子最後用一條束帶將我的手腳用力綁緊。如果只是用膠帶綑綁的話，說不定可以在動來動去的過程中剝除，我心裡是這麼想的。但是用束帶來綁，而且還緊到血液都快無法流動的程度，這要靠自己的力量脫困，我想恐怕是難如登天了。再加上，我的嘴巴也被貼了起來，男子還像是頒發額外贈品似地揍了我的嘴巴一下。在這樣的情況下，我只能在膠帶後頭嚶嚶哭泣了。

男子開始在我的包包裡東翻西找，打開手提包的拉鍊，然後翻過來將裡面的東西全都倒在灰暗的地板上。他迅速把手伸往車子後面，拿回一支手電筒之後就用來照亮我的物品，開始一個一個檢查。

裡頭有活頁筆記本、鉛筆盒、化妝包、行動電話、平板電腦、單眼相機、各種充電器具、家裡的鑰匙、錢包、定期車票、名片夾、社員證、單眼相機的鏡頭、手套、隨身包濕紙巾。

男子把名片夾裡的東西全都拿出來攤開。

接著用我的社員證去進行比對。

「協文舍、寺田真由……『SPLASH』不就是週刊雜誌嗎？」

他雙手環抱胸前、脖子向上拉伸，拉到幾乎要折斷了似的。

「就是妳對吧，不知道從什麼時候就開始監視我，喂，沒錯吧，就是妳吧。」

我的眼睛原本是閉著的，即使睜開了眼睛，手電筒的光線還是對著我，讓我根本無法看清眼前的事物，不過，這名男子肯定就是菅谷凱斗，不會錯的。

十四年前，對我怒吼著「妳這傢伙，我要叫警察囉！」「信不信我用擅闖私有土地的名義把妳送辦！」這些話語的男子；以及前幾天，出現在菅谷建設大樓的陽臺，並站在榮一身旁的男子。

菅谷凱斗。

「就是妳吧？到處刺探著關於我父親的事情，鬼鬼祟祟的，專做一些骯髒事！」

再這樣繼續下去，我可能就會被他用領子勒死了。

「妳是重新在調查以前的案件嗎？想要把調查的結果刊登在週刊上嗎？別開玩笑了妳！那個像屎尿一樣臭的賣春女發生什麼事，我們完全不知道，人不是我父親殺的啦！」

這一點我非常清楚，殺了美波的人並非菅谷榮一。

殺了美波的凶手，就是你，菅谷凱斗！

「喂，是哪一個？妳寫的報導放在哪裡？給我看看啊！」

凱斗任意地撥弄我的平板電腦。

「……這個，密碼是什麼？」

正確來說，應該是解除鎖定的「圖形密碼」。

我認為此時此刻再去做任何抵抗都是無濟於事的舉動，所以便乖乖地在螢幕上畫了個「M」解開鎖定。

「是哪一個？妳寫在哪一個檔案裡？」

他將平板的螢幕轉向我，我覺得如果把答案跟他說，自己應該很快就會被殺掉。沒有放在這裡面——我只能使勁地搖頭。

凱斗似乎想要靠自己把檔案找出來。的確，我是有將原稿放在平板裡，包含採訪的筆記、撰寫中的項目，以及照著順序整理出來的草稿等等。這些檔案全部都放在

「minmi」這個資料夾中，平板電腦的首頁也有資料夾的icon。

平板的光線照在凱斗的臉上。他長得真的很好看，如果現在不是這樣的狀況，如果我跟他不是這樣的關係，那他可以說是我的菜。不過，現在在我眼裡，他就是一個戴著「惡魔面具」的人。就是因為他原本就長得很工整，所以潛藏在心底的邪氣或瘋狂才會如此鮮明地浮現出來。

凱斗似乎放棄了檔案的搜索。

「算了……我們先換個地方吧。」

我的眼睛被用膠帶黏了起來，整個人被推倒在貨斗上，在這樣的情況下當然不可能幫我繫上安全帶。我就這樣被載到了某個地方。

我能感覺到汽車開了很長的一段距離。一般來說應該是開到東京的鄰近縣市了。所以應該會是埼玉或神奈川這個範圍內的地方。也有可能是到了山梨，不過仔細想想最有可能的地方，還是千葉。凱斗在東京綁架了我，並將我載到菅谷建設所在的千葉，我認為應該是這麼一回事。

移動的過程中，我是背對著行進方向的，我的背部剛好可以靠在駕駛座的椅背上，車子一旦減速，我的背就會被壓向椅背；相反地，加速時我整個人則是幾乎要往貨斗的後方滾去。在這樣的情況下，被綁住的雙手雙腳得一直忍受著綑綁住拉得更緊的疼痛。貨斗後方塞滿了工具或建築材料，我一直努力希望自己不要跌向那堆東西。

可能是抵達目的地了吧，車子停在一個非常安靜的地方，引擎的聲音稍微持續了一小段時間，不過很快也歸於平靜。後面可以聽得到「喀啦喀啦」之類的小聲音，坐在駕駛座上的凱斗看來正在操作我的平板電腦，持續尋找我所寫的採訪原稿。

不知道過了多久。

「……調查得很清楚嘛，真的該給妳大大的讚賞。」

找到了資料夾，並且看了幾個檔案之後，凱斗用低沉的聲音如此說道。

從駕駛座移往貨斗方向，凱斗的氣息從我身上跨了過去。

突然之間嘶啦一聲，黏住我眼睛的膠帶被撕了下來。我感覺自己的眼瞼也被一併揪了下來。接下來是嘴巴。原本就受傷的嘴脣被強力拉扯，傷口再次裂開，我嘗到了血的味道。嘴巴周圍的口水以及鼻涕在接觸到空氣後變得冰冷。我的視力還沒有恢復到原本的狀態，心情上也無法冷靜地分析這裡到底是哪裡。

接下來，我究竟會變得如何？

雖然很想知道，但卻不敢想像；內心充滿不安恐懼，但卻又由衷地想就此放棄。我的力氣敵不過他，要是被打的話會很痛，況且雙手雙腳也被綁著。我不像動作電影裡的英雄人物擁有特殊能力。戰鬥力、思考力、精神力、忍耐力，以及運氣，我一個都沒有。

「……放……過……我……吧……」

我想至少要替自己乞求對方饒過一命，但卻也礙於哭泣抽噎且身體發抖而沒辦法好好說出口。

凱斗卸下了惡魔的面具，變得如同佛像般面無表情。

他蹲在我面前俯視著我。

「雖然有幾個錯誤的地方，不過整體來說算是寫得很不錯。有一半以上……應該是七成左右都寫對了。不過，這些文章是絕對不可以發布出去的，所以我會把平板電腦折斷弄壞，然後隨意丟棄。報導的部分就這樣處理吧，至於妳……我都把妳帶到這種地方來了，況且，我相信即使我跟妳說『之後不可以再寫這些報導了』，然後把妳放走，妳也不可能永遠保持沉默的。」

這樣想太武斷了，真糟糕。

「我不……不會……不會再……」

「我不可能相信妳啊，畢竟都已經是十四年前的事情了，妳居然還在調查。在我怒斥威嚇之下，哭哭啼啼地躲過了一次，沒想到在不知不覺間妳又冒出來了，繼續鬼鬼祟祟地到處刺探，而且還寫了這些報導。所以我看妳是不可能就這樣罷手的。」

「等……等……等一下……」

無論是要說謊還是做些什麼，總之只能好好撐過這一關了。

「原稿、那些原稿，在平、平板電腦上的，不只有、那些而已。公司、在公司的電腦裡，也存有、同樣的……所以，在這裡將平板、弄壞，也沒辦法、徹底刪除那些報導……況且……那個……不是、不是由我打開，去公司打開的話，是不行的……」

我會被當成傻子嗎？凱斗有那麼聰明嗎？

「是喔，那就這樣吧，反正除了妳之外沒人能打開，就等於不存在的東西了不是嗎？那跟我沒任何關係。」

「不、不是……」

實在沒有任何餘裕可以讓我做出更多解釋。

凱斗的一雙手掌大大地覆蓋在我的喉嚨上，接著他將全身的體重壓了上來，很快地我哽住了呼吸、眼前被一片漆黑的煙霧籠罩。煙霧粒子瞬間變大，並且鄰近的粒子彼此間互相結合，形成大小不一的斑點，最後，我眼前的世界就完全被真正的黑暗所占據。

如果是真正的黑暗，那麼理當不會再有更深更濃的黑，然而眼前的漆黑突然向上捲起，接著下一層的黑暗浮現，然後這層黑又裂開散去，由新的黑暗世界接手包圍我、玩弄我、淹沒我、蹂躪我，就好像在享受這一切似的。不過，黑暗終於還是煙消雲散了，最後只剩下又黑又沉重的自己。

時間變得模模糊糊。

記憶好像飛來飛去似地四處散逸。

從一場也不知是長還是短的睡眠中醒來時，我第一眼見到的是一個比我高一點的人影。我沒辦法立刻就認出那是凱斗，但是不會錯的，那就是菅谷凱斗。手電筒在他的腳邊，所以一直到膝蓋附近為止可以看得很清楚，臉的部分就有些模糊了，不過還是可以看到。

雨還在下著。我以仰躺的方式倒在地上，該說是正上方還是正面呢，總之雨滴朝著我落下，不可思議的是，我並沒有「被雨淋到」的感覺。也沒有感覺到「冷」。這情況或許更接近透過電影畫面看著下雨的天空吧。就好像，這一切都與我無關似的。

站在我腳邊的凱斗，手裡握著長長的棒狀物，一彎身，連帽上衣的帽子裡出現了一張面無表情的臉。

長長的棒狀物，原來是一把圓鍬。

凱斗往他的右側挖著些什麼，就我的角度來看的話是左手邊。他將挖出來的東西往我的身上撒，喔不，該說是狂撒。然而此時此刻，我還是沒有被東西打到的感覺。對了，我的脖子被凱斗狠狠掐過，所以全身的感覺才會如此遲鈍吧，甚至有可能是整個痲痺了。

凱斗不斷地將挖出來的東西，也就是摻雜著小石頭的泥土，往我的身上倒。身體動不了、躺在低窪處的我，慢慢被土淹蓋了。

難道，我要被埋起來了嗎？他這是要活埋我啊？

我拚命想要移動自己的身體，但無論是手還是腳，全都無法動彈，即使能動，也只是「微微顫抖」而已，這樣的程度就連引起想要活埋的凱斗一絲絲注意都辦不到。

凱斗沉默地持續挖土，我身上的土也越積越多。

漸漸地，泥土蓋到了我的臉。我睜著眼睛，仔細端詳現況。對於我的狀態，凱斗根本完全不在意，只是一味地挖土埋人。終於，我的臉已經整個被泥土覆蓋，再也看不到他所吐出的白色氣息。

黑暗再次降臨，而我也還在持續掙扎。

全身感覺盡失，手腳恐怕依舊處於被膠帶及束帶綁住的狀態，無論是誰都應該很清楚，在這樣的情況下想要從土裡逃出去是不可能的了。尤其是凱斗，他的想法一定更是如此吧。

就連我也是這麼想的。

然而，不知道是什麼原因，總之我發現到自己的肩膀稍微可以動了。是麻痺的感覺退去了嗎？還是束帶被切斷了？雖然不明就裡，但「說不定可以活下來」的想法油然而生。

就算一次只是移動一公分也好，喔不，〇・五公分、〇・〇〇一公分也行。只要能夠一點一點慢慢移動，「終究」一定能夠改變情勢。將泥土往旁邊擠，創造出空隙，擴大活動範圍，只要像這樣持續下去，很快地我的臉就可以探出去了。我一定可以再次看到地上的世界的。

沒有任何特殊能力的我，唯一能夠搬得上檯面的，就是相信的力量不是嗎？而讓這股力量能夠成真的，就是我那所剩無幾的忍耐力了吧。

好不容易，那個「終究」降臨了。不知道是過了幾分鐘，或是過了幾小時，時間這檔事我已經完全搞不清楚了。總之，我成功地將頭探到泥土外面了。頭部脫險之後，接著更是非常順利地完全爬了出來，讓我大感意外。不，與其說是爬出來，倒不如說是有一種飄浮在半空中的感覺。

地面上依舊下著雨，凱斗已經不見蹤影，舉目望去也沒看見那一臺廂型車。周遭只有漆黑的森林，抬頭向上望去，只見樹林的縫隙間露出了薄薄的雨雲，黑黑暗暗的。

我站起身，試著走了幾步，感覺還是有點奇怪。沒有實際踩在地面上的觸感。眼睛確實可以看得到前方的東西，不過，伴隨著身體的反應而產生的其他感覺，應該要存在的那些感覺，全都消失了。

下雨的森林裡該要有的溼氣、寒冷、雨滴、陣陣涼風；還有腳底下踩著樹根、凹凸的石頭、濕滑的泥濘；以及鼻子應該聞得到泥土的味道、樹木及葉子的味道。

我全都感覺不到了。

緩緩地往斜坡下方走，終於看到了森林的盡頭。現在究竟是什麼狀況我不得而知，只知道眼前的另一邊已經沒有樹木了。

有很多事情想要確認，所以我不自覺跑了起來。我沒有察覺到自己為什麼可以跑那麼快且不會跌倒，就只是拚了命狂奔。我想知道自己究竟置身何處，這是首要之務。

森林的盡頭，這裡有個角度很陡的短斜坡，而斜坡下方就是馬路了。是用柏油鋪設的馬路，沒有路燈，是又暗又濕的鄉間小路。橫越馬路再過去，就是農田了。割稻工作已然完成，農田上只剩下為數不多的枯萎稻莖。冬天的農田景象。

這是，哪裡？

我滑下斜坡，站在馬路上。真的還是覺得很奇怪。我的腳底完全無法感受到柏油路的堅硬感覺。可能是因為我腳上穿著低跟的上班鞋……

反正，有好多讓人感到奇妙的事情，像是看到物品時的反應，還有觸感及其他感覺，不過這些事情之後再冷靜地慢慢思考就好了，現在的我，才剛經歷了被人用車子綁架到未知的地方，而且還被掐了脖子，甚至遭到活埋。我已經失去了讓自己冷靜下來的能力，以及理性分析事情經過的思考力，它們全都跟著包包裡的東西一起，被胡亂撒在廂型車的貨斗上。

不過即使如此，我仍能理解這一切有多麼不合邏輯。

黑色的上班鞋看起來沒有什麼改變，我蹲下來直接摸了摸，卻發現完全沒有沾到髒汙。再往上看，穿著絲襪的腳踝，也乾乾淨淨的。

我明明遭到了活埋，而且才剛從土裡面爬出來，鞋子及絲襪卻都沒有沾附到任何泥土。就連衣服、頭髮、雙手也都沒有，甚至我想連臉也沒有。

如此荒誕的事情有可能會發生嗎？

突然之間，我感覺到自己的意識正在離我遠去，所以趕緊用雙手扶在地面上藉以撐住身體。濡濕且布滿龜裂痕跡的鄉間柏油路。

然而，我的手掌感受不到路面所帶來的觸感。雖然最後我並沒有倒臥在地上，不過，感覺並非地面承接住我的體重，而是我靠著自己的力量來維持姿勢的，這麼說一點也不為過。

沒錯，我正看著這一切。

眼前的畫面是，我的右手埋進了柏油路裡頭，一直埋到手腕的部分。

4

被十幾臺切到靜音模式的電視，以三百六十度環繞的方式團團包圍，現在我的感覺就是如此。喔不，因為看得出來這些裝置在正上方全都連接在一起，所以反倒是比較像天文臺裡頭會有的那種球形的大螢幕。

一把臉轉過去，就可以看到那個方向有些東西。只要再轉頭看看另一方，就能掌握對面的狀況。不過，目前能夠做的也僅是如此而已。不管我走到多近，依舊沒辦法用手觸摸，無論是電線桿、房屋的外牆、馬路的護欄等等，全都摸不到，也抓不起來。我的手指完全無視物理原則，不管是水泥、金屬還是木頭材質，全都可以輕鬆同化，然後被吸進去。

剛開始的時候，多多少少能夠感受到物品的表面有些微微的抵抗，我還想說是不是壓用力一點就可以穿越過去。不，這可能只是我單方面的期望。經過多次嘗試之後，我終於了解到那種表面的抵抗力，基本上就是源自於我自己的錯覺。

就連我所站立的地面也沒有什麼不同。

嚴格說來，我並不是站在地面上，而是剛剛好飄浮在距離地面非常近的地方。難不成從出生以來累積的習慣或經驗，都只是我自己的想像？站在地面上倒是很自然，沒有被地面吸進去。這麼說來，如果是刻意為之，是不是也能再次接觸到物品？一思及此我又再次做了嘗試，結果還是不行。地面似乎扮演著跟其他物品不同的角色。

不過，有沒有可能是那樣呢？

我也曾經有過這樣的經驗，就是找一些眼睛看不到的東西。在過往的日常生活中，我曾因為不確定「東西」到底去哪裡了，所以開始搜索。口袋裡頭的東西、放在架子上的東西，以及關燈之後的枕頭等等。

一般來說，人都是透過伸出手、用手指先觸摸看看，藉以確認眼前真的有「東西」存在，當然也有可能會發生「摸到了但卻不存在」的特殊情形，兩者之間是有所區別的，不過絕大部分都還是屬於正常情況。現代科技不也發展出全息影像及3D畫面之類的技術嗎？那是眼睛看得到，但實際上卻不存在的「東西」。即使如此，這種東西依舊具有分量，會在不知不覺間帶來影響，這種可能性是不容否認的。

然而，地面的存在絕對是不容質疑的。在此或許也可以用「自己所在的位置」一詞來替代。

從高樓層的窗戶往下看著地面，會對掉落這件事感到害怕對吧。不過在那個當下，人們並不會對自己所在樓層的地板有任何質疑。另外像是電車車廂的地板，還有自行車的坐墊或腳踏板，也都可以視為是「地面」的一種。只要是能夠支撐我的體重，讓我可以停留在上面，不管是站著或是躺著，總之這樣的地方都可以稱之為地面。

就這層意義來看的話，真正更加密切相關的或許該說是「重力」。

包含我在內的所有「東西」，都是從誕生在地球的那一瞬間開始便不斷受到重力的影響，想要解開這個束縛，除了讓自己徹底消失之外別無他法。航向宇宙的太空人得另當別論，況且他們也是在重力「存在」的前提下去體驗失去重力的狀態，並且接受許多嚴格的訓練，只為了可以在無重力的狀態下依舊保持正常行動。反過來說，對於失去重力的狀態，我們人類是很難適應的，畢竟我們一直以來所體驗的都是重力環繞的生活。

因此，想要無視重力的影響並不容易，即使已經身處不受重力影響的環境中，潛意識還是會被重力左右，並做出相對應的動作。

那麼，真正能夠完全擺脫重力影響的狀況，會是什麼情形呢？

答案就是消失。對生物來說，就是「死亡」。

照這麼說來，我現在的狀態就是如此。

明明可以像一般人一樣走路，跳起來也頂多就是讓身體往上幾十公分，但我所感受到的重力，難道只是出自於自己的想像？難道是被洗腦了？天亮之後，對於絢爛的朝陽我會感到刺眼，但就是碰不到東西，而且也感受不到清晨的寒冷，髮絲不會隨風搖曳，聲音也幾乎聽不見，光是這些事情，光是這樣的程度，難道我就必須要認同自己已經「消失」了嗎？

或者，我只是無法接受自己已經死亡的事實而已？

我真的，已經死了嗎？

不可思議的是，我並沒有想哭的感覺。相對來說，「應該要做點什麼吧」之類的焦慮感反而更加強烈。事實上，我有可能還沒完全死透，肉體可能呈現假死狀態，也就是說，現在的我並非幽靈，而是脫離了肉身的靈體，也就是靈魂出竅。這是非常有可能的。若是如此，那還來得及。趕快把人帶來這裡，趁早將我的肉體挖出來，然後施以心臟按摩或人工呼吸，這麼一來我一定能得救的。

可惜的是，現在已經進入十一月，沒有人會在這麼早的時間來到田裡做事，目前也沒有任何車輛經過。稍微走一段路的話是可以找得到民房，但我又沒辦法按門鈴或敲門，一想到自己必須要在未經許可的情況下闖進別人家裡，我就嚇得呆若木雞了。

接著，我不由得心想：我根本算不上是幽靈吧？

因為我漸漸地感覺到身體在變冷。說是感覺到，但也有可能是自己想像出來的。該怎麼辦？接下來我到底該怎麼做才好？

世界一如往常，就如同昨日一樣，什麼也沒有改變，且就近在我眼前而已。但我聽不到聲音、碰不到東西、連說話也……等等，說話這件事還沒嘗試過。

在那間房子裡，住著一個老婆婆、一對夫妻，以及一個讀國中的女孩，和一個讀國小低年級的男孩。最先走出門外的是那個女孩，所以我先試著跟她說話。

「喂，可以耽誤妳一下嗎？」

她將學校的書包放到自行車前方置物籃。

「等一下，喂，妳等等、等一下啊！」

可能是因為有穿安全褲的關係吧，她直接抬起腳跨坐在椅墊上。

「等等……」

順著上車的動作，她踩動腳踏板騎走了。一頭短髮及脖子上的圍巾在風中翻飛，寒風讓她緊縮著肩膀，背部也拱成圓球，在稻田間的筆直道路上，以讓我羨慕不已的速度揚長而去。

愛的反義詞並非恨，而是漠不關心，我記得這是出自德蕾莎修女的名言吧。我不知道這是不是真理，但在這個當下，我確切地感受到話裡的含意。

一直過著全世界都漠不關心、淡然無視的生活，應該就等同身處地獄之中了吧。

我到處晃來晃去，唯一能做的就是東看看、西看看。

接下來該怎麼辦？該去哪裡呢？

第一首選當然是回老家，現在這個時間點母親應該在家，我想見她，好想現在就去看看她。

但是，我沒有辦法下定決心。

只不過是跟一個沒見過的國中生講話，而她完全沒聽到而已，就讓我陷入如此慌亂失措的窘境。如果母親也同樣「假裝」聽不到我說話——可能不是「假裝」的，但無論如何，那都會讓我難以從殘酷的打擊中恢復過來。

不過站在另一個角度來看，如果真的能夠聽到我的聲音，應該會帶來困擾吧。

「在哪裡？真由的聲音是從哪裡傳來的？」母親肯定會四處找尋，但應該看不到現在的我。母親的反應會讓我感到萬分難受，而且，就算知道會徒勞無功，我一定還是會想要緊緊抱住母親，光是想像自己當下的心情，眼淚就忍不住奪眶而出。肯定會哭得很慘。所以，現在還沒有辦法。我的靈魂還沒有堅強到足以支撐我去見家人。

所以，我決定暫且先往東京前進。為此，我得先找到附近的車站。因為我想要搭電車過去。

可能有人會笑我是傻瓜吧，但反正被取笑也沒差。總而言之，無論是化為幽靈，或是處於靈魂出竅的狀態，移動方式依舊只能靠走路，這一點並沒有任何改變。畢竟我不是魔法師，不可能在空中飛，更不可能會瞬間移動。說不定理論上是可以做得到的，只是我不知道而已，但我連基於什麼理論都不曉得了，況且以我現在的狀態也是辦不到。

經過一番南來北往的迷路之後，時間已經超過九點，我終於抵達了「八千代中央」車站，這是東葉高速線的一處車站。此時周遭已經不再是田園風景，十樓左右的公寓建築到處都是，路上的車子也相當多。

當我讓自己置身人流之中開始走動時，莫名陷入了「我只是到了一個陌生城市」這樣的錯覺，但當然事實並非如此。

我就這樣直接通過了剪票口，不過這事也不能怪站員。人潮太多了，我不可能避開每一個擦肩而過的人，不過即使撞上了也不會有事，更不會導致爭吵。我搭上前往西船橋站的電車，車廂內相當空曠，所以我選了個位置坐了下來，並且思考著如果人潮擁擠該怎麼辦。坐在某個人的腿上應該也是可以的吧。這樣的話會不會就直接附身上去了呢？站著然後抓緊吊環又會是什麼感覺？會跟以前一樣感受到車行時的搖晃嗎？緊急煞車的時候，可以邊喊著「哎呀哎呀」，但仍站穩身子嗎？

在西船橋站轉搭總武線的乘客相當多，由於一直想著那些有的沒的也是挺累人的，為了避免跟其他人撞在一起，所以我走到最後一節車廂的最尾端，呆呆地眺望著不斷往後退去的千葉街景。假死狀態能夠維持多久呢？不不不，不能去想這些事情。

突然間，我想到一件事，列車行進時所發出的「喀咚喀咚」聲響，我是真的能聽見嗎？我現在就在列車上，所以我想聲音是一定會有的，那我能聽見嗎？

我讓自己冷靜下來，並試著將注意力放在耳朵上，結果，終究還是沒聽到任何聲音。記憶擅自進行補強，然後大腦便自動播放了過往的片段，讓我能充分感受到「搭乘電車的氛圍」。

這樣的狀況，到底還會維持多久呢？

就在我陷入思考的時候……

我感覺到，似乎在更早之前，就有個人一直往我的方向看。是一個穿著灰黑色西裝，年約六十歲左右的老紳士。他坐在電車的座位上，姿勢相當端正，雙手交疊放在腿上。

一開始我認為他可能是在看我前面的吊環廣告，或者是在我身後的駕駛室。不過總覺得他的視線看來是停留在我的臉上。回過頭確認了一下，我的背後的確就只有隔開駕駛室的窗戶而已。況且，灰色的窗簾是拉下來的，所以不可能看得到司機員的一舉一動。但不管怎麼說，他也不可能是在看著我。雖然還不是很習慣自己處於「看不見」、「無法被看見」的狀態，但畢竟我已經連續好幾個小時被這個世界漠視了。再怎麼不堪也無所謂，反正沒有人能看見我。我是這麼認為的。

然而……

那位紳士站了起來，筆直地往我的方向走來。車廂的搖晃並沒有對他造成影響，踩著穩健的步伐，他在我面前停了下來。就某種意義上來講，他是一個隨處可見的初老男子，身材纖瘦、臉長長的，眉心上有顆黑痣。

「……妳看得見我，對嗎？」

說老實話，此時此刻我內心的驚訝程度，可能比我察覺到自己目前狀態的那一瞬間還要高出許多。如果沒有控制好，說不定會因為太過吃驚而穿越車體，被拋出車廂之外。

不過，如果這位紳士是具有靈異體質的人，那麼能夠看見我的身影也沒有什麼好大驚小怪的。

「唔……」

「看得見，對吧？」

不對，紳士是在問我能不能「看見他」。

「啊，是的……我看得見。」

「我也看得見妳。」

這不是理所當然的事情嗎？畢竟我們都能這樣交流談話了。

紳士繼續說道：

「妳對於自己現在處於什麼樣的狀態，有充分的理解嗎？」

這是非常殘酷的問題，不過卻也相當重要。

「是的……大致上理解。」

「那麼妳認為是什麼樣的狀態呢？」

如果可以的話，我會希望是靈魂出竅。然而，我從土裡出來之後都已經過了好幾個小時了，即便一開始真的是假死狀態，經過幾個小時都無法呼吸的話，絕不可能一點事都沒有。

就算現在幫我施行心肺復甦術，恐怕也回天乏術了……

「……」

從眼眶流出的液體，代替了語言，也讓我眼前的世界變得歪斜。先不論這是不是物理上所說的「眼淚」，但總之在我心裡那就是嘩嘩流出的淚水。

紳士將手搭在我的肩上。

「這位小姐……看來我對妳提了個不好的問題，真的很抱歉。我並沒有打算要讓妳想起悲傷的事情。只不過，妳必須正確地理解自己當下的狀態，因為那將會是妳下一步行動的重要線索。所以，雖然可能會有些殘酷，但我還是要繼續問下去。看來妳是好不容易才理解了自己現在的狀況……如果妳願意的話，我們一起到那邊坐下好嗎？剛好有兩個位置。」

在紳士的引導下，我走向那個空著的座位。我知道自己現在還非常混亂。紳士用手觸碰我的肩膀，這件事情的重要性，當時的我可說是一無所知。

在我身旁坐下後，紳士轉頭看著我。

「小姐，妳要去哪裡呢？」

「我想……先到東京去。」

「妳住在東京嗎？」

「是的，我的住處及工作地點都在東京。」

「妳的身體，在千葉嗎？」

在這樣的情況下，適合問這種問題嗎？

「我想……應該是。」

「這樣啊。」

紳士長長地嘆了一口氣。

「……啊啊，如果都沒說我自己的事情好像也不太公平。我叫中村，很久很久以前就『到另一個世界』了。」

到另一個世界，意思就是說，死了。去世了。

原來這位紳士也死了嗎？所以並不是具有靈異體質的人？

「啊啊，說自己已經『到另一個世界』聽起來好像怪怪的，不過我個人挺喜歡這樣的說法。我已經到了另一個世界……與其說『死了』，倒不如說是進入了下一個世界，怎麼樣？有沒有從中感覺到正向思考的影響力？」

我覺得怎麼形容倒是其次，關鍵重點還是在於個人的性格，即使去世了也還是能夠保持正向思考，那麼想必在生前一定也是一個習慣以正向思考的方式來過日子的人。

「嗯嗯，確實是有。」

「不過，這位小姐……啊，方便的話可以告訴我妳的名字嗎？」

都到這時候了，如果還顧著個人隱私，可能就沒法繼續往下談了。

「我是寺田，寺田真由。」

「寺田真由小姐，真是個好名字啊……那麼，寺田小姐，我想妳現在對於自己身在另一個世界應該也是有所體悟了，接下來我想知道的是，此時此刻正在我身旁的妳，正處於什麼樣的狀態，妳清楚嗎？」

我想要停下眼淚好好回答。

「是的……我會希望自己碰到的是類似靈魂出竅這樣的事情，不過我想……以實際情況來講的話，這幾乎是不可能的事，所以……我覺得現在的我應該是……幽靈吧。」

紳士重重地點了點頭。

「對吧，我也認為妳應該會這樣想，不過事實上，情況跟妳所想的有一點點不同。」

「咦？」

我現在並不是幽靈嗎？也就是說，我真的是靈魂出竅了？

「當然妳的情況也不是靈魂出竅。」

原來不是啊？

「……那個，如果既不是幽靈，也不是靈魂出竅，那究竟是什麼？」

潛藏在我內心深處那小小的記者本性，立刻隱隱發疼。

紳士將眼神轉向眼前的車窗。

「妳現在的狀況並沒有一個明確的定義，這是理所當然的事情，畢竟針對這個狀況進行學術研究的學者，或是取得研究證據的科學家，幾乎可以說是一個也沒有。因此，我個人是很希望可以將自己所知道的一切整理成論文並在學界發表出來，可惜的是，在這個物理法則難以企及的世界，想要寫論文根本就是難如登天……算了，這件事就先不談了。」

電車即將抵達龜戶站，但我已經完全不在意。比起回到空無一人的住家，現在多跟這位紳士聊幾句才是最重要的事情。

「寺田小姐，妳聽好了，像我們這樣的狀況，至少以妳跟我來說，我們並非幽靈。」

「是喔？」

「或許也可以視為幽靈的一種，總之妳跟我有一個最大的共通點，請容許我的僭越妄言，根據我的觀察，我認為妳所從事的應該也是與文字有高度相關的工作，對嗎？」

這個人，真厲害。

「是的，我在東京的出版社擔任週刊雜誌的記者。」

「妳看，我沒說錯吧。只不過，是不是這份工作，或者是其他什麼樣的事情，讓妳對這世界產生了強烈的眷戀呢？」

說得沒錯，畢竟我是在調查美波事件時遭到殺害的。

「我想，是有的。」

「我也是。我有話想要跟現在還活著的人說。我想要跟現在的日本人、所有的日本國民說的話，可以說是多如牛毛。可能是這樣的欲望太過強烈的吧，原本我是一點一點地傳達，盡我所能地對願意聽的人闡述我所能表達的內容，不過結果卻完全無法獲得認同，我也因此還無法成佛……話說回來，要是自己變成了惡靈，感覺一定很差，這點我能夠體會，所以如果妳也沒辦法前往下一個世界的話，要不要來跟我聊聊呢？」

生前的我，原本是一個相當固執的人，無論好壞都相當堅持己見，別人所說的話幾乎很難左右我的決定，並且我常會一直固執地抱持著同一個想法不放。

然而現在的我，很明顯地在短短的幾分鐘之內，已經被這位紳士影響了。死亡，也就是置身另一個世界，看來已經是不容磨滅的事實了，不過或許還是有些事情是我可以做得到的。而且這個可能性說不定並不低。

我的念頭開始轉動，想要相信這樣的說法。

「中村先生，如果真的有想傳達的訊息，那麼像我這種已經到了另一個世界的人，可以傳達給還活著的人嗎？」

老紳士中村用力點了點頭。

「沒問題，是可以的。不過，這裡頭還有適不適合的問題。基本上人類的思考都是由文字所構成的，對於『死亡』的恐懼就是最直接的證據，只有人類會怕死，其他動物所害怕的是疼痛，以及生存狀態的終了，如此而已。換句話說就是生物本能。只有人類會去思考『如果我不在了，那老婆跟小孩怎麼辦？』『公司怎麼辦？員工怎麼辦？』或者反過來去想，如果自殺的話可以拿到保險金，這麼一來就可以幫到其他人了；也有不少人會很想知道自己死後究竟是會去天堂還是地獄……真的只有人類才會思考這些問題。具備語言能力的人類，對於死後世界的想像真的是非常奔放多采啊。」

我也這麼認為。

中村先生繼續說道：

「然後啊，我剛說的語言能力，每個人都有高有低、大不相同。以我個人和寺田小姐來說，因為我們所從事的工作都與語言高度相關，所以理所當然地這方面的能力也不會太差。所謂的語言能力，就是將思維及想法轉換成文字或話語的能力，當然也包含透過文字及話語擷取思維或觀念的能力，這樣的能力會在我們的頭腦裡自行循環。把想到的事情轉換成話語說出來，然後藉著說出來的話串聯到其他的思維邏輯，進而得到另一個角度的想法，接著又再組合替換成不同的話語，讓想法一再翻新。每天每天，這樣的循環都在我們的腦海不斷上演……妳覺得像我們這種思維及想法都格外發達的人，一旦到了另一個世界之後，會變得怎麼樣？」

是啊，會變怎麼樣呢？

「……我不知道，請告訴我。」

「會變成言靈。」

顏靈？鹽靈？應該是言靈吧？

「唔，那個……你指的是寄身於語言之中的靈力是嗎？」

「沒錯。」

哪有這種事。

「但是，現在的我看得見中村先生的五官還有形體，你並不是以語言的形式呈現，而是具體的形象啊。」

「喔不，寺田小姐現在所看到的我，是我在生前每天透過鏡子或是照片所看到的自己，我將其轉化成語言，並留存在腦袋裡，如今透過思維重現的方式顯露出來。寺田小姐擷取到我的重現思維之後，就會在腦海裡進行分析重建，然後映照在視網膜……究竟是不是真的有映照出來我無法確定，不過看著看著，就會如此認定了。總而言之，現在寺田小姐所看到的我，以及妳所看到的自己的身影，可以說都是語言的綜合體。因此，倘若擷取到的人解讀有所不同，那麼我們的身影也是有可能會產生變化的。我所想像的自己，跟寺田小姐所看到的我，說不定其實具有小小差異，甚至也有可能完全大異其趣。不過，要確認這件事並沒有那麼簡單。」

以理論而言是能夠聽懂，但實際上卻完全無法感受到。

「唔……如果說，我也變成言靈了……那我的思維，該怎麼傳達給還在世的人呢？」

中村先生直直盯著我的眼睛。

「妳要將想傳達的事情盡可能地替換成簡短且平易近人的言語，這麼一來就可以傳遞給妳心中的對象。一開始可能不會那麼順利，要看兩人的頻率是否合拍，況且對方的理解能力也會左右事情的結果。最好的方式是簡單相信，不要有『我正在跟一個思維溝通』之類的想法。說這是我們言靈的基本共識一點也不為過。但如果對象換成是在世的人，那麼被稱為『常識』的一些既有觀念及物理法則，一定會造成干擾。不過，妳可別因為這樣就放棄。最重要的是，妳要先讓自己的思維變得更強，然後將那個想法化為簡短且易懂的語言，耐著性子不斷傳遞給對方……寺田小姐，沒問題的，妳一定可以將思維想法傳遞出去的。」

此時此刻，電車正要從飯田橋站出發。

「寺田小姐，我要在下一站市谷站下車了，我想去位在有樂町線的公司看一看。」

要去有樂町線的確是得在市谷站換車。

「看妳這樣真不錯，跟在本八幡及市川附近看到的妳比起來，妳現在的雙眼可是閃閃發光呢……啊，妳應該不會覺得這是我自己心裡這麼想，所以妳的外表才會如我所願吧？」

沒有這回事。

「我並不這麼想，真的很謝謝你。已經來到另一個世界這件事，對我來說目前還是有點難以接受，不過這暫且先不提，你真的讓我的內心湧出了許多希望。我稍微有了點……可以繼續往前的能量。這一切都有賴於中村先生的幫忙。」

我在市谷車站跟中村道別。

直到這時候，我才察覺到中村的臉跟一個我熟識的人長得非常像。

「那個，中村先生……方便的話可以告訴我你的名字嗎？」

中村聽到後點了點頭，臉上浮現了非常溫暖又深刻的笑容，這樣的笑容我從未在任何人臉上見到過。

「妳總算還是注意到了……沒錯，我的名字是『諭吉』。」

「你為什麼要改姓『中村』呢？」

「這絕對不是隨便亂取的，我以前的確有段時間姓『中村』，只是絕大部分的人都只知道我姓『福澤』。不過話說回來，如果妳把重點放在這裡那就傷腦筋了。無論如何，這對現在的妳來說都沒有好處。所以我才會換上一個平易近人且又響亮的姓氏，希望不會讓妳覺得不舒服。」

「怎麼會，我怎麼可能會覺得不舒服……我才要跟你道歉，提出了這麼個多餘的問題。」

鞠躬道歉之後若還繼續提問，難免會讓人覺得有點沒禮貌，但不管怎麼說我就是很想問，我想這也是記者本色的一種小小呈現。

「那個，我知道我這麼問是有些無知，但我想了解一下，你前往永田町有什麼要事嗎？」

中村，或者該說是福澤，將目光移向月臺後面的護城河水面。

「接下來……我在想要不要去首相官邸走一趟。對於那些夥伴們啊，我想說的話、想讓他們去做的事，簡直堆得像山一樣高，所以真的很難轉化為簡單易懂的話語，而且內容也太多太繁複了，不容易傳遞，只能耐著性子繼續做下去了。我已經決定了，倘若到最後真的完全沒辦法傳達的話，我就現身在他們面前……那麼，我先告辭了。」

我來到了另一個世界，而且立刻就遇到了福澤諭吉。

像這樣的驚奇之旅，恐怕很多人窮極一生都碰不上吧。

人的一生，到底應該從哪裡算是開始、哪裡算是結束呢？這個問題，在此暫且就不多加討論了吧。

第四章

1

中西雪實將濱邊友介傷害並導致死亡的案件，本人已經承認了，理應說是毫無疑慮的事實。不過，犯人的行為究竟是屬於「殺人」還是「傷害」，以目前的情況來說倒是沒有辦法百分之百確認。

事件發生的第八天，也就是雪實受到首次拘留的第五天，我們好不容易可以帶她前往犯罪現場，也就是她所居住的公寓，準備進行犯行模擬。這一天是三月二十五日。

沒錯，真的是好不容易。

原本模擬應該要在更早之前的階段就施行的，只是礙於疑犯中西雪實一直沒有好好地供述。她身上有明顯的血痕，甚至還將被害人帶到自家屋內，然而一旦請她「詳細說明事發當晚的所有經過」，她不管怎麼樣就是做不到。倘若用強迫的方式逼她的話，說不定會有些意外收穫，不過武脇並不這麼想，因此才會花了好多時間，以「聽雪實慢慢闡述過程」為行動方針，就這樣一直堅持到現在。

正因為如此，今天反而感到異常安心。因為武脇非常有信心，雪實一定可以好好地在冷靜且符合邏輯的情況下重現當時的犯罪現場。

「那個，我先說明一下，濱邊友介理所當然是個男人，但今天是為了說明當時的狀況，所以將以這個目的為主……況且演出濱邊的人必須實際在過程中碰觸中西小姐的身體，所以由菊田巡查部長來擔任應該可以吧？」

「好的，了解了。」

菊田低下了頭，說了句「請多多指教」。

「假如菊田碰妳的地方、抓妳的方式、站立的位置，還有身體所面對的方向等等，有任何不符實情的地方，請務必出言指正。今天的模擬主要都是根據中西小姐的記憶……要妳回想受到襲擊的當下，或是打傷對方的那些畫面，心情應該會相當不好受，不過由於此事關係到一個人的性命，所以請多多加油，以闡明事實為前提好好地說一說吧。」

「好的，沒問題。」

回應也相當確實，看來應該真如她本人所說的，不會有什麼問題吧。

中西雪實住在一間套房裡，是極其平凡、隨處可見的套房。

浴室是附馬桶的一體式設計，做菜的地方則屬於小型廚房，瓦斯爐是單口的，下方則塞了一個正方體造型的迷你冰箱。另外，雖然位在二樓，但並沒有陽臺或露臺，如果想要把洗好的衣物晒到外面去的話，就得透過高度及腰的窗戶。

主要起居室約有六坪左右，入門左手邊有一張單人床，而右手邊，也就是差不多房間正中央的地方，則放了一張矮桌，玻璃製的天鵝裝飾品就是放在那上面。

中西雪實以非常冷酷的眼神環顧了室內一圈。

只剩下床墊的單人床，以及上面空無一物的矮桌。或許雪實是在確認房間裡有沒有什麼家具或擺設不見了吧。

沾有血跡的棉被以及枕頭，已經視為證據遭到扣押，玻璃天鵝這個凶器，則連碎片也整個都被蒐集起來，作為證物被保管在警署裡頭。其他疑似沾到指紋的東西，或是跟事件本身有任何關聯性的物品，也全部被帶離了現場。

相反地，倒是留下了不少採集指紋的痕跡，以及多多少少還留有一些血跡。

桌子、床鋪、牆壁、門框、窗框、六斗櫃的頂板、抽屜、電視櫃……凡是有可能被人碰觸到的地方，全都進行了指紋採集。這次所使用的銀色鋁粉，粒子的精細度是小麥粉或其他粉類製品完全比不上的，雖然可以用在採指紋上，但事後卻也非常難清理。鑑識人員在完事後有大致打掃過，不過掉入木地板接縫處的粉末就很難處理了。稍微看一下就能發現，其實六斗櫃把手周圍也有明顯的擦拭痕跡。那麼，究竟是誰要負責將一切打掃乾淨？誰該要將環境恢復成鑑識作業前的樣子呢？雖然覺得很抱歉，但答案是「房間的主人」，也就是中西雪實最後必須得要自行清理環境。

現場的血跡比武脇預期的少，只有在床墊上及地板的縫隙有看到一些，另外就是牆壁。基本上牆壁也已經是擦拭過的狀態，不過現在看來還是可以依稀分辨得出有個手掌形狀殘留在上頭，血跡就差不多是如此而已。

武脇用手比了比玄關方向。

「那麼，我們從濱邊進來玄關那裡開始好嗎？」

「好的。」

菊田飾演濱邊，雪實則扮演自己，大山巡查部長拿著錄影機繞著拍，武脇則個別下達了指令。如果這是電影拍攝現場的話，那武脇無庸置疑就是導演的角色。

菊田在玄關敲了敲門，雪實就站在她面前。

「把門關上的是濱邊嗎？」

「是的。」

「這時候的門鎖呢？」

「並沒有鎖起來。」

「然後呢？」

「我對他說了『請進』之類的話，然後我就走到了那邊。」

雪實指向位在房間裡的武脇方向。

「妳大概在哪個地方背對著濱邊的呢？」

「大概再進來一點的地方……我覺得，差不多是這附近。」

「嗯嗯，那就照著做吧。」

武脇針對雪實舉手投足的所有動作，一個接著一個，從非常非常細微的地方開始確認。雪實有時候會稍微停下腳步，皺著眉不斷挖掘記憶裡那些曖昧不清的片段。不過武脇向她表明「不用勉強自己去想，沒關係的」；「不記得的地方就說不記得了，不要緊的」。畢竟，要是明明記不得，但卻還信口開河說著「就是這樣、就是那樣」，結果後續邏輯對不上的話，那就更麻煩了。

「……那個，差不多是這邊。」

濱邊在進入房間的過程中，突然間就從雪實背後一把抱住，在雪實一陣抵抗過後，轉而抱住了下半身，也就是從腰部一直到兩腿的地方，並將自己的體重都壓了上去。雙腳無法動彈，且又被濱邊的體重拖住，雪實無可奈何地向前倒去。

「此時，他好像說了『我原本並不想做這種事，但真的沒有辦法』之類的話……」

身穿居家運動服的雪實，被從腰部一把抓住，在強烈的威脅感襲擊下，她奮不顧身往房裡逃。就在這時候，往前伸去的左手來到矮桌，雖然沒有看到，不過左手確實碰到了某個東西。

「在抓住的瞬間，心裡多少是有感覺到……是那隻白色天鵝吧。並且也覺得，這東西可以當作武器。」

倘若拿真的東西來模擬的話，很有可能會讓菊田受傷，所以今天是用紙箱及揉成一團的影印紙來製作成差不多大小的模型。

雪實抓住了那個模型。

「那妳就照當時的情形揮動看看。」

「好……應該是，這樣吧。」

模型打在菊田的頭部左側。

「如何？是這樣的感覺嗎？」

「臉要稍微再靠近一些……對了，差不多就是這樣。然後，我一打到他，他就因為反作用力而倒向另一邊去了。」

菊田根據指示做出動作。

「好的。那玻璃的部分變成什麼樣了？」

「破掉了。該說是破掉嗎？應該比較接近是分離了。」

「了解了。東西先借我一下。」

武脇將影印紙抽離拿下，只把剩餘的紙箱部分再次放回雪實手裡。雖然模型跟實物一定無法百分百相似，但好歹還是憑著印象做出了天鵝脖子及翅膀的形狀。

「好的，繼續往下吧。」

「我翻身向前，就像這樣。」

原本朝向後方的身體轉身向前。

「我的左手好像有被什麼東西卡住……」

「當時濱邊的狀況呢？」

「……我沒有看到，但應該就在我伸手可及的地方。」

菊田微調了姿勢，讓身體更蜷彎了一些。

「像這樣嗎？」

「……嗯，應該是。」

「請做一遍剛剛談到的動作。」

「好的……大概，就是這樣的感覺。」

原來如此。當雪實翻身向前的時候，左手會經過濱邊的右側，基本上就是右邊臉頰、右邊的脖子或右邊的肩膀這些地方。因為濱邊的頭部左側才剛被打，所以他應該會用左手護著受到襲擊的部位，在這樣的情況下，濱邊真的有辦法預料到凶刀，也就是剩下玻璃碎片的天鵝翅膀，會從右側砍過來嗎？恐怕是很難。他的右手應該來不及護著自己的身體右側，等於濱邊的右側出現了空檔。這是非常有可能的。

接著，雪實用匍匐前進的方式往眼前的牆壁方向爬，轉過身一屁股坐在地上後，看到了濱邊抱著頭蹲伏著。他應該是正用力按著自己的右側脖子，不過此時的雪實並不知情。隨後，濱邊嘗試著想要站起來，不過很快就失敗了，整個人倒在床鋪上。這時候，雪實才留意到濱邊的手上全都是血。放在床上的棉被也同樣沾上了鮮血。濱邊再次試著站起身，結果反倒往正後方跌去，後腦杓及背部撞到了背後的牆面，就這樣慢慢往下滑。稍早看到的血手印，應該就是這時候留下的。

眼前的龐大資訊量讓雪實陷入呆滯，因而無法立即做出相對應的舉動。不過，由於濱邊的出血量真的太大了，再者她也察覺到濱邊一動也不動的，好像已經死了，所以她才顫抖著身體慢慢地靠近。

「他在跌倒的時候腳剛好朝向我，因此我就先碰了碰他的腳趾頭……接著更進一步搖了搖他的右腳，然而都沒有得到任何反應，所以我又再更靠近了一些……他身上的衣服，以及裡頭的襯衣，都是暗色系的，導致實際狀況如何看不太出來，不過倒是非常清楚他身上溼答答的，而且仔細一看，也能夠看出血液正從他的脖子不停地往外流，至此我知道事態嚴重了，於是便用自己的手機通報了一一〇。」

雪實的自白已經說得非常清楚。

不過，這一番言論若不回到署裡逐一比對驗屍報告、現場調查報告，以及鑑識報告等資料，恐怕難以得出結論。單純就雪實模擬事發現場的情況來看，跟武脇的判斷之間幾乎可以說沒有太大的出入。

因此，就現階段而言，主要是偏向武脇的個人印象，但這樣的印象已經幾乎可以直接為這個事件做出結論了。

在這起事件中，中西雪實的正當防衛行為是成立的。

因此，給予不起訴之處分應該不會有太大異議。

土堂刑組課長向負責的檢察官提出請託，以一句「真不好意思星期假日還要麻煩你」，便在二十六日將中西雪實借提出來接受檢察官的調查。

負責的檢察官表示，根據犯罪現場模擬所呈現的詳細加害過程，與驗屍報告內所提到的身體損傷情況，以及鑑識報告中指紋、掌紋的相對位置，幾乎完全一致，對於這樣的結果，檢調非常重視，因此也認為正當防衛成立，並做出了不起訴的決定。

傍晚，回到高井戶警署的雪實，可能是心情放鬆下來了吧，帶著不穩定的情緒，以泫然欲泣又混雜著微笑的表情，低頭向武脇行了個禮。

「不好意思，給大家添了很多麻煩。」

如果是男性疑犯的話，應該會直接在此歸還先前沒收的個人物品，並隨時予以釋放。不過由於雪實身為女性，且一直被羈留在原宿警署，因此還有一些個人物品留在那邊，得先回去原宿警署拿取。

武脇回道：「這是妳自己好好地說了實話所得來的結果。」聽到這句話，雪實的尷尬表情瞬間消失。

「那個……有聯絡上濱邊先生的家人了嗎？」

對於這個問題，只能搖頭回應。

「還沒，目前還聯絡不上。這樣的情況的確算是少見的……但這是警察的工作，就安心交給我處理吧。」

「雖然說我是正當防衛，但畢竟還是導致對方死亡了，所以我覺得應該要去道個歉。」

「我能理解妳的心情，不過刑事案件的判決結果，在民事方面卻大相逕庭的情況所在多有，所以我認為妳最好謹慎以對，先搞清楚對方的身分背景、有些什麼來歷再說。另外，今後我這邊也可能還會有些問題需要請教妳，到時候還請多多配合。」

「沒問題，辛苦了。」

雪實拿了由高井戶警署代為保管的個人物品及證件等能夠歸還她本人的所有物品之後，在拘留人員的陪同下回到了原宿警署。由於武脇感覺得出來雪實骨子裡是一個正直的人，因此對於無罪釋放的結果他還挺開心的。

一起搭乘廂型車護送雪實的菊田，小小地嘆了一口氣。

「……那麼，武脇先生的工作就到此為止了是嗎？」

的確，武脇只是被叫來擔任調查官的，既然疑犯都已經獲得釋放了，他的任務也該告一段落了。

「不知道耶。正當防衛成立之後，理論上這起事件就算是落幕了，然而從另一個角度來看，倘若不能弄清楚濱邊的身分，就無從得知他造訪雪實房間的主因。濱邊已經死了，所以這件事繼續往下調查的確沒有太大的意義，不過要說在不在意嘛，嗯……我是挺在意的。」

菊田揚起了嘴角，眼睛張得大大的。

「你的意思是說，之後你有可能還是會來協助調查對嗎？」

這句話說來不僅聲調高了兩、三度，雙眼還啪啦啪啦地閃著光芒。看來這位菊田巡查部長，還真有些「傻氣」。

「什麼意思……連實地搜查的部分也需要我協助？」

「如果可以的話，真的希望你能幫忙。畢竟不管就什麼角度來看，在這裡工作的刑組課組員，與其說是處理刑事案件的『刑警』，倒不如說是以『對付黑道組織』為主，你不覺得嗎？像是小山巡查部長，每次輪到他值班之前，一定都會跟周遭的人說『我不會查竊盜案啦』，這合理嗎？我們每個人都為了處理汽車竊盜、便利商店搶劫，還有被搞得一團亂的辦公室竊盜案而疲於奔命，老是搞得氣喘吁吁，但他們卻老是說自己不擅長對付盜賊，所以就不接這類的案子，這一點都不合常理吧?比方說這次的案子，連殺人或是傷害致死都還沒確定，就把『疑犯讓人頭大』當作藉口，硬是將調查推掉……雖然不能說這些人全都金玉其外敗絮其中，幫不上忙，但也實在不知道該拿他們怎麼辦啊。」

哎呀哎呀，這也說得太白了吧。

因為是星期天，所以即便是在警局服務，基本上內勤的員警還是會放假的。所以土堂今天絕對沒有必要出勤，不過可能是因為在意雪實的狀況吧，一直到中午前他都在自己課長的位置上處理一些文書類的工作。

不過，在送雪實回到刑事組辦公室的時候，卻沒看到他的人影。一看牆上的時鐘，差五分就下午五點了。

「菊田，看來課長已經回家了吧。」

菊田雙手一攤，心情表露無遺。

「誰知道呢，他本來就是我行我素的人，搞不懂他。不過每當有什麼重要大事的時候，他還是會出現的，除此之外的其他時間，如果沒看到他，大家也不會太在意……並不會每次都打電話去問他『現在在哪裡呀?』雖然說我還是認為他多少有些令人感到害怕的地方。」

雪實獲得釋放了，所以武脇想要問問自己到底是不是可以從這個事件中抽身了。想跟土堂課長討論一下，但既然不在那也沒辦法。

「這樣啊。看來我只好明天再來一趟，跟他重新聊聊之後的事情。」

整理好自己的桌面準備回家的菊田，聽到後轉過頭來。

「武脇先生也要回家了？」

「嗯……好不容易可以這麼早下班，可能會順道去做點別的事吧。」

「逛街買東西之類的？」

「不是，我在想要不要去新宿的伊勢丹走一趟。」

菊田「啊」了一聲，並伸出了食指。

「你指的是賣玻璃天鵝的地方對吧。得去得去，我也想去看看。」

「啊啊，這樣啊，那就走吧。」

從警署到富士見丘車站走路差不多十分鐘，在那裡搭上井之頭線的電車，並在名大前車站轉乘京王線，最終抵達新宿三丁目車站的時候，時間已經過了下午六點。

菊田指著樓層介紹的看板。

「餐具在……五樓。」

「……嗯。」

就跟這個世界上絕大部分的女性一樣，菊田來到百貨公司之後，情緒整個高漲了起來，不僅雙眼散發出光芒，嘴角也浮現了淡淡的笑意。都已經是結了婚的人了，所以菊田應該不會厚著臉皮對武脇提出什麼無理的要求，不過這種莫名的緊張感武脇還是記憶猶新。這裡跟超市或家電量販店有很大的不同，可不能做出什麼愚蠢的行為，這種提高警戒之類的情緒，讓武脇的動作變得有些僵硬。

不過，到了五樓的餐具賣場之後，武脇又多了另一種緊張感。

「……啊。」

在菊田驚呼一聲的幾秒前，武脇就已經發現了。

警視廳高井戶警署刑事組織犯罪對策課課長，土堂稔貴警部。

為什麼土堂會在這裡？為什麼他會獨自一人站在玻璃餐具的賣場，而且手裡還拿著那只玻璃製的天鵝？

都已經發現對方了，沒道理不過去打個招呼。

「……土堂先生，辛苦了。」

兩人邊打招呼邊靠近，結果土堂只抬起眼看了一下他們，接著馬上又把視線轉回天鵝上。

「喔，辛苦了。」

就好像要用雙眼將玻璃溶解似的，土堂就這麼死命盯著天鵝看。

而且，看了好久。

基本上，土堂是一個不以沉默為苦的人，相對來說，武脇雖然並不覺得自己特別碎嘴多話，但跟土堂比起來，武脇知道自己屬於討厭沉默不語的那一類人。喔，也有可能單純只是討厭默不作聲的土堂而已。

無可奈何之下，還是只能由自己來打開話題。

「土堂先生……你在做什麼呢？」

土堂依然故我，靜靜凝視著天鵝。

「還問，調查書上有寫到啊。」

「……是？」

「關於這裡，調查書上有提到，所以我才會想要過來確認看看。結果就找到了這個。」

這能算是心有靈犀嗎？可以用一句「我也這麼想」來表達心情嗎？真是讓人感到疑點重重啊。

「原來如此……那麼，你想要確認什麼呢？」

「我在想，我會不會也能聽得到呢？」

一般來說，武脇會基於某些意圖而保持沉默、不予回應，這是理所當然的事情，但幾乎不曾像現在這樣為之語塞。然而此時此刻，武脇真的是「說不出話來」，就連要問土堂話裡的真實意涵是什麼，也不知道該從何問起。

結果，土堂自己接著說了下去。

「我是在想，假如來到同一個地方，然後手握同一款玻璃天鵝，我會不會也能聽得到那個女人的聲音呢？就是因為這樣，我才會來試試看。」

真想說一句「喔，原來是這樣啊，那你忙，我就先回去了」之類的話，然後就趕緊告退，可惜現場氛圍不容許這麼做。

「那，你聽到女人的聲音了嗎？」

「不，沒聽到啊。換成是你的話會如何呢？」

菊田啊，妳別光是靜靜看著，好歹參與一下這場對話吧！

2

我抬頭望著上了十年班的協文舍大樓，以及飄著朵朵白雲的天空。除了靜得出奇之外，倒也沒有什麼其他改變。

是啊，有所改變的不是公司，而是我。

有所改變的不是這個世界，而是我自己。

以前我都是走大樓側邊的進出口，用社員證在感應器上嗶一下，接著便往電梯搭乘處前進。不過今天，從今以後，我再也不需要那樣做了。我可以像貴賓一樣，從正門大刺刺地走進去。

不過，在大樓正面繞了一下之後，我發現到自動玻璃門前方的銀色百葉窗放了下來，且自動門後面的米白色窗簾也拉上了。對了，今天是星期六，公司的休息日。不過，這跟我一點關係都沒有。即使隔著百葉窗、即使用柵欄封鎖，也沒有任何人能阻擋我的入侵。

我鑽過百葉窗及自動門，進到玄關大廳。畢竟是休假日，處於關閉狀態的玄關大廳理所當然地相當昏暗，平時總是會站在圓形梁柱前的警衛，以及坐在服務櫃檯裡的女性職員，現在當然都看不見人影。

一眼望去多多少少是讓人感到有些寂寥，但也不會因此就對選擇休假日來公司感到後悔。身旁有人在，也只會讓寂寥感呈現出不同滋味罷了，這一點我光用想像的就能感受得到。話說回來，我現在並沒有細細品嘗傷心情緒的餘裕，我一邊對著自己說「得要趕快習慣這一切」，一邊走到電梯前方。不過，當我想起自己根本沒辦法按按鈕之後，就嘆了一口氣並轉身前往樓梯方向了。我走上樓梯，要一路爬到五樓，也就是雜誌編輯局所在地，「SPLASH」的編輯部就在那邊。

畢竟是雜誌編輯局，多少還是會有幾個人假日出勤吧？我在心底暗自期待著。就某種意義上來說，這樣的期待算是實現了，不過還真的是只有小貓兩、三隻。

就我視線範圍所及，只有兩個人，而且都不屬於「SPLASH」編輯部。雖然勉勉強強能夠記得起他們的名字，但基本上是平常連打招呼都不曾有過的男同事。

我可能得要在這裡待著，直到「SPLASH」編輯部的人來上班了吧。到底會等到什麼時候呢？一般而言，負責編輯工作的部門出勤時間往往都比其他公司要來得晚，如果沒有安排會議的話，平日的中午前可能都還沒有人來上班，而且這幾乎可以說是常態。換句話說，最糟糕的狀況就是得要一路等到星期一的中午左右，相當於等待兩天的時間。

現在來加班的兩人，只要事情一做完應該也會馬上起身離開吧。一旦到了傍晚，頂多是到晚上，最後一個走的人應該會把樓層的燈光關掉。在那之後，會出現在這裡的人就只剩下需要處理緊急狀況的人，或是巡查的警衛了吧。明天是星期日，情況大抵上應該也是如此。

完整的兩天，我必須在這個地方守著。該做些什麼來打發時間呢？難不成就只能像幽靈一樣，安安靜靜地待在辦公室的某個角落嗎？如果有哪張椅子沒收好的話，我就可以坐下來休息一下了，但畢竟我沒有辦法改變椅子的方向，也沒辦法做到不造成其他人的困擾。我個人不喜歡躺在地板上，把桌子當成床在上面躺一下也是可以，但我會感到不好意思。還有，我到底可以坐在哪裡呢？樓梯嗎？或是廁所？就我所知，往上一樓有一間休息室，只不過我沒有實際去使用過。

想到這裡，我腦海中浮現了一個非常重要的問題。

究竟，幽靈需不需要睡覺呢？

睡眠是什麼？死亡是什麼？夢境又是什麼？

人啊，能夠意識到「自己今天也活得好好的」，最主要是關鍵在於前一晚的記憶與今天早上所面臨的狀況能夠連貫起來對吧？換句話說，如果無法連貫，那進入睡眠就跟死亡沒什麼兩樣了不是嗎？我先前所陷入的夢境世界，同樣也不可能化為現實。

夢境總是充滿矛盾的。

比方說夢到小學時的同學帶著一臉無所謂的表情參加了大學社團的合宿活動；或是夢到跟好久之前去世的伯母一起吃著家常年菜；還有就是在夢裡完全看不到天空樹，但卻嚷嚷著「天空樹真的好高喔」。一旦醒來就會知道那都是些異常離奇的情節，然而在夢裡卻會理所當然地無條件接受。不過這是得要在現實中醒來，才有辦法比對並發現互相矛盾的地方，倘若夢境一直持續下去，當然也就不會察覺到矛盾點了。

所以說，自己心目中認定「此時此刻就是現實」是否正確，終歸還是要看我們賦予「現實」這個詞什麼樣的概念。我們只會認同自己意識裡所認同的意義，這不就很像是一種「文字遊戲」嗎？跟剛剛的夢境比起來，有什麼證據能證明一路以來所經歷過的現實才是「真正的現實世界」？昨天跟今天，存在於同一條線之上嗎？確切的證據何在呢？

算了算了，即使來來回回思考那些理由也沒用，我還是必須要趕快認同自己「身在另一個世界」的事實，現在的我，碰不到東西、聞不到味道，唯獨只能看得見，因此我完全無法認同自己「身處的世界」也是現實。況且，就算我在這邊大聲嚷嚷「我這裡也是現實世界」，聲音也無法傳遞給現實生活中的人們。

說說結論吧，事實上幽靈也會睡覺。

首先，一旦把眼睛閉起來，就會跟活著的時候一樣，眼前變得一片黑暗。這很有可能是想像出來的，也可能是刻印在大腦裡的既有思維，但無論如何，眼瞼閉上之後，能看到的景象就是黑暗中有些外界的光滲透進來。這一點與現實世界是相符的。

另外，我發現到一件令人大感意外的事——如果我將心神專注鎖定在那片朦朦朧朧的黑暗中，那麼時間就會過得飛快。有沒有可能是因為閉上眼睛之後，意識就會直接飛往未來，假設真是如此，那就表示我或許也可以飛到過去，這麼一來我一定要回到被菅谷凱斗綁走之前的時間點，而且這次要選擇別條路回家……欲望無限好，只可惜從沒有人能美夢成真，所以自由地穿梭時間這種事情，我是連想都不願多想。

最重要的是，閉上眼睛真的可以感覺到時間過得比較快，所以我就擅自將其定義為「睡眠」了。

以場所來說，現在空無一人的休息室是最好的選擇。休息室的北面是有窗戶的，因此到了夜晚還是可以從外頭看到床的所在位置。而且，雖說那是一張床，但就連床單也沒有，單單只鋪了一張床墊，嚴格來說，應該那只能算是一個「軟軟的平臺」，不過跟睡在地板或樓梯比起來，心情上的確是感到舒服多了。甚至可以說，這是我進入另一個世界以來，心靈最為放鬆的一段時間了。

隔天星期日，進公司的人理所當然地比星期六還要少，雜誌編輯局在上午只來了一位員工，下午也只有一人，這兩人似乎都是忘記拿東西所以才回來辦公室的，除此之外別無他人。一樓出入口的櫃檯基本上會有警衛常駐，不過一整天也沒見他們上來巡查過。對只能發揮視覺能力的我來說，再也沒有比空無一人的辦公室更無聊的地方了。因為真的太無聊了，所以我開始思考起一些無謂的事情。

比方說，自殺之類的。

無論是從屋頂上也好，或是從五樓的哪一扇忘記關的窗戶也罷，現在的我，如果從高處往下跳的話，會發生什麼事呢？由於重力是我唯一能夠感受得到的一股力量，所以往下跳之後的墜落感應該不難想像。不過，我並沒有辦法碰觸到地面，說不定還會直接被埋進土裡，但總之即使撞擊如此劇烈，我應該也不會感覺到痛楚。也有可能，這對我來說會像高空彈跳一樣刺激好玩。不過，假設真的跳了之後卻讓我痛不欲生那該怎麼辦……一想及此，我就因為太過害怕而放棄嘗試了。

另外我也想過要回自己住的地方看看。

然而就算回去了，我也沒辦法讓塞滿髒衣服的洗衣機動起來，也不可能處理應該要拿出去倒的可燃垃圾。最終只是自己心裡感到鬱悶，除此之外什麼也做不了。

所以我覺得，在休息室睡覺消磨時間是最好的選擇了。

星期一過了十點之後，「SPLASH」編輯部的成員終於開始陸續來上班。

不久之後，大家就分頭忙了起來。

總編輯很快就被叫去參加會議，其他的編輯成員則處理著週末期間未讀的e-mail，並一一回信，或者是接著其他各部門打來的電話、撰寫或修潤手邊的原稿，以及進行各種調查等等。

在此之中，唯獨我的桌子萬般寂寥地空在那邊。沒有任何人察覺這件事。大家可能都認為我只是出差了所以不在吧。

就在我想東想西的時候，總編輯開完會回來了。

有那麼一瞬間，總編的眼神飄向我的桌子，不過也僅止於此而已。我以為他心裡想的是「星期一之前說好要處理完兩件工作的」，但從表情上來研判，他應該是覺得「再等一下就會來上班了吧」。就目前這個階段來說，沒有想太多也是情有可原。

不過到了傍晚，總編輯的表情多少變得有些嚴厲，還向擔任編輯主任的前輩詢問狀況，但前輩此時也只能搖搖頭，並拿起室內電話撥了個號碼。我望向電話機上的顯示螢幕，才發現原來撥打的是我的手機號碼。

終於，大家開始關心我的下落了。

我試著告訴大家「我就在這裡」，但聲音完全傳達不出去。接著我拍拍他們的肩膀、跑到他們面前揮揮手說「看不見我嗎？」但都沒有得到任何反應。我知道，做這些事情根本無濟於事，我真的都知道，但我就是想要嘗試。一直嘗試，很多很多遍不停嘗試，即使失敗氣餒，也會馬上重新振作，然後繼續嘗試，像是故意從他們身上或是桌邊穿過去，以及在樓層到處走來晃去，把所有想得到的方法全都用盡了之後，還是會一再重複，直到慢慢地有人出門採訪、有人下班回家，樓層再次回到寂靜的狀態。最後整個辦公室只剩下一位前輩，我特別加強了意念並伸手去抓，結果他還是毫無反應地走出了編輯部，我也不得不就此選擇放棄。

接下來等著我的，又是一個人的孤單夜晚。

來到星期二，總編輯焦躁的情緒終於逐漸爆發，從他開始查看我的電腦，以及用手機撥打了無數通電話給我，就可以感受得到他的心情。他對編輯主任大吼大叫、怒氣勃發，可能也是因為我下落不明的關係。

傍晚，總編輯用市內電話跟某個人聊了好久，他臉上的表情令人費解，而且明明對方又看不到，但他卻自顧自地鞠躬好幾次。「難不成……」我確認了一下市內電話上的螢幕，果然，上頭顯示著我老家的電話號碼。

居然跟我的家人聯繫了。這個時間點的話，電話那頭應該是媽媽吧。

這段情節的開展有點太快了，出乎我的意料。

總編輯把編輯主任前輩以及另外一位同事叫到跟前，語重心長地說了一些話，兩人點頭回應之後，開始分頭往幾個不同的單位打了電話，以及透過我的電腦確認之後的行程。

不久後，總編輯看了一眼時鐘，接著便穿上外套、拿起包包，此時剛過傍晚六點半，看來他並不是打算要回家，應該是為了我而需要出門去做些什麼。心裡懷抱著期待，我趕緊尾隨在總編輯身後。

走出公司的總編輯，從最近的護國寺車站搭上有樂町線往新木場方向的列車，並在市谷站下車。我猜想他這時應該是要去我在龜戶的住處，結果正如我所料。

從市谷站換搭中央總武線列車，接著在龜戶站下車。出了車站的北側出口後，他快步繞進巴士乘車處，目的地就是在裡頭的連鎖咖啡廳。不過，我早一步發現到他要找的人，就坐在咖啡廳窗邊的位置上。

那正是我的媽媽，她一臉泫然欲泣的表情慌張地望著外面的通道，並用顫抖的手掩住嘴巴。我在一個星期前才剛跟媽媽碰過面而已，但現在卻想她想到不自覺屏住了呼吸。然而與此同時，最讓我感到羞愧的是，我很想轉頭就跑，從現場離開。這不僅僅是因為我如此不孝地比雙親還早離開人世，更重要的是我明明近在咫尺，卻什麼都沒辦法傳達。就是因為這樣的無力感，就是因為這樣的悲慘心境。

跟媽媽素未謀面的總編輯，可能已經事先問好媽媽的裝扮，所以在看到穿著亮灰色大衣的媽媽後，毫不遲疑立刻上前打招呼。

媽媽也馬上站起身，重複鞠了好幾次躬，雙手接過總編輯的名片後，又繼續說了一番禮貌性的社交辭令。

應該是打算邊走邊講吧，總編輯沒有向店家點任何飲料，直接就走出店門外，媽媽也緊跟在後。總編輯和媽媽，對於目前的狀況到底了解多少呢？我很好奇兩人究竟會聊些什麼，但是從嘴型真的很難判斷說話的內容，說不定警察有聯絡他們並且說了些什麼吧，但到底有沒有我也無從得知。

也不知是幸運或是不幸，總之兩人選擇了另一條路往我的住處走去，而非走那一條我被擄走的路線。

一樓的一〇三室。媽媽按下門口對講機的按鈕。沒有任何回應。當然不可能有。媽媽用鑰匙將門打開，率先進到房間裡，打開電燈之後，可能有出聲叫總編輯進去吧，他隨之也進到裡頭。

我的雙腳止不住發抖，沒辦法往裡面走。

確定我不在房間裡面之後，媽媽臉上的表情會是如何呢？我實在不敢看。可能會哭吧，也可能會手足無措、方寸大亂。不過說不定她的反應會出乎我意料地勇敢，並開始展開各式各樣的調查，這種可能性也是有的。沒錯，媽媽的性格就如同她的外表給人的感覺一樣，是非常堅強的，一旦遇到什麼緊急事故，她就會變得格外認真。總之，結論還沒出來，所以就目前的階段來講，不能把時間浪費在驚慌失措，那樣只會為總編輯帶來困擾而已。

思考完之後，我下定決心穿過已然關閉的大門進到房間裡，結果看到媽媽正在檢查衣櫥裡的東西，而總編輯則確認著門鈴對講機所錄製的畫面。

可惜的是，兩人都沒有什麼收穫，因此經過一番討論，他們決定分頭在房間的各個地方進行調查。媽媽搜尋廁所及洗衣機，總編輯檢查桌子上的電腦；接著，媽媽在鞋櫃翻找，總編輯確認窗戶的鎖扣、各處的插座，以及換氣風扇。看來總編輯應該是在查看房間裡是不是被安裝了竊聽器。

結果，他們在房間裡什麼都沒找到，這跟我心中預期的情況差不多，只是我原本還期待總編輯可以從我的電腦裡發現些什麼有用的資訊，不過看來並沒有。「mimi」看來就不會是一般人會想第一個點開來看的檔案名稱，所以也不能怪總編輯。

似乎是想起了些什麼，總編輯將媽媽留在房間裡，獨自走到了外頭。我追出去一看，發現他正在用門鈴對講機跟隔壁房的住戶通話。結果，很快就有個人從隔壁房出來，那是一個名為稻田的男人，看來三十歲左右。總編輯似乎在跟稻田確認些什麼。可能是「最近有沒有遇到隔壁房的女生啊？」或是「有沒有聽到什麼奇怪的聲音？」之類的問題吧。男人只有一個勁地搖頭，這也是理所當然的事情，畢竟就連我自己應該都有超過半年沒跟這個男人碰過面了。

住在另外一邊的女性，反應也是大同小異，看來總編輯應該有事先聯繫過房東，不過目前的成果似乎不甚理想。

回到房間之後，總編輯又開始跟媽媽討論了起來。不，與其說是在討論，倒不如說更接近於說服。媽媽將手機拿在手上，眉頭緊緊深鎖。總編輯時不時歪著頭，一副欲言又止的樣子，最終好像還是把想講的話吞回肚子裡去了。

儘管如此，兩人似乎還是達成了某些共識。

兩人先後走出房外，媽媽把燈關掉並鎖上了門，接著踏上通往車站的路。我心想，今天應該就這樣了吧，結果並非如此。

兩人走到較為寬廣的大馬路時，總編輯突然舉起了右手。糟糕，他們要是搭上計程車的話，那我再怎麼樣也追不上了。正當我感到焦慮不安的時候，立刻想到自己只要棲身副駕駛座或是後車箱，跟著一起搭車就沒問題了，所以頓時轉念。

我往計程車內部一瞧，副駕駛座上放著一個手拿包，應該是司機的，不過那並不會對我造成妨礙，反正只要能搭順風車就可以了，坐在這個位置並沒有讓我感到任何不愉快。

總編輯跟司機說的目的地是哪裡我並不清楚，不過總之車子最後停在警署的前面。警視廳城東警署。

原來如此，是想來提出再次啟動搜查的請求吧。

總編輯拿著司機遞過來的找零及收據，並順勢收進去包包裡，然後下了車，跟媽媽一起走向警署大門。他們向門口的便衣警察解釋了一番之後，接著走到正面的櫃檯。可能因為是晚上的關係吧，警署裡頭的人寥寥無幾。

與櫃檯的便衣警察聊了幾句話之後，總編輯促請媽媽到門口旁的長椅先就坐，然後自己繼續跟便衣警察說話，說完才到媽媽身邊坐下。感覺似乎是沒辦法立刻得到回應。

過了大概二十分鐘左右吧，有一位身材微胖的男人從電梯走出來，並逕自到櫃檯詢問狀況，並回頭望向坐在長椅上的兩人。看來是想要聽聽兩人的說法。

男人擺出了「過來這邊」的姿態，邀請兩人過去搭電梯，我也立刻跟了上去。我們一行人一起搭到三樓，並被帶進「生活安全課」的辦公室。

應該是要在裡頭的審訊室討論吧。

在審訊室裡，總編輯似乎說了「從昨天開始就失去聯繫」、「也沒有回到家裡」之類的話。過程中，微胖的刑警至少從椅子上站起來三次，不知道是從內線還是外線打來的，總之他一直在接電話，或許是在確認最近所發生的事故或事件之中，有沒有容貌長得跟我相似的受害女性。

接下來的步驟似乎是製作筆錄，刑警將總編輯以及媽媽所闡述的內容寫在專用的筆錄用紙上，寫完後再請兩人確認內容。

不過，最後得到的結果並不是「請求協尋」。

而是「失蹤人口申報」。

以前活著的時候，我記得好像有在新聞上看過這個名稱曾經做過法律上的修正。

對於正式成為「失蹤人口」的我來說，目前的發展有帶來任何好處嗎？答案是完全沒有。

若從自我貶低的角度來看，編輯部少了我也只是單純少了個人力而已，不可能無止境地等待一個不曉得什麼時候會重回崗位的人。總編輯想必會將工作依照輕重緩急的順序分配給其他同仁。

原本就已經是忙得不可開交的部門，現在還要分擔失蹤的我所遺留下來的工作量，每個人都叫苦連天，所以心裡會有「別開玩笑了」之類的想法也是理所當然的。真的很抱歉，但我並非只是失蹤而已。我已經被勒死了，而且還埋在千葉縣的一處森林裡。所以不管等多久，我都不會回來再跟大家一起共事了，所以請趕快找新人進來吧，好讓大家可以早日回到正常的軌道上。

作為公司的員工，我會受到什麼樣的對待呢？基本上我一點想法都沒有。會是以離職處理嗎？還是留職停薪？薪水的部分又是如何呢？

比方說，在採訪的過程中捲進了麻煩的事件之中，以至於遭到綁架，直到半年後才獲得釋放並回到公司報到，在這樣的情況下，半年間的薪水應該還是要照常支付吧？不過，在被歹徒釋放之前，公司無從確定受綁的員工有沒有機會再回來，所以就我的觀點而言，薪水應該要暫時停止發放，直到該名員工真正重回崗位。依照這樣的邏輯，我的薪水應該要從這個月就先暫停發放比較好。

喔不，最重要的還是補足人力缺口。

我不再出勤上班之後，過了一個星期，差不多進入第二個星期時，看得出來大家都慢慢習慣了少一個人力的工作狀態，話雖如此，但是沉重的壓力並沒有任何改變，我就看過總編輯跟編輯主任或是記者前輩們起了好幾次爭執，甚至險些擦槍走火。說不定那跟我的失蹤一點關係都沒有，但無論如何我看起來就是那樣，而且感覺到的也是那樣。「總編輯啊，事情做不完了啦，趕快找一個接替寺田的人進來啊」、「我知道啊，早就已經跟人事部那邊提出申請了，再忍耐一下吧」……

過了三個星期，情況還是沒有任何改變。後來過了一個月，時序已然來到十二月，現況依舊持續著。接著又再過了一個星期，還是沒有新人報到，我正想說應該得要等到明年了吧，不料卻在十二月十二日星期一那一天，突然來了一個人。

中西雪實。晚我三期的學妹，我在營業部任職的時候，曾短暫跟她共事過，是一個非常可愛的女孩子。記得好像私底下跟她一起出去喝過兩次酒吧；在協文舍主辦的派對活動中，也曾跟她一起當過三、四次接待人員。因此，對我來說她並不是一個全然陌生的人，不過倒也沒有多熟。
總之，光是得知我的接班人是個女生，我就感到相當開心了。
不知道為什麼，我就是很想好好努力。
以一個前輩的身分，希望可以給予她最大的幫助。

3

身處另一個世界的我，應該要做些什麼才好呢？有什麼事情是現在的我能夠做得到的呢？
斗轉星移的每一天，我被目前的狀況搞得團團轉，但又不得不如此，因為一旦置之不理，我很怕會迷失自我。
我不是幽靈，而是言靈。專注在一個想法上，然後將那個想法好好地替換成簡短且平易近人的言語，保持耐心不停傳遞，一定可以讓對方接收到。如果我選擇相信福澤諭吉先生所說的話，那事情就會如此發展。
我想試試看，也應該要試試看，反正，閒著也是閒著。
不過，在我試著將想法傳遞給總編輯或記者前輩時，老是因為想說的內容太過複雜了，所以始終無法順利進行。與其說無法順利進行，倒不如說「連從哪裡下手都毫無頭緒」要來得更加貼切。

首先，請在我的位置上坐下來，然後將電腦的電源打開，並開啟桌面上的「minmi」資料夾，一個一個審閱裡頭的每一個文件檔案——這麼複雜的流程，我肯定沒辦法完整傳達的。況且每個人都那麼忙，光是要叫他們到我的位置坐下都很困難。不過，如果是接我工作的中西雪實，那就可以期待一下了。更幸運的是，她似乎會直接接手我的電腦。

可惜的是，她在打開我的電腦之後，立刻就先建立了一個「暫時存放區」的資料夾。我頓時產生不太好的預感，結果正如我所料。

她一一點開桌面上的資料夾，稍微確認一下內容，看起來不會用到的資料，就通通丟到「暫時存放區」，那等於就是第二個「資源回收筒」。她心裡的想法應該是「如果直接把我不需要的資料刪除的話，等到寺田前輩回來說不定會造成她的困擾，所以暫且都先留存吧」。

經過她的一番整理，桌面上只留下「家用群組」（Home Group）、「資源回收筒」以及「暫時存放區」三個資料夾，看來是個斷捨離做得相當徹底的人。而且，針對硬碟中的「我的文件夾」及「圖片」等主要資料夾，她也採行了同樣的方式整理。真的做得太徹底了，簡直像是要把我使用過的痕跡全都消除了一般。算了，我想不管是誰，只要接收了別人用過的電腦，應該都會這麼做吧。

做完基本的整理之後，接著她將自己帶來的隨身碟插上電腦，並開始進行各項設定，好讓自己用得更順手。比方說連接公司伺服器時的ＩＤ名稱、WORD 及 Mail 的設定，以及常用詞彙等等。我認為，她在電腦的使用上越是熟悉，就越能把工作處理得更好，但另一方面，原本我認為她應該會是一個很容易可以傳達想法的人，所以還把她當成是救命的稻草，不過如今看來真實的情況跟我一開始的印象是有落差的。

不過，倒也不是說其他的男性同仁就有可能比較容易傳達。

總之，我決定先像一個守護靈一般守在她身後。

直到她習慣一切為止，我可能都只能先扮演一個背後靈。

福澤先生的說法確實是如此，但真的專注想法並且將其替換成簡短又平易近人的言語，好好地傳達出去，對方就一定能接收得到嗎？

中西雪實住在杉並區宮前四丁目，似乎是她從學生時代就一直住著的房間，大約是六坪大的一房一廳格局，跟我住的房間相去不遠，這點倒是挺不錯的。反正言靈不會在乎空間狹小或環境昏暗。

雪實應該是挺喜歡看電影的，我看她收藏了不少片子，而且種類也相當多元，舉凡戀愛、驚悚、文藝、音樂劇、懸疑、動作等，全都不放過。另外，她似乎也挺喜歡喝酒的，我隨意瞥一眼就看到廚房的櫃子裡有好幾瓶威士忌排成一排。

她大多在早上八、九點左右醒來，我總會對她說聲「早安」，不過她從來不曾給過我任何反應，不過，我也不認為會這麼容易成功，所以並沒有放在心上。現在唯一的辦法，就是發揮無比的耐心，堅持到底。

起床之後，她會先去洗個澡，接著在等頭髮乾的同時喝一杯熱湯或咖啡，然後換上衣服、化好妝，出門上班去。就我的觀察，她既不會賴床，生活習慣也很好，所以一般都是氣定神閒的。至少不是個老是慌慌張張、莽莽撞撞的人，太好了。另外還有一件事，就是她的胸部很大，還真教人感到意外。應該大了我兩到三個罩杯。不過這一點對我來說無關緊要，我完全不在意。

她會在離家最近的車站搭乘井之頭線。這段日子以來，我也已經習慣了以身處另一個世界的狀態搭乘電車這件事了。一般來說即使我跟其他人重疊了，也不會附身上去，對方也不會有任何感覺，就算我突然閃開，也不會讓對方咕咚撞上東西。不過，偶爾還是會遇到跟我重疊之後露出難受表情的人，可能他們的靈異感受比較強吧。每當有這樣的情況，我就會替他們著想，主動離得遠一些。看到對方緊張的表情瞬間鬆懈下來，我都會覺得「太好了」。

十點過後，基本上就不會有色狼出沒了，不過九點左右的時段偶爾會出現，雖然中西雪實看起來並不像是有機可趁的類型，不過仍舊會被當成狩獵對象。

一開始我還沒發現，只認為她可能是心情不好，或者肚子痛之類的，結果完全不是那麼一回事。靠近一瞧，才知道原來有個男人在她身後緊緊靠著她，我心想「不會吧」，側著眼一確認，果真是。那男人的下半身就這麼頂在雪實的雙腿之間。

然而，即使知道了，我也不能怎麼樣，既不能給男人一些懲罰，也沒辦法把雪實帶離現場。於是我想，至少要好好記住色狼的長相，所以一直到市谷站為止，我就這麼專注盯著他的臉看。對了，一開始他是從京王線轉過來的吧。沒錯，就是京王線。

另外我還發現一件事，那就是電車上充滿了幽靈，喔不，應該說是充滿另一個世界的人們。說實話，假設是在小貓兩三隻的電車上，我也分辨不出來，除非有雙腳陷進去地板，或是打瞌睡的時候腦袋穿過了車窗之類犯傻的情況發生，才有可能看出來，否則就外表來說的話並沒有什麼兩樣，所以幾乎難以察覺。不過，要是車廂裡塞滿了人，那就很容易能夠分辨了。

因為另一個世界的人會跟活著的人重疊在一起。

當我第一次發現的時候，有那麼一瞬間，我想要出聲跟他們打招呼。如果可以交到幾個另一個世界的朋友，感覺也是挺不錯的，我的想法就是這麼單純。不過，自古以來死掉的人何其多，恐怕有幾百億甚至幾千億了吧，總而言之比現在的人口數還要多，不用想也知道，像福澤先生如此品格高尚的人恐怕不會太多，所以想想還是決定作罷。

如果碰到奇怪的人，或是可怕的人，那就麻煩了。

即使到了另一個世界，我還是不想跟奇怪的人扯上關係。

其實，在工作上我的心態也是如此。

說起來，公司的前輩都還算不錯，我經常會從前輩那邊接收到新聞素材、受到前輩各式各樣的協助，或是一起埋伏的時候，前輩也會讓我小睡休息。不過當中也是有不肯好好休息，老愛興沖沖地講著無聊話題的前輩，他們可能覺得刨根究柢挖出女性後輩的隱私，搞不好能因此得手吧，所以才會像這樣追著問。沒錯沒錯，我也曾有過這樣的經驗，雖然只有一次。

就雪實日常的言論聽起來，似乎並沒有特別防著這類事情，不過她倒是會斬釘截鐵地拒絕，不讓人有任何非分之想。所以今後在她身上應該不會發生類似的情況，其他前輩想必也不會對她出手。

目前來說，雪實似乎並沒有交往中的對象，私生活方面頂多是跟幾個年紀相仿的同事去喝酒，或是跟學生時代的閨密們相聚，大不了多幾個閨密帶的男性朋友，如此而已。

然而，我漸漸了解了。

雪實是個乍看之下相當可愛的女生，容易給人好感，胖瘦程度也相當適中，任誰都會在第一時間認為她應該很受歡迎。

不過在喝了酒之後，情況就有所不同了。

簡單來說就是她會笑個不停，而且一旦開始笑起來，就沒完沒了、停不下來，旁人叫她安靜一點，她也完全置之不理，光顧著一個人開懷大笑。從旁看著這一切，就會清楚知道為什麼男生們總想要「臨陣脫逃」。我畢竟對雪實的日常為人有相當程度的了解，所以很想幫她辯解一番，她只是太寂寞了，絕不是什麼奇怪的人，然而那些剛認識的男生對她留下什麼印象，我一眼就能看出來。

哎呀，這個女生，是不是腦袋有點問題啊？

我不知道言談中的哪些內容是逗她發笑的笑點，所以也無從多加評論，不過，如果她是因為下流的黃色笑話而笑個不停，或是自導自演把自己搞成焦點，那也只能說是自作自受。我老是會想，如果我可以在氣氛變得尷尬之前提醒她一聲就好了，可惜的是目前的我實力不足，真是沒資格當一個守護靈。

話說回來，雪實自己在家喝酒時，十足是一個愛哭的酒鬼。

比方說看電影，我才剛在她身旁坐下，準備一起觀賞剛開播的電影，往往就已經聽到雪實那邊傳來抽抽噎噎的哭聲。由於我沒有辦法詢問她「咦？妳什麼時候開始哭的？這裡有什麼會讓人流淚的情節嗎？」只好在這種微妙的氣氛下繼續往下看。說到這個，一般來說日本電影是沒有字幕的，所以我有很高的可能性會看不懂劇情。

當然，雪實身上的優點還是很多的。

像是個性非常認真、身體非常健康，並且也給人一種「直來直往」的感覺，所以我幾乎是立刻就喜歡上她了。工作方面也是，交辦給她的任務，她總是全力以赴、使命必達。總編輯對她的辦事能力似乎也相當認可。

後來我才知道，在進入「SPLASH」編輯部之前，她是在文藝局的文庫部任職。雪實房間裡沒有幾本書，所以剛得知這個消息時我其實有些驚訝。不過其實書有很多，只是我不知道而已。

在衣櫥下方的空間有一個紙箱，裡頭滿滿地全是文庫本書籍。她似乎會把看完的書直接放進紙箱裡，因為每當她把紙箱打開看著裡面的書時，臉上的表情都非常愉悅。其中有好幾本書是我喜歡的作家寫的，所以我一看到便不自覺發出了驚呼。

於是，就在這時候……

雪實嚇了一跳，轉頭望向我這邊。

當下我並不清楚發生了什麼事，還以為我身後有東西，或是有什麼奇怪的聲音，所以跟著一起回頭看，結果什麼都沒有。事後回想起來，這應該就是故事的起點。

那是我的聲音第一次傳送到雪實耳裡的瞬間。

而我說的是：「那本書，我也有看。」

下意識說出的話，為什麼只有「那本書，我也有看」這一句能傳到她耳裡呢？原因我並不清楚。

如果只對單純的頻率共振產生共鳴，那倒沒有什麼問題。

接著，當雪實在速食店點魚排堡的時候，我立刻把握機會在她耳邊說：「我也喜歡吃。」不過她沒有任何反應。當時周遭環境非常吵雜，所以她有可能會覺得這句話是旁邊的人說的，總之這次沒成功。

然後在她進入服飾店之後，一拿起泡泡袖針織衫，我就立刻說一句「好可愛」，試穿的時候我也跟她說「很適合妳」，從試穿間走出來時，我則是馬上丟過去一句「買了啦，買啦」，不過這些努力全都付諸流水。她將針織衫放回了原本的架上。其實那件衣服真的很適合她，而且價格也不是特別貴，原本我以為她會買下來的。

看電影的時候應該很容易有共鳴，所以我嘗試了好幾次。

由於沒看過的電影，尤其是沒有字幕的日本片，對於聽不到聲音的我來說有點難理解，但如果她看的是有字幕的歐美片，那我就有自信能跟她產生共鳴，比方說已經算是有點年代的那部《鐵達尼號》。

我想，看到臉色鐵青的李奧納多沉入海中的那一幕，應該沒有人能忍住淚水吧，沒想到我往旁邊一看，卻發現雪實正嗤嗤地笑著。別說流眼淚了，她的雙頰甚至還歪斜上揚，詭異的笑臉讓人不寒而慄，彷彿能聽見她發出「呵呵呵」的巫婆般笑聲。

相反地，在看《二十八天毀滅倒數》這種喪屍片時，她卻哭了起來。我是知道她在家喝酒總是一喝就哭，也知道片裡的人們受到襲擊不僅會死，還會被傳染，真的是挺可憐的，但有必要哭成那樣嗎？我實在想不透，所以當然也沒辦法對她的情緒感同身受。

接下來雪實依舊陸續參加了一些聚餐酒會，每次我總是會想要試著在雪實暴走之前幫她踩踩煞車，可惜事情進行得並不順利。

一開始我是在雪實大笑的時候在她耳邊說「冷靜下來」、「別笑了」，不過當然沒成功。畢竟雪實就連聽得出來且觸摸得到的「現場氛圍」都可以視若無睹、依然故我了，我這個實習中的守護靈所給的忠告怎麼可能聽得進去。結果每次到了最後，雪實依舊還是自己一個人孤單地回家，這時我都會跟她說：「小雪實，不要緊的。」同樣地，她還是聽不見。

真的是太慘了。

我無奈地心想：「既然都變成跟幽靈差不多了，不是應該會有更多不可思議的能力才對嗎？」然而實際的情況是，我就連移動也只能靠走路或搭乘大眾交通運輸工具，動不了任何東西、語言無法傳遞，甚至還聽不到聲音。

由於聽不到聲音的關係，我發現自己自言自語的情況增加了。最主要是因為我只能讓自己發出聲音，而且反正也沒有任何人會聽到，所以我簡直是想到什麼就講什麼，標準的口無遮攔。

比方說「妳這傢伙是傻了嗎？」或是「喂喂，妳這個男朋友會不會帥過頭了啊？小心被騙喔！」諸如此類。不過，要是說得太過分，我還是會稍微反省一下自己。到了另一個世界之後，個性變得這麼差，這該如何是好啊。說不定在還沒變成合格的言靈之前，我會先變成惡靈，這太可怕了。如果真是這樣，那我可沒臉再去見福澤先生了。

這事先暫放一邊。

總而言之，對於雪實的想法我可以說是一無所知，即使過了這麼久，還是沒有太大的改變，不過，我想應該是稍微進步一點點了。

倘若可以隨意翻閱日記本的話，那肯定方便多了，可惜雪實本來就沒有寫日記的習慣，況且就算有，我也沒辦法翻開來看。她聽不見我的自言自語，而我也查不出她大笑或哭泣的理由。

幸好，事情有了轉機。某天在她的房間，她獨自滑著平板電腦。

我發現她非常專注在看某人的部落格文章。

【參加飯局之類的活動，只要客套寒暄的話語開始飛舞，我就會覺得心累。真的一點都不想聽啊，因為你們這些人講的都是一些無關緊要、自吹自擂的話。不過，我沒辦法直接對那些人說出這種話，尤其在面對初次見面的人時更是如此。畢竟對方有可能會因為我所說的話而受傷，他感受到的壓力也或多或少會感染到其他人。因此這時候，我都會讓自己變成一個小丑，笑著笑著，不停笑著，笑到幾乎要流出眼淚來，並說「你說話好有趣喔」、「說得太好了」。現場氣氛往往會在這時候變得有些奇怪，那百分之百就是我造成的，但我完全不在意。我只希望聚會能快點結束，然後他們從此之後不會想要再找我參加同樣的活動，那就太好了。】

雪實為這個部落格點讚。

啊啊，真是充分展現了文字的力量啊。

如果不動用文字，這樣的心情根本難以傳達出去，相反地，我也重新了解到，原來人類的想法可以完全用文字表達出來。

人類的思考完全就是由「文字」所組成。

福澤先生果然沒說錯。

察覺到這一點之後，我就更加喜歡雪實了。

妳並不是一個奇怪的孩子，也不是寂寞的孩子，雖然自尊心稍微有點高，但這樣的性格妳自己也很清楚，所以才會什麼事情都一笑置之，感覺好像沒有任何人能傷害得了妳。

至於妳看電影時的習慣，我也漸漸能夠理解了。對於剛買到或是剛借回來的電影，由於是第一次看，所以妳的反應往往會是偏向平淡，比方說看到在機場分別的情節，妳會流下幾滴眼淚；看到有人脫褲子的時候不小心跌倒，也會立刻笑開懷。仔細想想的確是如此。我也會這樣，喜歡的電影總會看個好幾遍，並且在重看的過程中往往都會發現到原本忽略的細節，進而笑著酸一句「這波操作還真是厲害啊」，或是被原本認為沒有太大關聯性的臺詞觸動到，忍不住流下了眼淚。

不過，真讓人感到不甘心啊，如此可愛、溫柔且又獨立自主的女孩，居然沒人愛。她身邊的男人也未免太沒眼光了吧。不過話說回來，現在的「SPLASH」編輯部，要不是已經結婚的大叔，要不就是宅男或混混，身處這樣的環境也難怪會找不到對象。

幸好，身為一個「女孩」，雪實本身並沒有因此而有所懈怠。儘管上班時不會特別打扮，但她其實私底下買了不少可愛的衣服，並且也相當勤於保養肌膚，睡眠時間更是盡可能保持規律。如果酒能少喝一點的話那就更好了，不過我想在生活中保有這麼一點點小樂趣應該無傷大雅吧。況且她比我還厲害，努力堅持自己煮來吃。

是的沒錯，平底鍋的鐵氟龍塗層如果剝落了，煮東西時就會容易燒焦，這麼點小事好歹我也是知道的。在雪實的房間裡，我就看到好幾次她露出猙獰的表情奮力刷著鍋子。

所以在雪實踏進新宿伊勢丹百貨的時候，我就猜想她應該是要去買平底鍋，結果還真的猜對了。這時的她，剛跟客戶開完會，但並不用急急忙忙趕著回公司，正是逛街的大好時機。最棒的是，百貨公司還沒關門，這個時間點太讓人開心了。她在自己的隨身筆記本裡也寫著「平底鍋」。

我跟在雪實身邊這一個月以來，這是她第一次進去伊勢丹百貨。由於許多我喜歡的品牌都有在伊勢丹設櫃，所以我的心情也不由得好了起來。

好久沒看看包包、化妝品，以及可愛的鞋子了，雖然我什麼都碰不到，當然也不可能買，不過光是有這種挑選的感覺就夠讓我開心的了。

「隨意試穿」大概是另一個世界的人唯一的特權了吧，附在假人模特兒上當作自己「完成試穿」，就是我自創的絕招。就連麥斯瑪拉（義大利品牌Max Mara）的超高級大衣，或是擺在商品櫥窗裡的飾品，我都可以不停試穿，完全沒有人會阻攔我。真沒想到，太開心了！

光是試穿衣服，就能點燃女生的熱情。

我已經完全忘記這種感覺了，所以真的感覺自己好像重新開機了一樣。簡直就是還魂丹啊——好吧，這有點言過其實了，一點都不好笑。

總之，我因為逛街逛得太入迷，好幾次差點跟丟雪實。不過沒關係，反正雪實是要來買平底鍋的，只要追到五樓的「廚房・餐具」賣場，一定就能找到她。

結果也的確是如此，我在四樓的香奈兒專櫃玩著附在假人模特兒上的遊戲時，雪實就不知跑哪裡去，四處查找了一下也沒看到人，所以我就上到五樓，果然看到雪實正在西餐餐具賣場內慢慢逛著。

就在這時候，雪實停下了腳步。看來好像看到找到什麼好東西了，「哪一個、哪一個？」我跟著湊了過去。

雪實相中的是一個玻璃製的餐具。

在鋪著白色桌巾的圓桌上，放著玻璃杯、盤子、水果碗、花瓶等物品，擺設得相當好看，就連插在花瓶裡的花都是玻璃製品。

簡直就像冰的世界一般。如此閃耀、如此清澈，明明看起來纖細易碎，但卻又隱隱透出堅強的韌性。現場感覺好像應該會撥放古典樂，好比說韋瓦第的《小提琴協奏曲》，或者是薩提的《裸體歌舞》、華格納的《唐懷瑟》之類的……雖然我好像一副很懂的樣子，但其實我所知道的古典樂曲，僅限於小時候常聽的那幾首，而且是源自於媽媽有這方面的興趣。

媽媽……

我會在心裡呼喚媽媽絕非偶然，很有可能是我在稍早看到了那個東西所導致的。

那個白色天鵝擺飾，在我的老家餐桌上也擺了一個，它的背部如同碗一般，是個低凹的容器，媽媽總是會在裡頭放一些一口吞的小零食。沒錯，就是同一個玻璃天鵝。

好懷念喔……

我不由自主地伸出手，可惜並沒有辦法碰到，想用手拿起來更是痴人說夢。但我就是忍不住。

以前我常會一邊拿裡面的零食點心，一邊跟媽媽聊天，說說煩惱的事情，或是死皮賴臉地請她幫些忙之類的，可以說是無所不談……

我用雙手緊緊抱著天鵝，哪怕是騙人的也好，是幻覺也罷，我只是想要摸摸它，這樣就夠了。

沒想到，奇蹟發生了。

有一雙手朝向我伸過來，接著跟我的手完全重疊在一起，非常慎重、非常疼愛似地抱起了天鵝，並往上抬高到我的眼前，彷彿就是為了要拿給我看。

「……好懷念喔。」

這句話是我自己說的，還是雪實之口呢？我記不清了，而且我也沒有回到過去進行確認的方法。

我就只是淚眼婆娑地看著。雪實用雙手捧著天鵝，請靠上前來的店員幫她包起來。接著她前往櫃檯、完成付款、伸手接過店員遞過來的紙袋，臉上還露出賺到了的表情。

我把它想成是雪實送給我的禮物。

好開心，真的好開心。謝謝，我對著雪實說了好幾十次。我自顧自地從背後貼上去，感覺就像是抱住她一樣。

我想，這件事應該是個契機吧。

在那之後，不管狀況有多差，我所說的話都還是可以如實傳到雪實耳裡。

4

強化思維，然後將那個想法化為簡短且易懂的語言，耐著性子不斷傳遞。

選擇簡短的語言倒不是什麼困難的事情。

第一次成功讓雪實聽到我所說的話，是「那本書，我也有看」這一句，不過有可能她只聽到了「有看」而已。我覺得真正有完整傳遞的是「好懷念喔」這句。這麼說來，這兩句其實都屬於自言自語，所以採用自言自語的方式，應該有更高的機率可以順利傳達。

易懂就更不是問題了。

比方說，我可能沒辦法把「某某海發生地震，緊接著傳到了關東地區……」這一整句傳達出去，但光說「地震了」應該就行得通。想說「這次真的承蒙你的照顧」的時候，直接省略成「謝謝」應該比較好。

至於耐著性子，我可說是自信滿滿。原本我就不討厭規律且枯燥的工作，況且現在的我又那麼閒。就算要我從早到晚一直對著雪實說話，直到她聽見為止，我是可以辦得到的。不過要是全部都傳達成功，那雪實應該會被我逼瘋。

最後，強化思維，這對我來說最是困難。

因為我不記得自己在說「我也有看」及「好懷念喔」這兩句話時，灌注了多強的想法進去。在那個當下，如果我是雙手緊握拳頭、全身血脈賁張，就連念力也要一併發送似地喊出「好懷念喔喔喔喔喔」，那還比較好辦，問題是我並沒有那樣。

這兩句話的共通點到底是什麼呢？用最單純的角度來看，就是「發自內心」。這兩句話都是我由衷的肺腑之言，如此而已。我絕不是想要否定福澤先生的教導，但換個角度來看，比起「強化思維」，我反而認為「讓語言貼近想法」或是「留意想法與語言之間的差距」才是最重要的，這是我個人的解讀。

某天早上，發生了一件事正好驗證了這個假說的正確性。

雪實喜歡聽老歌，像是齊柏林飛船、深紫樂團（Deep Purple）等七〇年代的搖滾歌曲，雖然跟她的年齡不符，但她真的很常聽，我在她用CD隨身聽播放歌曲的時候，確認過螢幕顯示的內容，所以是千真萬確的。那天早上，我記得她聽的是艾利斯・庫柏的一張專輯。

穿好衣服、關掉電視，確認完沒有其他電器忘記關之後，她旋即出門上班。在此同時，她打開了隨身聽開始聽音樂。

基本上我並不知道艾利斯・庫柏的音樂風格屬於哪一種類型，不過從雪實所買的CD外盒設計，不難想像應該是非常激烈的音樂。整體來說給了我有點像惡魔，又有點暴力的印象。不過，我覺得邊走邊聽的雪實，既沒有讓人感到怒氣騰騰，眼睛也沒有瞪著身旁的路人看，單純只是面無表情地踩著尋常的步伐，氣喘吁吁地往車站方向走去。

不過話說回來，讓聽力暴露在如此吵雜的音樂之中，注意力當然會隨之下降，而且她用的還是深入耳洞的耳塞式耳機。如果她聽的音樂是舒緩平靜的類型，或是選擇耳塞式耳機的話，可能就不會發生這種事了。

就在她走出家門，來到兩條馬路交叉的十字路口時……

有一輛圓滾滾的白色車輛朝她駛近，由於我是走在雪實的右側，所以得以比她早一步注意到民房外牆的方向有一臺車子。

即使是言靈，也不可能喜歡被車撞的感覺。看到引擎、座位，以及高速運轉的輪胎從自己身上穿過去，心情絕對不可能太好。所以每次看到行駛中的車輛，我都會停下腳步，對我來說這是基本常識。雪實應該也是如此吧，我覺得她會選擇停下來。

然而，雪實依舊往前踏出了一步。

我在感到震驚的瞬間，同時喊了一句：

「……危險！」

心裡所想的話，直接就這麼從嘴巴說出去了。沒想到雪實有很明顯地震了一下，原本踩出去的腳停了下來，並往後倒退了半步。

真的就是在那麼千鈞一髮之際，雪實閃過了與車子的親密接觸。

那臺車就這麼若無其事地開走了，不過，雪實的目光並沒有一直盯著車子離去的方向看，反而像是在找什麼似地一直四周張望，轉向右後方、又轉向左後方，甚至連馬路兩旁的住家二樓窗戶都不放過。

那個聲音，是什麼？誰的聲音？

她看起來就是在思考這樣的問題。
看來她聽到了吧。我想，剛剛那句話，的確是送進她耳裡了。
如果同樣的情況能夠重複發生多次一點的話，對我來說也能成為一種很好的表達訓練，可惜並沒有如我所願。
從那之後，雪實在走路時就變得異常謹慎，當然對她來說這是一件好事啦。

過了三天左右吧。
地點就在明大前站的京王線月臺，上班上學的通勤尖峰逐漸進入尾聲的時段。
雪實排在等車的隊伍之中，後面就是那個男人，那個先前用下半身頂著雪實屁股的噁心色狼。
如果可以出聲傳達我所發現的事情，那就太好了，於是我卯足了全力不停嚷嚷，希望能讓雪實了解目前的狀況。
「色狼色狼，別排這裡了，雖然有點麻煩，不過還是到女性專用車廂去吧。不去的話也沒關係，至少換到隔壁車廂去，甚至搭晚一班的車也可以啊。」
然而不管我怎麼喊，雪實都沒有任何動作。
看來是沒辦法順利傳達呀，但色狼就是色狼，沒有其他替代的說法了啊！難不成是我的情緒問題？還是說即便我都已經死了，口齒還是如此不清不楚？電車就要來了，他們就要一起上車了，一旦進了車廂，就會變得無法動彈，到時候想逃都逃不了。

「色狼、色狼，雪實啊……色狼、有色狼……」

銀色的車頭已經通過我們眼前，電車的速度也逐漸慢下來，最後終於完全停止。車門左右滑開，吐出了為數眾多的人群。

就在這時候，雪實出乎意料地展開行動了。

她迅速轉向右邊，一副剛從電車下來的表情，順著人流往樓梯的方向走去。

真的假的，怎麼回事？她聽到了嗎？

回頭一看，我發現到那個噁心色狼正盯著離去的雪實看，不過，可能是他認為即使要追應該也追不上了，所以就這麼搭上京王線列車，往新宿方向前進了。

反觀雪實，她並沒有真的走下樓梯，而是暫時先在角落等待，以免擋到來往的人群，等到人們散得差不多，她才到鄰近的車廂重新排隊。幸虧如此，她在那個早上沒有受到色狼的騷擾，平安抵達公司，競競業業地完成工作上的任務，過了尋常的一天。

這件事讓我了解了兩個重點。

第一，雪實的確有聽到我所說的話；第二，如果雪實一點反應都沒有的話，我根本無從得知究竟有沒有傳達成功。

幾天之後。我又發現那個噁心色狼又排在雪實身後了。

「色狼、色狼……他又來了……」

不過，那個早上雪實並沒有聽到我的聲音。果不其然，色狼緊緊靠著雪實的屁股，而且還出手摸了幾把。

看吧，就跟我說的一樣。我都喊那麼大聲了。

一邊這麼想著，一邊看著雪實的臉。我原本猜想她應該會露出欲哭無淚的表情，內心想著：「可惡，真是失策。雖然還不曉得那到底是誰的聲音，但是一沒照著做就馬上成為色狼的獵物了，討厭討厭，感覺好噁心，誰來救救我啊！」

然而，此時的雪實臉上卻浮現出令人費解的神情，並且一直盯著前一個人的後腦勺看。看起來或多或少是帶了點憤怒，要說是嚴肅、認真的表情也不為過，但不管怎麼說，她看來是有在思考些什麼事。

又再過了兩、三天，同樣的事情再次發生。那天早上，雪實穿著新買的花格子斗篷，雙手除了提著慣用的包包之外，還多了兩個紙袋，紙袋裡放著六、七個茶色大信封，每一個大信封之中則都塞了毛巾，原因為何不得而知。我很少見到雪實雙手拿滿東西的樣子，不過若是為了工作也無可厚非，所以我也沒多說什麼。

沒想到在這樣的情況下，雪實又被色狼盯上了，而我也跟先前一樣用力提醒她，而且強度還提升不少。看來這次是順利聽到了吧，她跟初次聽到的時候一樣，回頭望向右方，並遲疑了一下，可惜結果不如我的想像，我真是太天真了。

雪實這次沒有混進下車的人流離開，而是照著原本的計畫上車了。

啊啊，雙腿之間又要被侵犯了嗎？屁股又要被摸了嗎？真是太可憐了。都是因為沒聽到我的警告才會這樣。

車門關閉了，電車慢慢駛離月臺。車上的乘客差不多都已經站定了位置，而那個色狼慣犯理所當然地跟在雪實身後，並且毫不客氣地緊黏著。

然後，過了幾秒鐘。

噁心色狼的臉色突然變得凝重，一頭霧水的樣子，試著要去了解狀況，就像潛入泳池一般，想看看底下發生了什麼事。

原來是雪實果斷地放掉雙手的紙袋，右手還穿過身上的斗篷，繞過自己的腰，猛然一把抓住色狼的皮帶扣環。由於那天噁心色狼似乎打算要摸雪實的胸部，但在得手之前，伸到前方的右手就已經被雪實從斗篷下竄出的左手給逮住了。當下的情況看起來完全就像色狼從後方抱住了雪實。

一切就緒之後，雪實開始大叫。

色狼啊，這個人是色狼！

當然我是聽不到的，但從嘴型就能夠看出來。

周遭的乘客們先是吃了一驚，並且想要出手相助。

「在擠滿人的電車裡，居然發生這種事!?」看來大家心裡都是這麼想的，因為雪實周遭立刻騰出了空間，不過在看清楚被雪實抓住皮帶的男人後，眾人便一擁而上，將色狼壓制在地。最後，人群當中有三個人跟著雪實一起下了電車去找站員說明原由，可能是想要提供證言吧。

哎呀哎呀，真是太嚇人了。

後來我仔細回想，了解到雪實穿斗篷是為了不讓人看清她手部的動作，而雙手都拿紙袋則是為了讓色狼鬆懈戒心，總而言之，整體來說就是為了逮住色狼的作戰計畫。

看來雪實是一個即使跌倒了也不會甘於接受的孩子啊。

以這齣抓狼記戲碼為界線，從那之後我跟雪實的溝通交流突然變得異常緊密，進展可說是達到暴衝的程度。

每次我一說到「車子」，雪實就會在每次的街口轉角停下腳步，這也讓我開始有點得意忘形。每當我太過碎嘴多言，雪實就會皺緊眉頭、瞪著空中的一點看，並且喃喃自語說著：「知道了啦，妳好吵喔。」雖然我聽不到，但這麼簡單的幾句話從嘴型還是可以分辨出來的，先前甚至還發生過她雙手摀著耳朵快步跑走的情況。

不過，我跟她的交流並不止於忠告或提醒而已，去逛街買東西的時候，雪實也會反過來尋求我的意見。

有次她看上一件可以穿到早春的長風衣，便問我「駝色好？還是淺灰色好？」雪實感覺上是偏向駝色，而我則認為淺灰色絕對比較適合她。所以，在雪實的視線投向淺灰色的時候，我立刻在她的耳邊說：「這個。」同一時間，雪實的手指開始在駝色及淺灰色之間游移，呈現出「要買哪個好」的猶豫狀態。我在她的手指指向淺灰色的時候，不停喊著「這個、這個」。

雪實露出了像是要惡作劇的表情，也像有點想使壞似的。在我覺得指到駝色的時候，她突然換成了淺灰色；覺得是淺灰色的時候，她又換成駝色，就這樣玩弄著時間差，導致我所說的話變成「這個……不對」、「嗯嗯……是這個」，她就這樣拿我開玩笑作樂。我跟她說：「別捉弄我。」不過我不知道她到底有沒有聽到。最後，雪實是拿著淺灰色大衣到櫃檯結帳的。對此我感到相當開心。

另外，雪實畢竟有自己的想法，對於我所發出的「聲音」，她還是會有諸多想法。

一個人在房間的時候，她會突然對著天花板東張西望，或是閉上眼睛然後毫無預警地突然睜開，也會對著空無一物的空間做出抱人的動作，皺著眉頭想東想西的狀態就更常見了。總而言之，她開始出現了許多莫名其妙的舉動。看起來相當滑稽，但主要就是在做實驗。她想試試能不能看到我、碰觸到我，或是像心電感應那樣，透過念力將自己內心的想法傳給我。

話說回來，比起用念力來溝通，我倒認為動嘴巴說話表達會是更容易讓人理解的方法。不過從雪實的角度來看，她絕對想不到原來在我這邊的世界是沒有聲音的。我有好幾次發現她想要對我說一些話，但由於她都是把話含在嘴裡，說得太過輕聲細語，所以我幾乎都沒能聽懂。

有時候我會試著跟雪實說：「把妳想說的事情寫下來。」不過只有一次成功，當時她又對著空氣喃喃自語，所以我便把握機會叫她「寫下來」，沒想到她馬上就理解了。

『妳是誰？』

果然是這個問題。每天不斷有聲音在耳邊胡說八道，說什麼小心車子、衣服選哪件之類的，卻完全不知道這聲音來自於誰，任何人遇到這種事情肯定都會覺得心情很差。

可惜我不管嘗試多少次，就是沒辦法順利將「寺田真由」傳達出去，可能是因為我這個人跟「寺田真由」這個名字連接不上吧。

我既沒有「在寺廟附近的農田」，也沒有什麼「真正的理由」。單純只是一個偶然出生在「寺田」家的女孩，然後被雙親命名為真由，於是三十三年來就一直叫這名字。再不然就是寺田真由的讀音在我和雪實之間沒有相對應的共通「文字」，這也是有可能的。

後來想想，我記得也曾經一個字一個字分開傳達，也就是對雪實喊著「寺、寺、寺、寺」，或是「真，真實的真，真啊，真……」但可能是因為單一文字沒辦法灌注什麼想法進去吧，所以無疾而終。

如果是這樣的話，那用「用手指比這個那個」的方式如何?當雪實的手指比到相對應的文字時，我只要馬上跟她說「這個」就可以了，感覺上應該會是一種很有效的資訊傳達方式。不過很可惜，後來沒有嘗試的機會。

但是話說回來，比起這件事，我更加想要策馬狂奔往原本的目標邁進。

差不多該讓雪實打開公司電腦裡的「mimmi」資料夾，然後閱讀裡頭的原始稿件了。

儘管內心是這麼想的，不過我還是沒辦法經常在雪實上班使用電腦時，在她耳邊不斷說著「不是，不是那個，右邊，暫時存放區」，畢竟她有該做的工作要做，我不應該為她帶來困擾。

因此我鎖定的是雪實工作到一個段落的機會，而且還得抓準她手握滑鼠將浮標移動到「暫時存放區」資料夾附近的那個瞬間。

說實在的，可以利用的瞬間真的不多，不過反正只要耐心等待的話，一定都有機會。在等待的時間裡，我不停強化自己的想法，我相信已經到了非常精純無雜質的地步，眼睛則始終追著滑鼠的游標看。幸虧到了另一個世界之後，再也沒有眼睛疲勞或肩膀僵硬之類的狀況，所以我才可以愛等那個機會多久就等多久。

不過還有一個麻煩事，上班族往往都會隨著工作越做越多之後，使用鍵盤及滑鼠的速度都會越變越快。每每我心想「就是現在」，瞬間喊出「這個」的時候，基本上都已經來不及，浮標早就移動到別的地方去了，所以也沒辦法確實告訴雪實什麼是「這個」。而且她甚至很可能完全不了解原來我說的「這個」指的是電腦上的畫面。

一無所獲的嘗試持續了起碼十次以上，在干擾過頭的情況下，雪實寫下「吵死了」給我看，因此我不得不暫且先退開。她還寫過「吵到我了」、「別太過分」之類的話。

不過不知道為什麼，突然間雪實明白了我在說的是螢幕上的東西，所以她當時就慢慢地移動浮標，看起來就像是在一一確認桌面圖示。

我在浮標移動到「暫時存放區」的時候，小小聲說了句「這個」，浮標超過了，又再拉回來，於是我又再重複了一次「這個」。

好不容易，真的好不容易，雪實確認了聽到的訊息，點擊了「暫時存放區」的圖示，將資料夾打開。

接下來的事就沒那麼困難了。

「暫時存放區」資料夾裡一樣有許多圖示排列著，浮標又開始在這些圖示上移動。當浮標來到「minmi」這個資料夾時，我又說了一次「這個」。浮標走過頭，又再次拉回來，於是我又同樣說了聲「這個」。

雪實點點頭，終於打開了「minmi」資料夾。

接著，她依序查看文字檔的圖示，才看到一半，她握著滑鼠的手就開始顫抖起來。

發生什麼事了？

當我望向雪實的時候，她的視線已完全從電腦螢幕移開，而且，感覺就像是她不用回頭就知道背後有些什麼，她的黑眼珠慢慢地轉往右肩的方向，看來簡直就像電影中經常出現的那種看到鬼的人會露出的表情。

雪實鬆開了緊握滑鼠的手。

啊啊，我知道了……

突然之間我感到非常抱歉。

很可怕對嗎？很抱歉，真的不好意思。為了妳好，我到目前為止開口說了好多話；但從妳的角度來看，感覺很差對吧。我不過就是幽靈而已，很抱歉，真的很抱歉……

雪實一邊抖著身體，一邊將手伸向螢幕旁的筆筒，拿起日常慣用的原子筆並移到便條紙上。

她到底會寫下什麼呢？說實在的我真有點害怕。滾開、消失吧、不要再對我說話了……如果她寫下了這些，那我也無計可施。我以為，到目前為止我所說的話，她都有聽進去；我以為她跟我相處得很好，並沒有感到不開心。

雪實究竟會在便條紙上寫什麼呢？

筆跡看來有些紊亂，不過在我看清楚她寫的內容之後，換我感到震驚不已。

『妳是，寺田小姐嗎？』

這是第一次。來到另一個世界之後，第一次我以原本自己的身分讓活著的人知道。

「……是的。」

雪實緊接著在『寺田』的地方圈了起來，然後畫了個問號。

「沒錯，我就是寺田、真由。」

可能因為不知道哪個字才是對的吧，雪實再次寫下『寺田真祐嗎？』接著又寫『寺田前輩？』

我感覺自己好像變成了透明的泡泡，然後從天上緩緩降了下來，開心到心臟不停猛烈跳動。雖然不能因此就感到滿足，不過這個「回饋」真的太珍貴了。

我覺得，我們連接在一起了。

我已經不再只是地球上徬徨無助的亡靈。

也不再是緊跟在誰後面的背後靈。

我儼然已化身為能跟活著的人溝通交流的言靈。

真沒想到，這會是如此讓人感到快樂的一件事，會是如此讓人感到驕傲的一件事。

我真的完全沒有意料到會這樣。

第五章

1

雖然完全不認為這是個好機會，不過既然都在伊勢丹百貨偶然地與土堂相遇了，應該也算是一種命運的安排吧。因此武脇主動提到：

「那個，關於中西雪實這個案子啊……」

「……嗯嗯。」

「我是可以接受不起訴這樣的結果，然而被害人的身分到現在都還不清不楚的，這又該如何是好？」

土堂將玻璃製的天鵝放回原位。

「對啊，如何是好呢？」

明明是武脇提出的問題。

「看來得把被害人的身分從這個案子切割出來……」

土堂將雙手插進大衣的口袋。

「嗯嗯……那就這麼辦吧。」

說完這幾句話之後，土堂就轉身背向武脇他們，離開玻璃餐具賣場了。

武脇和菊田看著他的背影默默地目送。

土堂稔貴，背後有大日如來佛加持的男人。

隔天是星期一，三月二十七日。

武脇打算自己持續進行濱邊友介的相關搜查，跟他抱持同樣想法的人，只有菊田巡查部長一人而已。

菊田雙手插腰，環顧整個刑事組辦公室。

「大山巡部及牧原巡部都要值班，大谷巡部去調查上個星期發生的傷害案件了，小山巡部則好像是……今天休假。」

值班指的是在本署值夜班，從今天到明天，輪到大山巡查部長及牧原巡查部長要在署裡留守一晚處理案件，如果沒有什麼特殊事件的話，明天下午就可以下班，明後天算是休假日。

「然後呢？今天就只有我跟菊田兩個人？」

「可能不是只有今天而已。」

「什麼意思？說清楚一點。」

「從今天起，我想跟著武脇先生一起進行濱邊相關的搜查行動。」

又再說一些我根本不想聽的話，武脇心想。

「這是土堂課長的決定嗎？」

「不是，只是單純的減法而已。」

「……妳的意思是？」

「六減四等於二，如果武脇先生之後回去本部，那就剩下我一個人，就是這樣。」

話都說成這樣了，現在也很難說要回去了吧，不過武脇並不吃這一套。

「……了解了。那我們就先從他的個人物品開始重新查起吧。」

「好的。」

真令人費解。雖然嘴巴上說著討厭、說著害怕，但這個菊田看來跟土堂應該是同一陣線的吧？如果不是的話，菊田應該沒辦法放著其他工作不管，也不可能到現在都還不用去本署輪值。

「那麼，武脇先生，我們就盡快開始吧。東西全都放在那裡了。」

在菊田的指引下，武脇前往刑事組辦公室旁的一間小會議室，一進去就看到兩張會議桌併在一起，上頭則放著兩個紙箱，大小差不多是可以單手拿出來的程度。

這是亡者濱邊友介的個人物品。

「這就是全部了嗎？」

「是的，這裡已經是全部了。」

兩人從紙箱裡一一拿出用塑膠袋個別分裝的物品。

一個 TOYOTA 標誌的汽車鑰匙；一臺黑色的數位相機；同樣是黑色的合成皮零錢包一個，裡頭放著三張千元鈔、一枚五百日圓的硬幣，百圓硬幣三枚、沒有五十圓硬幣，十日圓硬幣則有四枚，沒有五日圓硬幣、一日圓硬幣六枚，加起來總共是三千八百四十六日圓。個人物品如上所述。汽車駕照、會員證之類可以確認身分的證照一張都沒有。因為武脇先前已經看過疑犯扣留時的調查報告，所以目前為止的資訊都知之甚詳。

另外一個紙箱裡頭裝的是衣物。

武脇用食指頂了頂TOYOTA的鑰匙。

「調查被害者身分背景的是大谷先生嗎？」

「沒錯，是大谷巡部。」

「被害者身上並沒有找到大眾運輸相關的預付卡或定期票，但卻有汽車的鑰匙，表示他去中西家的時候是開車去的，這樣推斷應該比較合理吧。」

「是，你說得對。」

「也就是說，他所開的車……八九不離十應該就是TOYOTA的，現在應該還停在中西家附近吧。前提是他沒有載著同伴一起來，然後幫他把車開回去。」

「是，我也這麼覺得。」

這就是問題所在。

「關於這一點，大谷先生調查到什麼程度了呢？」

「他的說法是，違規停車遭到取締的車輛，以及被拖車拖走的車輛，都已經調查過了。不過沒有一臺是這把鑰匙可以打開的車。」

那是一把型式相當老舊的汽車鑰匙，不過還是附有可以控制車門開關的遙控器。

「收費停車場也全都一個不漏地找過了嗎？」

「我想應該沒有。」

像這樣的傷害致死案件，並不是搜查本部的份內任務，意思是大谷並非負責的搜查人員，他想必還有其他各式各樣的工作，然後還得調查這個案件，忙不過來也是無可厚非的事，武脇希望實情是真如他所想的這樣。

「那這件事就先這樣……這臺數位相機，沒拍到什麼重要的照片對吧。」

「是的，相機裡頭沒有裝記憶卡，本身的記憶體差不多只夠拍七張照片，拍到的也都是一些無關緊要的風景照。」

這些之後也都重新再調查一下吧。

武脇將零錢包拿在手上。

「這個，還有數位相機，都有點破破爛爛了耶。」

兩者都是黑色的部分開始剝落，顯露出原本的底色來，尤其合成皮的零錢包情況更慘，剩餘的黑色面積已經不多了，要是掉在路邊，說不定還會被當成是扁平的石頭，應該沒有人會想去撿。

菊田輕輕點頭。

「零錢包應該是單純用太久吧，不過這臺數位相機感覺上就照顧得很馬虎。」

的確如此，一般來說這類的精密產品應該會謹慎照料才對。

不過相較之下，還有另一點讓武脇更加在意。

「……今時今日，身上沒有帶手機應該有點奇怪吧。」

「是啊，如果有手機的話，身分背景應該很快就能查出來。」

衣物的部分也要重新檢查一番。

「菊田小姐，這些衣服妳怎麼看？」

「怎麼看的意思是？」

「對於濱邊的服裝，中西雪實的說法是『幾乎都是黑色的』，但事實上外套及西裝長褲是深藍色的，只有穿在裡面的針織衫是黑色的。這件針織衫底下還有件黑色的內襯衣。事件發生在三月十七日，當時外面的天氣大致有十度以上，話雖如此，但他只穿這樣不會太單薄了嗎？」

菊田歪著脖子。

「應該是有一點吧。我家老公當時也差不多如此，當然他會在白色襯衫上打領帶……啊啊，不過他的上半身穿得比較厚實，濱邊這件真的很薄呢。」

武脇點點頭。

「對啊，我也覺得這麼穿應該會有點冷，再加上濱邊並沒有帶手機；明明有車鑰匙卻沒有帶駕照。還有一件更令人在意的事，就是這雙襪子。」

武脇指著裝有黑色襪子的塑膠袋。

菊田眉頭輕輕皺起。

「這個，怎麼了嗎？」

「妳仔細看看這裡，腳踝的地方有一點點髒汙，西裝褲的下緣並沒有出現這樣的髒汙，只有襪子髒了而已，上衣還有鞋子也是……妳看，都沒有同樣的汙點。」

這代表什麼意思，對菊田應該不需要說得太明顯。

「也就是說，濱邊是在車上換了衣服之後，才去雪實房間找她的，對吧？」

「應該是。還有這個……」

武脇將外漆剝落、許多地方都露出亮銀底色的相機拿在手上。

「做現場工作的人，相機差不多都是這副德行。一個不小心就會掉落，或是沒有任何保護，直接跟瀝青、混凝土之類的東西放在一起，當然就會變成這樣。」

菊田皺眉的角度又更深了一些。

「現場工作是指？」

「施工現場或建築工地現場的工作，所以說……雖然這一切都還是屬於猜測推擬的範圍，不過我想濱邊平時從事的應該是工程相關的工作吧。這臺相機，主要是在工作上使用，所以才會有這麼多擦傷……我猜，車子的情況應該也相去不遠。想必不會是一臺帥氣的跑車，應該比較偏向貨車或是廂型車吧。」

菊田的眉頭恢復原狀。

「但是為什麼襪子……」

「關於這一點，我也不曉得。會不會單純只是忘記帶替換的襪子，還是覺得太麻煩了。都特別準備那麼好看的鞋子了，襪子沒換不就白費工了嗎？」

「那麼，你的意思是手機也在車上囉？」

「我認為，是刻意留在車裡的。」

「為什麼呢？」

「因為濱邊早就知道那邊會發生打鬥……換句話說，那就是他去的目的。」

濱邊一進入雪實的房間態度就立刻轉變，從後面將她抱住並且壓倒在地，照理來說，他一開始的目的就是性侵。不過，在此要把兩點考慮進去，首先是，連手機都沒帶了，卻帶著數位相機；再來就是雪實的證詞。

根據雪實的證詞，濱邊在襲擊雪實的時候，曾說過「我真的不想模仿別人」、「我真的不想做這樣的事，但我身不由己」之類的話。

「濱邊打從一開始就打算要性侵雪實，所以任何會造成妨礙的物品，像是手機這種容易弄壞的東西，就完全都不帶。然而，汽車鑰匙就沒辦法了，如果沒帶的話，回程時將無法打開車門。先不說這個，數位相機我認為是非帶不可的東西，無論是在進行的過程中，或是結束了之後……都可以把對雪實做的行為拍下來，日後當作是威脅的素材……我想，應該是這樣吧。」

菊田指著零錢包說：

「那，為什麼會帶這個呢？」

「這個嘛，我也還沒搞懂。」

因為口渴，所以帶著零錢包下來，想買點東西喝。理由說不定就是這麼出乎意料。

武脇帶著車鑰匙準備出發查案的時候，菊田喊了聲「等等」。

「如果電池耗盡了的話，那就沒意義了，以防萬一，還是先換一下電池吧。」

扣留的物品都已經做完採集指紋的動作，應該可以隨意取用了，不過菊田還是帶上了白手套，捏住車鑰匙的前緣並將其從塑膠袋中拿出，接著以精密螺絲起子取下塑料外殼，將老舊電池拔出來。這一連串的手法真的非常厲害，雖然這麼說有些失禮，但身為一個女性手指卻能如此靈巧，令人更加認為她肯定是做什麼事都能順利完成的人。

「……挺厲害的嘛。」

「啊啊，因為我媽是一個什麼都做不來的人，所以從小開始，凡是細微瑣事就全都交給我做。我爸則是一個非常粗枝大葉的人，比方說在該裝二號電池的地方放進三號電池，而且還從頭到尾都沒發現。」

居然有這種事。

「該裝二號電池的地方放三號電池，那根本起不了作用吧。」

「不，二號電池跟三號電池一樣長，所以如果有正確銜接的話，機械本身是能通電的，不過撐不了太長的時間就是了。」

「啊啊，原來如此……妳就是被這樣的雙親養大的呀。」

「是的，所以機械相關的事情我都特別在行，像是電視的配線安裝我也略懂，將吸塵器拆開之後進行內部清理，也是我非常喜歡做的事情。」

「哇，這表示妳現在一定也是一個好老婆。」

武脇說完之後，菊田沒有感到不好意思，反而露出了笑容，坦率的性格讓武脇對她增添了幾分好感。

「該怎麼說呢……如果我老公也這麼認為的話就太好了。」

「怎麼？你們關係不好嗎？」

「也不是說關係不好，該怎麼說呢……我不過就是做點換電池之類的小事，可能他並沒有留意到吧。」

「不是還會拆開吸塵器清洗內部嗎？」

「這種事他應該完全不在意吧。」

「妳老公是很厲害的人嗎？還是屬於粗枝大葉的類型？」

「嗯，就是很平凡、很普通的那種人。手腳並不會太笨拙，不過，個性上倒是相當有問題……好了，搞定。我們出發吧。」

性格有問題的老公是吧。

打開網路地圖一看，令人驚訝的是中西雪實的住家附近居然沒有收費停車場。最近的一個起碼也有三百公尺以上的距離。

「只能從近的地方開始找起了。」

「好的。」

首先抵達的是久我山五丁目的停車場，是一個停六臺車就滿了的小型停車場。喔不，在東京二十三區的範圍內，這已經算是中型規模的了。

現在停在裡頭的車子只有一臺 SUZUKI 的 JIMNY，經過收費機的確認，這臺車的停車費是四百日圓，而停車場的收費標準是二十分鐘兩百日圓，算起來這臺車還沒停超過一個小時。

「這裡沒有。」

菊田喊了武脇一聲。

「保險起見，還是試一下鑰匙的遙控器能不能用吧，說不定會有什麼反應呢。」

反正也不是什麼太麻煩的事，就試試看吧。只不過，TOYOTA 的鑰匙怎麼可能開得了 SUZUKI 的車門呢。

「……打不開。」

「嗯嗯，那我們去下一間吧。」

下一間停車場也在久我山五丁目，同樣也是最多停六臺的規模，現在裡頭停了一臺大發的廂型車，以及馬自達的紅色跑車。

「還是一樣，試看看吧。」

「是啊，麻煩你了。」

結果，這兩臺車理所當然都沒反應，車門都沒開。

「接下來是哪裡？」

「直接沿著這條路走下去。」

這個停車場附近的住家應該都還是在久我山五丁目的範圍內吧，可能也是因為靠久我山車站越來越近了，所以可容納的汽車臺數為二十三輛，算是大很多。

「哇，有一臺 HIACE 耶。」

稍微說明一下，TOYOTA 的 HIACE 是日本最具代表性的「商用廂型車」，而且仔細一看，停車場裡停了兩輛 HIACE，一臺是白色的，另一臺則是暗灰金屬色。

「這裡倒是可以期待一下。」

「是啊。」

可惜，依舊是揮棒落空，經過收費機計算，最多也是十天前開始停車的金額。

菊田猛然轉了個身。

「對了，武脇先生，像這樣的收費停車場，最多可以停幾天啊？」

這個問題看來確實是需要說明一下。

「我想，一般並沒有最多可以停多久的限制，要停幾天應該都可以，只要照規定確實付錢就好，比方說像這裡的話……」

武脇看了看停車場入口處的告示牌。

「早上八點到晚上十點，三十分鐘兩百日圓，當日最高九百日圓……這裡還真便宜啊。反正意思就是說白天整個停下來會收九百日圓。另外，夜間時段一個小時是一百日圓，最高四百日圓，等於一天二十四小時停滿的話，停車費就是一千三百日圓。即使停了十天也只要一萬三千日圓……還真是讓人跌破眼鏡的價格，這樣的話，管理公司應該也不用太煩惱管理問題。重點應該是一直停著不開走，甚至超過一個月的車輛。有些人會懶得去做車輛廢棄的處理，所以就直接把車丟在收費停車場，這樣的案例時有可聞。」

可能是因為沒待過交通課吧，菊田毫無遮掩地露出了驚訝的表情。

「真的耶，只要把車牌拿下來，車子停好就逃走，之後就一勞永逸了。」

「後續就看停車場想怎麼處理了，當然可以透過交通部去查詢，能聯絡得上車主是最好的事情，但若是聯絡不上，也只能摸摸鼻子自己掏錢找拖車來處理，而且還得經過繁複的手續，才能完成汽車報廢流程。寶特瓶、菸蒂，還有家庭垃圾等，都屬於公共事務的一環，地方政府會負責清掃，但停著就不管的車輛……可以說是停車場業者共同的煩惱。」

「原來如此。這世界上果然沒有什麼輕鬆賺錢的生意啊。」

「沒錯……好吧，我們去下一間。」

第四間，「Q PARKING・久我山第一」停車場，地址是久我山三丁目。

經過一番地圖確認後，菊田的聲調變得尖銳。

「這裡不會離雪實的家太遠嗎？」

「是啊，走路就要十分鐘……喔不，看來應該得要十五分鐘。」

「對啊，不然我們回去吧？」

「反正都出來了，至少去那邊看看吧，如果也沒有的話，那就再往前一點點……這個松濤一丁目的停車場，要是一樣因為距離太遠、一無所獲，就回到上方的……這裡，宮前四丁目的『DO PARKING』，從這邊過去，然後走這條路回署裡。」

「好的。」

預感或接收訊息之類的能力，武脇可說是完全沒有，只不過就是在前往久我山三丁目的「Q PARKING」途中，發現了一個只能停兩臺車的小型停車場，事情就是這麼單純。基本上就地區管理課的調查結果而言，轄區內的收費停車場是不可能全部都條列出來的，像這種小型的停車場就有可能不會被列為調查對象。

在這個小小的停車場裡，停了一臺廂型車。

黑色的，TOYOTA HIACE。

「菊田小姐，這是……」

「還真是驚險啊，差點就錯過這裡了。」

兩人走到車子正面，窺探裡頭的狀態。

首先，在副駕駛座發現了一個腰掛包，後方的部分因為太昏暗了所以看不清楚，不過從駕駛座及副駕駛座的中間望過去，還是可以看到後面的置物平臺前方有一件工作連身服。

「武脇先生……」

「啊啊……」

武脇從口袋掏出那把鑰匙，擺出解鎖的預備動作。
前所未有的緊張感襲來，讓武脇的手指動作變得僵硬。
「武脇先生，快一點啊。」
「我知道了。」
拇指前端用力按下去。
同一時間，「喀鏘」一聲，令人心情愉悅的機械聲傳來。
好像，打開了。
菊田在一旁握拳喊了聲「成功了」，但武脇不曉得為什麼並沒有坦率地露出興奮的表情。
這感覺，到底意味著什麼。
就像是，看了不該看的東西似的；也像是將不能連結在一起的東西，牽上線了。有什麼被忽略的東西，現在總算浮上檯面了，似乎就是這樣的感覺吧？
廂型車就像一個又黑又深的洞穴，在武脇眼前張開了大口。

2

雪實握著筆陷入了思考。
最後終於像是下定了決心似的，在便條紙寫下：

『可能會讓妳感到難過，但我還是想問。』
光是這樣，我就知道她想問的是什麼問題了。
『寺田小姐已經死了對嗎？』
她的字寫得很穩定工整，沒有任何一點猶豫。
「是的，我已經在另一個世界了。」
是不是在接收上有點困難，雪實緊蹙著眉頭，於是我又再說了一遍，這次成功傳達了。
『現在寺田小姐是留職停薪的狀態，先不要跟總編輯講妳已經去世的消息比較好對嗎？』
如果只能跟大家說「寺田真由似乎已經死了」，那有這個必要嗎？
「該怎麼做？妳想怎麼說呢？」
雪實當然不可能直接說：「我聽得到寺田小姐說話的聲音。」
『可能真的挺困難的。』
雪實將便條紙轉了個方向，在空白處繼續寫下：
『妳為什麼會死？』
簡單來說，就是「被殺害的」，但這麼說雪實應該難以理解。不過我也沒有從頭開始一一說明的自信。我的實力還不到那種程度。
「快看，我的稿子，快看。」

『這個資料夾？』

「對，快看。」

『哪個檔案？』

因為是透過筆談，所以是可以稍微粗魯一些的。

「全部。」

『順序呢？』

「日期，照著日期看下來。」

『知道了。』

看到最後的回覆，我深深嘆了一口氣。

太好了，終於傳達出去了。

自從失去肉體以來，應該已經過了兩個半月，這是我第一次感受到疲累的狀態。進入另一個世界之後，一路以來的經歷回想起來真的很漫長，不過終於通過了一個超大的難關。有了雪實這個助手加入，為美波事件所寫下的稿子總算有人能看到了。這種安心感所引發的疲倦，絕不是什麼不愉快的感覺，反而是讓我感到無比輕鬆。

雪實先將所有資料複製到自己的平板電腦上，畢竟稿件分量挺大的，她應該是想在通勤時，以及待在家裡時也可以看吧。

閱讀原稿的時候，雪實的眼神異常認真。

小學一年級就開始同班的足立美波，綽號是「美美」，而她則是喊我「小真」。跑步飛快、運動項目樣樣強的美波，藉由小學的社團活動進入了籃球的世界。她的實力瞬間開花結果，無論是國中還是高中，全都在一年級時就出戰重要比賽，就連全國大賽也有參賽經驗。

然而，高三那年的春天，她跟隊上的成員，也就是她的重要夥伴，起了一些嫌隙，結果導致戰績一蹶不振，最後在高中全國大賽前夕逃走了，美波的人生也就從那時候開始走下坡。

高中畢業後，她既沒有繼續升學，也沒有出去找工作，反而跟幾個相同際遇的同級生混在一起，染了一頭金髮，而且還疑似開始進行仙人跳的恐嚇犯罪行為。團隊的領袖雖說她們並沒有觸及性行為，但無論如何她們都違反了刑法。

就在這樣的情況下，美波有一天突然被殺害了……

看到這邊，雪實放下平板電腦，然後再次拿起原子筆。

『這些全部都是寺田小姐寫的嗎？』

我只是條列式地寫下筆記，或是未經深入思考的一些想法，所以這份原稿上完全沒有任何推理的成分。另外，跟事件沒有直接關係的內容、對美波的深深思念，也都有寫太長的傾向。所以即使雪實看到這裡，剩下的內容寫成稿紙的話應該也還有五十張左右的程度。

「全部都是我寫的。」

『有讓總編輯看過了嗎？』

「還沒。」

『為什麼？』

對於這個問題，只能說是因為我還沒辦法鎖定疑犯，不過這倒是有點言不由衷了，正確來說，疑犯是鎖定了，可惜的是在我寫下來之前就被殺死了。

「快看，總之繼續往下看就對了。」

看完之後她應該就能明白了吧。雪實再次回到平板電腦前，展現了無比的專注力繼續往下看。她的狀態反而讓我感到有些不安。

那個，難道她手上沒有什麼需要今天完成的工作嗎？

八千代綜合運動公園是沿著流經千葉縣八代市的「新川」所建造的，美波的屍體則是在網球場內側的一處河岸腹地。死因是脖子被勒住窒息而亡。由於身邊的貴重物品並沒有被搶走，所以警方判定是熟人所為，並從這個方向開始展開調查，不過並沒有馬上逮到犯人。

事件發生後，我自己獨自到處問話，結果從相關人等口中打聽到菅谷榮一這個名字，他是建築公司的社長。美波似乎是因為仙人跳恐嚇事件才會跟菅谷榮一扯上關係，我在想，美波會不會是得罪了人所以才慘遭殺害，不過根據搜查人員的調查，菅谷榮一在事發當晚有明確的不在場證明。

正當我認為一路的辛苦調查全都被打回原點、一籌莫展的時候，美波的家人提供了一個相當有趣的線索。

以前有個名為「山下海斗」的男孩跟美波住在同一個區域，他因為雙親早早就過世了，所以後來成為一個知名人物的養子。領養海斗的人，就是菅谷榮一……

雪實此時拿下了眼鏡，並將平板電腦放在枕頭旁，應該是想要暫且休息一下吧。平常在公司時，雪實會戴隱形眼鏡，在家才會戴一般眼鏡。不過在看電影的時候，不曉得為什麼大部分都是沒戴眼鏡的。可能是因為需要擦眼淚的時候，眼鏡會造成干擾吧。基本上看電影時她還是需要戴著眼鏡的。

對了，現在已經接近她平常邊喝威士忌邊看電影的時間點了，不過今晚她一滴也沒沾，反倒是準備了熱水。這不可能是用來兌威士忌或日本酒的，應該是想拿來泡即溶咖啡吧。果然，她開始往馬克杯裡倒熱水了。

光是從這些細節就可以看出她真的非常認真在看待我寫的內容。雪實，不好意思讓妳忙到這麼晚，真的很感謝……

雪實拿著馬克杯，沒有往床鋪的方向走，而是回到了桌子旁輕輕地坐了下來，然後拿著鉛筆在紙條上：

『在嗎？』

工作、洗澡，還有上廁所的時候，我會稍微迴避一下，至於其他時間則幾乎都跟她在一起。

「……我在。」

『菅谷凱斗，是重要人物。』

「是的沒錯。」

『我會繼續看下去。』

話雖如此，但剩下的內容已經沒多少了，況且即使全部看完，也看不到殺了美波的凶手是誰。菅谷凱斗真的是犯人嗎？他有犯罪動機嗎？這一切終歸只是我的推測而已。更何況我在文稿中完全沒寫到犯人的名字。

不過，對於這一切雪實似乎了然於胸。

『調查工作，我也會接手處理。』

安心感、成就感，以及，一種期待。

「……謝謝。」

就在這時候，不安的情緒突然間一股腦湧上。

菅谷凱斗，這個對手可是會殺人的啊。

「但是，妳一定要小心。」

雪實點點頭寫下：

「會的。」

「凱斗，會殺人。」

是不是這句話有點難理解呢？雪實的反應變得遲鈍。

『好的，我知道了。』

「殺了我的人，就是凱斗，菅谷凱斗。」
這句話也沒能傳過去嗎？
雪實只是曖昧地點了點頭。
每當雪實一上班開始處理工作之後，我就會盡可能離她遠一點，因為我不想造成她的困擾。畢竟我會一不小心就講出我正在思考的事情，要是每一句都傳到雪實耳裡，我相信她應該會覺得很煩。
話說回來，一旦雪實離開編輯部，那我就跟不上她的移動路線了。我沒有行動電話或其他任何可互相聯繫的工具，所以一旦跟丟雪實，我就會去觀察總編輯、編輯主任或是其他同仁的工作狀況，藉以打發無聊的時間。
我知道總編輯白天時都會用網路電視觀看新聞播報，或是確認國會的現場轉播。不過我不知道的是，他並沒有一直都那麼專心地在看新聞或國會轉播，我還以為他兩耳都塞上耳機，是為了怕聲音吵到周遭的同事。
哎呀呀呀，總編輯，我對你真是誤會大了，對嗎？一半以上的時間，喔不，甚至幾乎一整天，你都在影音頻道看偶像的演唱會或是ＭＴＶ，其他同事都只能看到他的螢幕背面，再加上四周他都用疊高的資料或書籍擋了起來，形成一道道城牆，所以在此之前我都不知道實情，不過他倒也不是看一些十八禁的影片，幸虧如此。
每當編輯主任或其他同事靠近的時候，總編輯就會飛快點擊滑鼠，把國會轉播的畫面叫出來，用表情跟動作表達出「有什麼事嗎？」，然後拿下耳機聽對方說話。討論結束之後，當對方離開他的位置，他就會再把耳機戴上，然後點擊滑鼠，畫面又會回到原本的偶像頻道。最近他似乎特別喜歡「BABYMETAL」，一整天幾乎都在看她們的影片。老實說，她們的確是挺可愛的，光看她們的動作都會覺得很有趣，連我都不自覺地被她們吸引了。

當然我也會隨時隨地觀察雪實在做些什麼。

接起電話，聊了幾句後把電話轉接給其他人，或是接起從其他人那邊轉接而來的電話，邊聊邊道謝，有時候也會邊聊邊一肩高一肩低地生著氣。剛看還在眼冒血絲拚了命地寫稿，不知何時就趴在桌上小睡了。我在上班時的情況跟她還挺像的，只是我覺得她小睡時的狀態應該稍微調整一下比較好，因為她老是露出白眼、流著口水，經過她身邊的人全都在笑她呀。

有一天，雪實跟營業部的同期女同事到附近的日本蕎麥麵店吃飯，她點了每日午餐吃，不過吃完之後她並沒有回到公司，反而前往護國寺車站搭上有樂町線。她的行事曆上寫著「14:00 新宿」，應該是想先搭電車到池袋車站，然後轉乘山手線或埼京線前往新宿吧。由於是大白天，不需要擔心色狼，所以我也就放鬆了警戒。

搭乘山手線抵達新宿之後，雪實進了一家車站附近的喫茶店。這家店的座椅全部都是用紅色的天鵝絨縫線沙發，非常有「昭和復古風」。看來她跟這個約好的對象應該是初次見面。

不久之後，一個穿著黑西裝的男人朝雪實所在的桌子靠近。

看到男人的臉，我的喉嚨頓時塞住、無法呼吸。

居然，是菅谷凱斗……

兩人和顏悅色地寒暄了一下之後，雪實遞出了名片，凱斗害羞地說了些話，不過並沒有將自己的名片拿出來。照這樣看來應該是在說自己的名片今天剛好用完了，或是忘記帶名片出門了之類的，總之就是一些辯解。

話說回來，這是為什麼呢？為什麼凱斗會突然跑來找雪實？不把名片拿出來，該不會就是不想被知道本名吧？若是如此，那效果真的非常好，雖然我不想這麼承認。而我也是太糊塗了，竟然沒有將凱斗的五官照片放進資料夾裡。假如他用了假名的話，雪實根本無法得知眼前的人就是凱斗。

若是從協文舍過來的只有雪實一人，那就危險了。

然而現在的雪實不是一個人，我一直都跟在她的身邊。

被你殺死的寺田真由，化身成了言靈，現在就在中西雪實的身後。

我要趕快拆穿真相。

「凱斗，這個人就是凱斗。」

雪實的眉毛不經意地動了一下，除此之外沒有其他顯露於外的反應。我認為自己已經順利傳達了，所以當下就沒有繼續重複。

現在回想起來，真的很恨這種什麼都聽不見的狀態。我死命盯著動個不停的嘴巴看，想知道兩人在聊什麼，然而終究只能抓到一些現場氛圍，談話的內容完全不知道。

雪實用銳利的眼神盯著凱斗看，而凱斗則是一下子揮揮手、一下子動動身體，感覺好像有些什麼話很難說明清楚的樣子，因此拚命在解釋。

「凱斗，這個人就是凱斗。」

雪實已經沒有任何回應了。

從新宿返家的途中，我不斷重複對雪實說著「那個人是凱斗，菅谷凱斗」。雪實表情冷漠，用手機輸入『我知道』，然後馬上又刪掉了。

她知道？這是什麼意思啊？

「太危險了，那傢伙真的是危險人物，殺了我的人，就是那傢伙，就是菅谷凱斗啊！」

結果，她又輸入了一次『我知道』。

「雪實，妳根本什麼都不知道。千萬不可以掉以輕心，那傢伙真的很危險。」

接下來的內容就有點長度了。

『我都知道，之後也會好好聽妳說的，所以現在先安靜一下吧，我也有事情需要思考一下。』

如果是這樣的話，早點說不就得了。

3

雪實跟凱斗到底聊了些什麼？兩人碰面的契機是什麼？是誰聯絡誰的呢？發生了什麼事、到底怎麼了，我完全不知道。

回到家沖了個澡之後，雪實總算能夠靜下心來聊聊了。

『他幾天前用濱邊友介這個名字跟我聯繫，表示自己有話想跟我講。』

「什麼話？」

『關於寺田小姐所調查的案件，他想提供情報。』

「美波事件相關的？」

『他並沒有這麼說，除了寺田小姐之外，其他都沒有聊到，說想要先建立一些信賴關係之後再說。』

絕對是騙人的，什麼叫信賴關係啊。

凱斗一開始是聯繫「SPLASH」編輯部，說他想找寺田真由，但因為我不在，所以由接任的雪實出面應對。

自己的身分如果曝光了，難免會陷入危險，因此凱斗以此為前提，不但沒有表明真實身分，也沒多說情報的細節，最終目的應該是想從雪實那裡套出些資訊吧。雪實究竟有沒有看了我所寫的文稿？這些素材是不是已經在公司內部公開了？我想他應該就是想要來確認這些問題的。

對於這種莫名其妙的言論，平常的雪實應該會置之不理，即使通過一次電話、稍微聊了個大概，也不至於會特別跑出去跟對方見面。假設真的出去碰面了，對方若是一味地在挖資訊的話，會面時間想必也不會持續太久。或者對方問雪實：「所以妳到底想說什麼？」那麼這段互動應該會就此畫下句點。雪實拋下一句「不好意思，你說的我都聽不懂，真抱歉」，然後起身離開，凱斗應該也沒有其他方法能留住她。

然而雪實並沒有那麼做，反而是發揮耐心、始終掛著笑容，一點一滴試探凱斗的真實意圖。從旁看著這一切的我，不得不說雪實也是充滿了盤算啊。

「妳打算怎麼做？妳到底想做什麼？」

雪實好像覺得一個字一個字輸入有點麻煩，所以開啟了語音辨識的功能，讓手機將自己的回答呈現在螢幕上。

『我不就是在做從妳那邊接來的調查工作嗎？』

這麼說也沒錯，而且我們的互動就跟對話聊天差不多。

「妳想怎麼做？」

『我不知道，還在想，所以讓我靜一靜吧。』

從那之後，雪實的確就如同她所說的一樣，開始針對我寫的文稿進行案情查證。她不僅找出美波事件的縮圖版新聞報導來看，有時候還會到案發現場去，就連菅谷建設她也去過。

「很危險啦，妳要是被發現就完蛋了。」

『會完蛋的是他吧，畢竟他用了假名來見我。』

「妳面對的可不是言行符合一般常識的對手啊。」

『我只是去看一眼，不會有事的。』

結果根本不是「只看一眼」。過了幾天，她自掏腰包租了一臺車，接著跑到菅谷建設埋伏。當然，我跟她拜託了幾百次「危險，快撤退吧」，但雪實置若罔聞。

而且反過來，她會問我許多問題。

『寺田小姐是在哪裡被殺害的呢？』

真是一個回答起來相當痛苦的問題，且回想整個過程也讓我感到難受，不過我還是盡可能地挑選簡單易懂的文句，排列組合後盡可能地傳達給雪實。

聽完我的說明之後，雪實一邊眺望著菅谷建設的四樓，一邊用語音操作手機打出回應。我被殺的地點就在我以前的埋伏處對面，由於我們現在位處菅谷建設後方，所以剛好可以看得見案發現場。

『那麼，被埋在哪裡呢？妳不知道對嗎？』

「的確不知道，因為當時我一直拚命在找旅館。」

『有什麼線索嗎？』

「我當時搭的電車是東葉高速線，從八千代中央車站上車的。」

『哪一條線？』

「東葉、高速線。」
『別說得那麼含糊，好好說清楚。』
「東、葉、高、速、線。」
『我聽不懂。』
到底是因為專有名詞的關係？還是我真的口齒不清？
眼見兩人聊不出共識，雪實馬上換了一個話題。
『妳現在依舊什麼聲音都聽不到嗎？』
「聽不到。」
『只能看得見對吧？』
「只能看得見，同時也只能跟雪實說話。」
『跟別人說話的狀況如何？』
「全都失敗。」
『可以接觸物品、搬動東西嗎？』
「不行，不過我可以穿牆而過。」
『可以在空中飛嗎？能夠瞬間移動嗎？』
「這些方便的事我一件都不會，移動方式只能靠走路。」
埋伏的夜晚相當漫長，所以我們也聊了許多無關緊要的話題。
『妳學生時代參加了什麼社團？』

「國中是文藝社、高中是話劇社，大學則是媒體研究社。」

這句傳達過去後，引來雪實一陣笑聲。

『還真是文青啊。』

「雪實妳呢？」

『妳在話劇社都扮演什麼角色啊？』

掌控兩人對談步調的基本上都是雪實，假設遇到她不感興趣的話題，或是當下不想談的內容，她就會直接當作沒聽到。這是言靈本身的條件設定嗎？還是立場不同的關係呢？或者是受到彼此性格的影響？如果說我們在這輩子能成為朋友的話，雪實還會不會忽略我所提出的問題，並優先談論自己想探討的內容呢？

「……毛毛蟲之類的。」

『妳說什麼？』

「我第一次扮演的是毛毛蟲。」

『接下來呢？』

「……太空人。」

她又再次笑了，而且還是毫無遮掩的大笑。看來埋伏已經不是一件重要的事了。

『只演了毛毛蟲跟太空人而已嗎？』

「對啊。雪實呢，妳學生時代做了些什麼？」

『妳猜猜看。』

「我不知道啊……是運動類的，還是文藝類的？」
『運動類的。』
「網球。」
『不是。妳先從自己不會的項目開始猜吧？』
「是什麼呢……女子橄欖球？」
雪實看來有些生氣，因為她用手打了手機一下。
『我看起來有那麼粗壯嗎？』
啊，我不是那個意思……
後來我聽到雪實所說的正確答案，基本上就是不折不扣的「粗壯類」運動，讓我相當無法接受。
明知如此，那何必在我說「女子橄欖球」的時候要搞出那麼大的情緒反應呢。
確認到菅谷凱斗的臉，拿到足以證明他與濱邊友介是同一人的證據之後，我們便結束了埋伏。不過，雪實接下來要做些什麼、要怎麼做，我依舊完全沒有頭緒。
平日，雪實還是照常上班工作。採訪、寫稿、開會、討論、埋伏、交辦工作、進行調查……以一個新進記者來說，她真的每天都過得很忙碌。在公司的時候，我都會跟她保持適當距離，所以嚴格來說，雪實究竟負責了哪些工作，事實上我並沒有完全掌握。
因此，每當雪實開始講電話的時候，我就會變得神經兮兮。電話那一頭是凱斗嗎？又想來探什麼底了？這些問題老是塞滿我的腦袋。

等到她結束工作後，我立刻問道：

「今天凱斗有打電話來嗎？」

『沒有耶。』

對於這樣的回答，我並沒有百分之百相信。雪實可是自己一個人經過思考後制定出作戰計畫，然後成功抓到色狼的女子，想必她現在也一定獨自在思考著接下來該怎麼辦吧？這樣的擔憂一直在我心底揮之不去。

而且，雪實開始反覆閱讀我寫的文稿。

還有沒有什麼可用的資訊？有沒有什麼可以當成證據的事情？有沒有什麼遺落的重點、沒有寫到的內容？我想她正努力尋找這些問題的答案，不過有時候我也會發現她看著看著，眼淚流了出來。

就像看電影的時候一樣。

反覆閱讀的過程中，有篇一直以來都忽略的稿子突然引起了她的注意，甚至讓她陷入了小小的混亂。她知道菅谷凱斗是誰，對於整起事件也已經有相當深入的了解。在這個過程中我也有好幾次看到她一臉不甘心，咬緊牙關苦撐的狀態。

躺在床上看文稿的雪實，將平板電腦放在枕頭邊，接著拿下眼鏡，揉了揉眼睛之後就拿起了手機。看來應該是有話想說。

我就在她身邊，看著手機螢幕。

『凱斗為什麼會殺美波小姐呢？』

關於這個，我在文稿裡只有寫到一個觀點。說它是「假說」或是「推理」也都可以。不過，目前我還不想跟雪實說。

原因是現在的我只能用一些非常表面的話語。

「因為調查仙人跳騙局的關係，那時我一心想盯著榮一。」

這種程度的說明，究竟能不能確實傳達呢？我內心懷抱著些許不安。不過，不管怎麼樣，我還是會盡力用簡單易懂的話謹慎地說明，即使情況不理想，至少能將最重要的關鍵傳達出去就好，這就是我的想法。以目前的狀況來說，讓雪實知道我在「盯著榮一」應該就足夠了。

事實上也的確能藉此跟雪實繼續往下聊。

『不過，因為美波遭到殺害這件事，讓榮一的處境變得相當嚴峻對吧。』

從另一個角度來看，因為能夠使用手機，所以雪實對我的傳達能力整個提升不少，尤其是在正確性及資訊量等方面。最新的電子產品果然不容小覷啊。

「所以，我認為凱斗殺害美波並非事先計畫好的犯行，應該是因為某些突發性的原因，牽動凱斗的情緒，所以他才會對美波出手。」

這一段話不僅很長，而且內容一點都不簡單，所以雪實理所當然地皺起了眉頭，並舉起食指要求我再說一次。此時我也不斷提醒自己「要有耐心、要有耐心」，將內容切得更細一些，並在調整用詞後重新說一次。

終於，雪實點點頭表示理解了。

『雖然我不想這麼說，

但因為有仙人跳的騙局發生在先，

因此美波本來就已經招致怨恨了對吧。』

「這一點我也認同。」

『然而根據常理來判斷，

就算自己的爸爸遭到詐騙，

也不至於會想要殺人吧，

就算對方是恩情大過天的養父，

將身為孤兒的他救了出來，

但把美波殺掉還是有點做過頭了吧。

因此我認為，應該還有更嚴重的理由。』

看來只有菅谷凱斗自己才知道這個真正的理由了吧。說不定美波在被殺之前，也悟出了凱斗的理由。在犯下罪刑之後，凱斗會因為沉重的罪惡感而向榮一坦白一切嗎？不，應該不可能。至少就我所知的凱斗，並不是那樣的人。如果他在殺了美波之後有任何一點悔意的話，就不會在相隔十四年之後又把我殺了。

話說回來，我的觀點，或者是假說、推理，終究還是出於我個人的想法，不是什麼值得說給任何人聽，或是寫成報導發表出來的好東西。

「我也覺得應該有些什麼隱情，不過我……」

就在這時候……

雪實突然轉頭望向玄關，應該是門鈴響了吧。雪實一般都會到便利商店去拿包裹，所以現在來訪的應該不是宅配人員。看看時鐘，時間是十一點五分。都已經這麼晚了還有人來訪，這是我來到這個房間之後第一次遇到。

雪實從床上起身，慢步走往玄關。她身上穿著淡紫色的居家運動服，應門前她稍微調整了一下，將上衣的下襬拉直、撫平腰部附近的皺褶，頭髮也撥平整順了。

「你好……」事實上我不知道雪實是怎麼打招呼的，有沒有透過貓眼先行確認一下對方是誰，以我站的位置也看不清楚。不過事後回想起來，此時的雪實多少有點怪怪的。她格外小心翼翼地拉開門鏈，接著打開門鎖，緩緩把門打開。

不會吧！我在內心驚呼。

不過，很快地我就想通了，這的確是有可能發生的事情。

來訪者，正是菅谷凱斗。

雪實是不可能將自家的地址告訴凱斗的，然而他知道雪實是協文舍的員工，只要在網路上一查，就能知道協文舍的所在地址，接著在協文舍尾隨下班返家的雪實，一定就能找到她的居住地，畢竟這是不可能特意造假的。真不愧是凱斗啊！我埋伏在菅谷建設的時候，也是因為他的追查才暴露了地址，接著他在暗處等待適當時機綁架了我，還把我載到千葉去殺害。

照這樣看來，雪實很有可能會跟我一樣踏上不歸路。

兩人在沒有點燈的玄關講了一、兩分鐘左右的話，雖然我一心想著要把他趕走，不管是用附身的還是任何方法都可以，不過感覺上兩人之間的氛圍好像不是我所想的那樣。凱斗用柔和的表情說著話，而雪實則是安安靜靜地專心聽著。不管是在聊什麼，絕不能被凱斗的態度給騙了啊。他是會用輕柔的語調和緩說話的男人，多麼讓人感到噁心厭煩的話語，他都還是能若無其事地說出來。

不知道是達成了什麼共識，雪實返身走回房間，一副就是邀請凱斗入內的態勢。不行，絕不能讓自己的背面向這個男人！我如此瘋狂大叫，不過現況卻沒有任何一點改變，雪實依舊朝著我的方向走來，而我則是一雙眼死命盯著玄關的凱斗。

凱斗稍微彎下腰，慢慢將門關上，過程中輕手輕腳的，似乎就是為了不要發出聲響。糟糕了，門完全關上了。如果只有我一人的話，隨時都可以出去，但就算我出去了，也沒辦法出聲呼救。當然更不可能撿任何可以當武器的東西回來。

怎麼辦？該怎麼辦？

凱斗脫下黑色皮鞋、踏上走道，一步步逼近雪實背後。

他的臉上彷彿戴著惡魔面具——在殺害我的時候，他的臉上也曾出現一模一樣的表情。

凱斗安靜無聲地舉起雙手，往雪實的肩膀方向伸過去。

他似乎是想要從後面掐住雪實的脖子。

「危險！」

我用了幾乎要震破自己耳膜的聲音喊了出來。

接著，雪實就像是看得到後面似的，咻地蹲低了身體，使得凱斗的魔手撲了個空。

不過，凱斗並沒有就此停止，更沒有打算放棄。

沒抓到雪實脖子，凱斗的雙手立刻轉移目標，改抓雪實的身體，最後抓在腰部附近的位置。骨瘦如柴但卻強而有力的雙手，抓住淡紫色運動服的腰部。

「雪實，快逃啊！」

我知道這樣的叫聲對於現況是一點幫助也沒有的。被攔腰抓住導致下半身動作受阻的雪實，一個踉蹌往前摔倒。運動服被脫了下來，內褲都可以看見大半了，但這都無關緊要，雪實藉著向前撲的動力，以匍匐前進的方式將手不斷往前伸。

指尖再往前二十公分左右的地方就有一張矮桌。那是一張尋常的圓形小桌子，雪實一個人吃飯的時候會用到它，看電影的時候也會把杯子或下酒菜放在上面。

不過，可能純粹是碰巧吧……

此時在圓桌上，放著那個白色的天鵝。昨天拿出來裝堅果，結果就這麼放著沒收。

凱斗抓緊雪實的腰部後，進一步把手探向脖子。

「雪實，這個、這個……」

我知道，我完全動不了凱斗一根寒毛，但儘管如此，我還是下意識地不斷揮拳。我們身邊能用來充當武器的東西，只有那個玻璃天鵝，我好想要趕快讓雪實抓住它，不管是用推的、用頂的、用搧的都好，哪怕只能移動一公分也沒關係。於是，我跳了起來。

「快點把凱斗趕走吧，雪實啊，妳大學時期不是學過空手道嗎？現在使用出來應該就能贏了吧，妳看，再一點點、再一點點就可以抓到了，雪實啊……」

可能是被我的念力所驅動，或是時間點真的就那麼恰巧，總之雪實的手好不容易終於碰到了桌子，而傾斜的桌面讓天鵝滑了過去，現場情況就是如此。不過，從我的角度來看，簡直就像天鵝自己跑去雪實的手裡。

天鵝的脖子咻地被雪實的左手抓住。

獲得武器的雪實，扭動著轉過身來。

凱斗的臉出現在她的視線之內。

那是一張宛如佛像般面無表情的臉，同時也是毫無慈悲心的惡魔之臉，可以在心湖沒有任何波動的情況下把人殺死。

你這傢伙，在殺死美波的時候也是這個表情對吧……

我真的很想拿起玻璃天鵝狂打凱斗，管他會有什麼後果，這傢伙殺了人了，所以即使讓他受重傷，或者甚至打死他了，也沒有同情的必要。

你這傢伙……

結果，沒想到我心想事成了。

揮動的左手、玻璃製的天鵝，在空中劃出一道弧線。

透明的軀體部位，確實打在凱斗的左邊太陽穴上。鈍重的攻擊讓凱斗的頭部側邊大受衝擊。

天鵝的接合部分因為承受不住反作用力，所以脫離了軀體。然而，即使只剩下脖子和翅膀，天鵝還是持續在半空中飛舞。

凱斗不假思索地舉起手來摀住自己的左邊太陽穴，看著雪實的眼神裡，透露出滿滿的恨意，彷彿是在說「妳真有種啊！」啊啊，成功了！真的這麼做了而且成功了！不過實際上採取行動的人不是雪實，而是我！殺了你的人，是我，寺田真由！

好了，天鵝啊，可以飛回來了。

用你美麗的翅膀，盡情撕裂那個男人的喉嚨吧。

4

房間入口處，菅谷凱斗背靠著門框坐在地板上。表情跟他生前一樣平靜，只是現在像睡著了一般閉著雙眼。然而從他的下巴往下的部分，簡直就像一個歇斯底里的女人泡在紅酒池裡一樣，全身濕透。

喔不，那顏色絕對沒有如此時尚。

天鵝翅膀在喉嚨處所造成的傷痕，依舊持續冒著黑色的血液，若是流到肌膚上，的確能看出是紅色的，不過，被深藍色的外套及黑色的針織衫吸收之後，就看不出原本的顏色了。吸滿血液的深藍色外套，看起來就跟針織衫一樣黑。

凱斗的正面是矮桌，而雪實就站在矮桌的後面，她為了盡可能與凱斗保持距離，所以將背靠在窗戶下面的牆壁上，並坐了下來。她的左手依舊緊抓著天鵝的脖子。不可思議的是，血液並沒有反濺回來，雪實身上沒有，天鵝身上也沒有。

我過去抱著雪實。

「雪實，這是屬於正當防衛，不是妳的錯，因為是凱斗先攻擊妳的。這真的是沒有辦法的事……知道吧？正當防衛，是正當防衛，聽懂了嗎？」

事實上，殺了凱斗的人，是我。雪實只是因為我的想法而觸動了身體的動作，等於是肉體受到了我的控制。雪實並沒有殺人意圖，原本雪實就沒有殺害凱斗的動機。

動機……啊，等等。

雪實看過我寫的文稿。即使裡頭並沒有寫到公司的前輩寺田真由遭到殺害的相關內容，但卻清楚記載了她的青梅竹馬足立美波被殺的相關資訊。雪實非常清楚凱斗是個殺人犯，再加上她又是個正義感相當強的孩子。將我這個言靈剔除的話，雪實間接地對凱斗懷有恨意，其實也算有跡可循。

如果警方知道這個事實，會怎麼樣呢？正當防衛的證明會不會相當困難呢？雪實並沒有殺人意圖這件事，真的可以站得住腳嗎？

「雪實、雪實……」

不管雪實有多麼堅強，在奪走一條人命的情況下，難免會受到不小的衝擊。她的表情定格在泫然欲泣的狀態，然而眼淚卻流不出來。現在的她，恐怕出聲說話都做不到了。眼神飄向一動也不動的凱斗，然後馬上飄開；再次看過去，又立刻飄開。她就這麼不斷重複做著這件事。

「雪實，趕快振作起來，我要跟妳說重要的事情，現在正是關鍵時刻，所以我所說的話妳一定要聽進去。」

相較之下，我是非常冷靜的，畢竟我已經身在另一個世界，死亡所帶來的恐懼感對我來說沒有太大影響，況且我也不怕任何法律刑責上的懲罰，因此在思考的時候也就相對大膽許多。

「喂喂，雪實！」

雪實的眼神總算能夠聚焦起來，她看著自己的左手，接著立刻將天鵝的脖子放開，並用右手將它撥走，看來是想把凶器扔遠一點。

「雪實，聽得到嗎？聽得到嗎？」

一開始雪實只有小小的反應，不過後來便接連點頭。

「我的那些稿子，快從這臺平板電腦中刪掉。」

雪實露出驚訝的表情向上一看。假如她能看見我的話，就會知道現在我們正四目相交。

「丟到『資源回收筒』去，然後再清空回收筒，徹底刪除乾淨。最好是把整個資料夾都丟進去，不過，『資源回收筒』裡面不可以沒有東西，如果空空如也，可能會被懷疑是因為心虛慌張而全部刪掉。妳把那個資料夾丟進回收筒，然後進去回收筒單純將那個資料夾永久刪除就好。」

我覺得自己的說明算是非常詳盡了，雖然的確不是「簡短且易懂」，然而內容之中並沒有難懂的專有名詞。就最近雪實的狀況而言，這些單詞以及句子的長度，應該都是可以充分理解的程度。唯一令人堪憂的地方，就是雪實的精神狀態。

她拿起平板電腦，打開電源，但進度就停在這裡。

「我的文稿、資料夾、刪除、永久刪除……」

必須要這樣手把手一步步下指令才行，好不容易我的文稿終於「看起來」是刪除成功了。

不過，我非常明白，對手若是警察的話，這種程度還不能算是完全刪除。好像是硬碟會將資料儲存在其他地方，所以除非是完全弄壞，否則文稿還是有可能被復原。

不過反過來說，如果不進行復原的話，就不會知道這臺平板電腦曾經儲存過我的文稿，等於沒有證據可以證明雪實曾看過我寫的東西，至少這一點不會成為增加雪實嫌疑的線索。

這是一個賭注。

要讓警察認定雪實是正當防衛。

這是我與現實世界的一場戰爭。

雪實確認凱斗死亡的過程也相當不容易。

她先碰了碰凱斗的手指，確認沒有任何反應之後，再搖晃他的腳，結果依舊沒反應。就我所看到的狀況來說，從脖子流淌出來的血已經差不多止住了，另外也沒有看到其他凝結成血塊的傷口，所以我認為應該是心臟停止跳動了，所以也就不會繼續流血。

如果凱斗已經死了的話，那他的靈魂現在在哪裡呢？

我一邊這麼想一邊四處窺看，結果……

「……哇！」

有了，我看到了。

因為凱斗的靈魂跟身體完全重疊在一起，所以真的很難分辨，我之所以可以確定，是因為他眨了一下眼睛。應該是說，肉體上的眼瞼因為已經沒有任何力量來源了，所以保持著垂閉狀態，然而在那上面還有另外一層眼瞼，好像忙著要脫離似地持續不斷一張一閉。

一回頭，我看到雪實癱軟倒在凱斗的腳邊，呆若木雞地看著凱斗的遺體。不過我想她應該是看不見凱斗眨眼的樣子。

「雪實，快打一一〇報警，快啊。」

她「呃」了一聲，但卻沒有立刻展開行動。又連結不上了嗎？又傳達不過去了嗎？

回頭看著凱斗，我發現他的頭已經開始小小地在晃動。如果就這樣一直在旁邊看著，最後會發生什麼事呢？凱斗也會來到另一個世界嗎？我絕不能讓這件事發生。

但是，究竟該怎麼做？

「快點，雪實，打一一〇，快打一一〇。」

雪實緩緩地將手伸往手機。

「有個男人受傷了……喔不是，應該說是我打傷了一個男人才對。我打傷了、一個男人……」

雪實是不是這樣跟電話那一頭說的呢？我無從得知。

說老實話，這完全不是重點。

凱斗的靈魂，正在從他的身體，也就是從他的遺體，慢慢地脫離。

那根本就是「鬼」啊。

凱斗的鬼魂張開雙眼，似乎正在確認自己到底怎麼了。看他的狀況，我想他是不是有可能連「看東西」的能力都沒有。若是如此，那麼他的眼裡現在應該就是無限的黑暗，或是一片「虛無」吧？只見他臉頰歪斜，表情非常不悅，牙齒也都露了出來，用力吼著但沒有發出任何聲音，雙手還掐著自己的脖子。這就是對死感到恐懼，對生異常執著的亡者，也就是因為這樣，最後才會演變成對他人的生命毫不關心、只要自己好，不在乎造成任何不幸的卑劣惡靈，

「……菅谷凱斗，你聽得到嗎？」

不行嗎？看來連「聽聲音」的能力他也沒有吧？若是如此，那麼他就很有可能沒辦法分辨出我究竟是誰。

「我有好多事情想要問你，殺害美波的理由，還有殺了我的原因，以及為什麼要襲擊雪實，我希望你可以好好解釋清楚。」

凱斗以充滿怨恨的眼神環顧四周，該不會，只有我的聲音可以傳到他的耳裡吧？

「不過，這已經是不可能的事了。你已經死了，失去了視力、失去了聽力，就連說話的能力也喪失了。你的靈魂陷入死亡的黑暗深淵之中，究竟下場會如何沒有人知道。會是單純地腐爛到完全消失嗎？還是會被火化焚毀呢？不過無論如何，我想你絕對沒有羽化成仙的機會了……這一切，都與我無關，所以怎麼樣都行。你所犯下的罪刑，只能用你的命來償還，但是如果可以的話，我想要……」

對凱斗的復仇如果成功了，我的靈魂說不定就可以上升到其他的世界。這是我自己內心的想法，然而似乎並沒有那麼順利。

穿著制服的警察進到房間裡，第一件事就是將雪實帶出去。穿著藍色工作服的人接著針對凱斗的遺體進行拍攝，以及負責繪製現場模擬圖、丈量尺寸等工作；穿著白色服裝的醫師則確認了凱斗身上的傷痕，並將遺體搬了出去。

凱斗就像一隻沒辦法順利脫殼的蟬一樣，下半身依舊困在自己的遺體之中，直到最後都還在試著要掙脫。不過很有可能他其實早已成功脫殼，但實情如何根本無關緊要，對於看不見、聽不見、碰不到東西且也無法說話的鬼魂來說，「另一個世界」根本等同於地獄。

雖然我很不想這麼說，但此時此刻我真的很慶幸自己成為了言靈。

另一方面，被帶進警車後座問話的雪實，直接就被載回了警署。警車上寫著「高井戶」，所以如果我來不及搭上便車，之後也可以直接到高井戶警署去跟雪實會合，只不過比起走路來說，我還是比較喜歡用搭車的方式移動，所以我就強行塞在雪實和員警之間，跟他們一起前往高井戶警署。

自從被凱斗殺害了之後，這應該是我第一次在夜裡搭車移動。

調查問訊從隔天開始進行，負責盤問雪實的調查官真的是最糟糕的一個人。

頭上無毛或許是無可奈何的事情，畢竟有可能是自然掉髮所造成，但他卻連眉毛都沒有，這就應該是刻意為之的了。他本人或許會說眉毛也是自己掉光光的，然而就女性的觀點來看，沒有眉毛那就畫上去啊，事情不就是這麼簡單嗎？

頭上光禿禿且滿身脂肪的中年胖大叔，黑眼球很小，屬於標準的三白眼，眼神看來非常凶狠，而且他說起話來還會口沫橫飛，再加上沒有眉毛，整體來說真的很可怕，因此我想雪實的自白應該會在恐懼的狀態下進行。

「雪實，妳不想跟這個人說話也沒關係。」

畢竟我以前也跑過很多警察相關的新聞，所以我知道這個惡狠狠的小山刑警一定曾經混過幫派。這樣的人怎麼會被派來負責調查雪實這種年輕女性呢？至少也該跟站在後面的菊田交換角色吧？如果是菊田的話，應該會更溫柔、更冷靜地進行審訊。

看吧，即使我聽不到，但我知道小山刑警此時此刻一定正憤怒地大吼大叫。「給我開口說話啊！」他一定有吼這句。

「雪實，哭吧，這是什麼充滿暴力的調查方式啊，又不是還在昭和時代，現今的社會絕對不允許這種事發生的。」

即使我不說，雪實也一定會哭出來的，只是時間早晚的問題而已。畢竟她現在的精神狀態很不穩定，稍微加壓就會讓眼淚潰堤。

「雪實，我想菊田小姐一定會同情妳的，如果發生了什麼事，她一定會站在妳這邊，所以無需忍耐，覺得討厭的話就哭吧，什麼都別說，哭就對了，畢竟我們擁有緘默權。之後只要對檢察官說刑警太可怕所以妳嚇到開不了口就好了。」

另外，有個人讓我相當在意，那就是幾乎大部分時間都坐在課長位置上的土堂，異樣的氛圍就是他帶給我的。他總是一動也不動地從遠處盯著在審訊室進進出出的雪實，而且我覺得他還跟我對眼了好幾次，雖然那有可能只是我的錯覺。

那一雙眼睛……

感覺好像能夠看穿一切，讓人感覺不寒而慄的眼睛。幸好他並不是調查官，真是太好了。小山刑警儘管活像一隻犀牛或野豬，用滿滿的力量進行威嚇，然而土堂課長卻是大雕或禿鷹之類的猛禽，一直在天空中盤旋，逮到機會就一舉進攻，讓人感到害怕。

到了雪實被逮捕的第四天，情況開始出現轉折。

可能是雪實的「哭泣不語」作戰計畫奏效了，或是菊田刑警向土堂課長報告了小山刑警的蠻橫問訊實況，總之，主要的調查官從小山刑警變成了另一位武脇刑警。

武脇刑警的眼神相當溫和，整體感覺是個柔軟和藹的人。不過，不管怎麼說，刑警就是刑警，每個都是調查問訊的專家，所以我還是一而再、再而三地提醒雪實：「絕對不要糊里糊塗地說錯話。」

雪實被逮捕之後，讓我感到最困擾的一件事情，就是雪實失去了向我傳達訊息的工具。手機就不用說了，就連紙跟筆她也拿不到。最糟最糟也還有個方法，就是靠著解讀脣語來理解她想說的話，但在調查過程中也沒辦法使用。無計可施之下，也只能暫時由我單方面地自言自語。

「總而言之，對於我所寫的東西，包含我寫到的那些內容，最好暫且先不要說。也別提起『菅谷凱斗』這個名字，那傢伙自始至終就是『濱邊友介』。無論如何，這件事情一定不能出錯……因為妳是正當防衛啊。真正的壞人不是妳，也不是凱斗，而是濱邊友介……如果真的沒辦法把話說好，那把我供出來也沒關係，就說妳能聽到一個女人的聲音，或是說『我覺得自己的腦袋好像怪怪的』、『我好像被附身了』之類的，都可以啦，妳想怎麼說就怎麼說吧。」

反正我的存在是不可能得到證明的，所以如果雪實的判斷力及行為能力因此受到質疑的話，罪刑應該就不會太重。

不過，還是希望盡可能避免讓她被強制帶去醫院接受治療。

雪實並不是被拘留在高井戶警署，反而是住進了原宿警署的拘留所，不知道警方是基於什麼原因才這麼做。在原宿警署睡醒之後，她就會被載往高井戶警署接受偵訊，傍晚才又回到原宿警署。吃完晚餐後，一直到就寢之前，她可以有一小段自由的時間。

此時，雪實會向拘留所的看守人員借報紙來看。

然後，一個字一個字用食指比出來……

雪實真聰明，懂得利用印刷品來玩「碟仙」。這麼一來即使有人看守也可以若無其事地溝通了。

「嗯，我在。」

雪實的食指反覆於「在」、「嗎」兩個字之間游移。

要、說、出、妳、的、事。

「可以啊，為了妳，什麼都可以。」

什、麼、時、候、說。

「確定是正當防衛之後再說比較好。」

聽、不、懂。

「正當防衛、正當防衛。」

正、當、防、衛。

「沒錯，正當防衛，然後妳就可以獲得釋放了。」

獲、得、釋、放。

「是的，妳什麼都可以說。」

都、可、以、說。

「我會一直陪在妳身邊的。」

嗯。

「絕對會讓妳無罪釋放的。」

無、罪、釋、放。

就在這時候，我第一次意識到自己真正該傳達給雪實的事情是什麼，而且從頭到尾我都還沒提到過。真是個笨蛋。

「不是不是……對不起。是我把雪實捲進這起事件的，真的很抱歉……妳沒有做錯任何事……卻必須得要做這麼多討厭的事情。而且還留下這麼可怕的回憶……妳應該很害怕吧。」

我說的就是流滿血的凱斗遺體。

「妳以前肯定沒見過。對不起，真的很抱歉……我會負起責任的，我不想大言不慚說大話，但我絕對會讓雪實無罪釋放的。」

雪實的眼淚開始滾滾落下。

她一邊擦眼淚一邊指著報紙上的文字。

真、由、好、可、憐。

看懂這句話的瞬間，我的靈魂不由得震動了一下。

「……我？妳叫我真由？」

我、想、要、救、真、由。

「救我？妳要救我？」

我、會、找、出、妳、被、埋、的、地、方。

「雪實……」

明明沒有流淚，但不知為何我眼前的世界突然一片模糊，感覺就好像眼淚正在往外滲流。

「謝謝……」

被、放、出、去、之、後、就、去、找、真、由。

真開心。不過，開心歸開心，她究竟想要怎麼做呢？

把我埋起來的凱斗已經死了。

而我自己本身也記不得被埋的地方。

我真的覺得很對不起雪實。

拘留所的地板鋪著短毛地毯，所以我不知道該如何計算坪數，看起來應該八坪大左右吧。遭到拘留的人都在裡頭裹著棉被睡覺。

睡起來一定很不舒服吧，不過雪實居然還是都能緊閉雙眼進入睡眠狀態，而且還翻來翻去的。在這樣的情況下我也沒法跟她溝通，只好在牆角抱著雙膝保持安靜。

今天非常幸運，沒有其他被拘留的人同住。原宿警署今天沒有人被釋放，但也沒有新的人進來。在這間拘留室裡過夜的只有雪實一人。我想這是因為犯下罪刑的女性比較少的緣故吧。

拘留室的內側有一個洋式的馬桶，且居然僅用一個低矮的隔板擋住，怎麼看都沒辦法擋住臭味飄出，上廁所時的聲音也一定會被聽見。這其實跟隱私也沒有太大的關係，不過也莫可奈何，這就是日本社會對待「疑犯」的規定。

雪實睡了之後，我就沒有任何該做的事了。如此一來，凱斗的事情就自然而然浮上我心頭。

他的確殺了人。殺了美波，還有我。以基本常識而言，能夠對他判刑的，只有法官而已。殺了兩個人應該會被判死刑，不過關鍵問題是，在此之前無論是警察或檢察官，都沒有對凱斗興師問罪。

所以，我動手殺了他。

就物理層面來說，真正下手的人是誰？以及根據法律規定，誰會被認定為殺人犯？這些問題都先擱在一邊，綜合所有角度，讓凱斗受到「死亡」懲罰的，是我。

如果我會因此下地獄的話，那也沒什麼好說的，我會甘之如飴地接受懲罰。不過在此之前，我必須得先確認凱斗的下場。我為凱斗帶來的「死亡」，或者該說是之後我可能會去的「地獄」，究竟是什麼樣子，我想要先了解一下。

吃完早餐之後，雪實搭上高井戶警署派來接她的車，從原宿警署出發。我也跟著搭上了同一臺車。一旦進入高井戶警署的審訊室之後，基本上從開始問訊到結束，我都會陪在一旁。

不過，我今天得跟雪實告假。

「我想去看看凱斗的狀況，先離開一下。」

如果拘留雪實的地方是高井戶警署，那我還可以在晚上自己一個人到處看看，但因為是在原宿警署，所以就沒辦法了。車子抵達高井戶警署後，我終於有了搜尋凱斗的機會，時間可以維持到審訊結束為止。

雪實不著痕跡地小小點了個頭。謝謝妳，雖然感到有些不安，但這件事我必須趕快去完成，所以請暫時一個人努力加油。

我走出審訊室，開始隨意在高井戶警署探索。

除了負責審問雪實的「刑事組織犯罪對策課」之外，高井戶警署還有許多不同的部門，包含生活安全課、地區課、交通課、警務課、警備課等等。雖然這些部門的名稱或多或少在新聞或報紙上都會看到，然而真正進到署裡之後，才發現原來我並不知道這些部門的人都是在哪裡工作，負責的範圍又是什麼。為什麼雪實會被拘留在原宿警署呢？走著走著，我慢慢就能了解這個問題的答案。

高井戶警署並沒有專門拘留女性的場所，答案就是這麼簡單。

那麼，太平間會在哪裡呢？雖然這樣的想法有點草率，不過根據一般的印象而言，我想應該會是在地下室，而且是沒有任何人會去的昏暗走廊最深處。不過實際走了一趟之後，才發現在地下室怎麼找都找不到太平間。難道，高井戶警署不僅沒有女性拘留所，就連太平間也沒有嗎？不過事實並非如此。

我放下先入為主的觀念，將警署腹地範圍內的所有建築全都仔細地翻找了一遍，終於找到了。連接主建物與另一棟建築的中間區域有個小樓房，太平間就位在小樓房的其中一角。

我迅速穿過牆壁。

原本我很擔心凱斗的遺體說不定已經被移到其他地方去了，並且我也有點煩惱，不曉得太平間會不會因為沒有任何窗戶，所以現場一片昏暗什麼都看不到。不過，到了之後我發現的確沒有窗戶，但因為緊急出口的引導燈是亮著的，所以裡頭勉強有些光，不至於到完全漆黑的程度。

凱斗的遺體也還在裡頭，尚未移動到任何地方去。

全身蓋著白布，躺在跟擔架沒什麼兩樣的床上。望向頭部，看到一邊眼睛因為受傷而凸了出來，因而確認是他。這具遺體就是菅谷凱斗沒錯。應該是肩膀、腋下、肚子上，以及雙腿之間，都塞滿了乾冰的關係，他的遺體並沒有腐爛，也沒有增加其他損傷，喉部的傷口也保持原樣，沒有做縫合。

這時，我明白了……

對於身為言靈的我來說，在此處的僅只是一具屍體罷了。那時候的凱斗，從自己的遺體中脫離，如今已不在這裡。我不知道他的靈魂是因為跟遺體失去了連結而遭到消滅了，抑或是脫離之後彷徨失措地流落他方，而且我也沒有進一步確認的方法。

不過我想，脫離之後五感盡失的狀態，想要做點什麼應該也無能為力了吧。如果他只是化為幽靈，離開太平間後就摸著黑在警署的走廊徘徊，那倒還好。

我的眼睛能看見東西，但我認為凱斗應該是看不見的。倘若真是如此，那麼他應該分不清樓層地板或地面，況且他連觸感應該也都一併失去了，所以恐怕就連該抓住什麼、該踏在哪裡都搞不清楚。

在這樣的情況下，他到底會發生什麼事呢？

失去五感的凱斗魂魄，應該會一直趴在地上動也不動吧？穿過太平間的地板、穿過建築物的水泥結構，一路往地層陷入而無法自拔，直到落入最底層為止，說不定那裡就是地球的中心。

人死之後，就是塵歸塵、土歸土……

我想意思應該就是這樣吧。

第六章

1

停在久我山四丁目收費停車場的黑色TOYOTA HIACE。由於被害人「濱邊友介」所持有的汽車鑰匙，能夠打開這部車的車門，所以他的真實身分應該可以就此水落石出。

將副駕駛座上的腰掛包打開來檢查之後，發現了一張駕照，上面所記載的名字是『菅谷凱斗』，但不管怎麼說，駕照上的照片很明顯就是濱邊友介本人。

也就是說，「濱邊友介」是個假名。年齡則是三十六歲。

在腰掛包裡還翻出了許多耐人尋味的東西。

手機、名片夾、記事本、長夾錢包、寫著公司名的收據、家裡鑰匙，還有香菸跟打火機，以及一個布滿使用痕跡的五點五米捲尺。

拉開名片夾，從數量多到鼓起來的名片之中抽出一張，上頭寫著『工地主任 菅谷凱斗』，公司名是『菅谷建設株式會社』，所在地是千葉縣船橋市習志野臺三丁目。車子後半部的載貨車斗上，有一件工作時穿的連身衣，旁邊還有一件工作外套，兩件上面都繡有『菅谷建設（株）』。

這些搜查到的扣押物品，全都送到刑組課的會議室裡排列整齊，土堂、菊田、兩位鑑識人員，再加上武脇，五個人一起圍著仔細觀察。

土堂將塑膠袋裡的一張寫有公司名的收據放回桌上。

「……那麼，立刻聯繫看看吧。」

一整疊的名片跟收據一樣，都收在塑膠袋裡，武脇將一袋名片拿起來。

「知道了，我先把能夠確認遺體的人叫過來。畢竟是『菅谷建設』的『菅谷凱斗』，應該十之八九是社長或創辦人的家人吧。」

是弟弟、兒子，還是孫子呢？照理來說應該不出這幾個選項。

「菊田小姐，我們走吧。」

「好的。」

回到刑組課辦公室，用警署的電話撥到菅谷建設的公司代表號，另一頭馬上就傳來個女性的聲音說：

「您好，這裡是菅谷建設。」

感覺上應該是三十多歲，所以有可能是公司的員工，當然也有可能是菅谷凱斗的老婆。

「您好，打擾了。我是東京警視廳的武脇。貴公司是不是有一位名為菅谷凱斗的員工呢？」

另一頭的女性很明顯地吞了一口氣。

『啊，那個……請、請稍等一下。』
耳邊開始傳來熟悉的電子音樂，雖然不知道曲目，但的確是日常聽慣了的旋律。不過，一個小節都還沒跑完，電話就轉接給另一個人了。
『您好，我是社長菅谷。』
「打擾了，我是警視廳的武脇。」
『有什麼事嗎……』
「貴公司有一位名為菅谷凱斗的員工嗎？」
『他現在不在公司，怎麼了嗎？那個，凱斗……發生什麼事了？』
對方恐怕是將情況想成是凱斗在東京遭到警方逮捕並拘留了。
「真的很難以啟齒……一位疑似為菅谷凱斗的男性，在前幾週，也就是三月十七日當天，捲入了一起案件，並且不幸身亡了。」
當下並沒有任何反應。
長長的沉默。
武脇覺得似乎應該繼續說下去。
「不好意思，請問凱斗先生跟社長有什麼關係？是父子嗎？」
『是……凱斗是我的兒子。』
下意識的嘆息，充分顯示出他的沉重情緒。
「真的很抱歉造成您的困擾……突然打電話給您，還帶來這樣的消息，相信您現在一定感到很痛苦，不過要是時間上方便的話，想請您盡快前來確認遺體。」

這個請求並沒有得到對方的回應。可能是還沒有辦法理解「確認遺體」這句話的涵義吧。

『你說的案件……指的是什麼樣的事情呢？』

「具體狀況會在碰面之後跟您詳細說明。」

『凱斗被殺了嗎？是殺人事件對嗎？』

「不，跟殺人事件有點不一樣。」

『但、但是，你說凱斗捲入了一起案件，意思不就是說……他被殺死了嗎？』

「嚴格來說並不是如此。」

『那不然是？』

「就事件本身來說的話是傷害致死……至於其他細節，碰面後再詳談。遺體目前由東邦大學醫學部保管，您知道地點嗎？」

幾秒鐘的空白，彷彿是為了讓自己冷靜下來。

『……我可以查得到。』

「那麼，我將我的手機號碼留給您，在您抵達之後請撥電話聯絡我，在大學那邊碰面之後，就會由我帶領您完成後續動作。您預計幾點出發呢？」

『現在馬上就過去，差不多……我想應該是一個半小時左右可以到。』

「是開車過來嗎？還是搭電車？」

『開車過去。』

「了解了。那麼就跟您約傍晚五點左右碰面。不過，請不要太過著急，無論多久我都會等您的，不用在意時間，無論如何都要小心駕駛。」

兩人約定碰面的地方是醫學系研究大樓前方，此時該處有一對男女正在聊天。

有個男人也在傍晚五點前的十分鐘抵達了，他應該就是凱斗的父親。

腳步飛快的男人，身上穿著灰色的西裝，整體看來有點俗氣。他的上半身練得非常精壯，有稜有角的五官給人嚴肅的印象，不過靠近一看才發現他的眼睛大得教人感到意外。雖然有點嚇人，不過整體來說還算是個端正的人吧。

鞠躬致意之後，武脇先出聲打招呼。

「不好意思，您是菅谷先生嗎？」

對方大大地嘆了一口氣，並點了點頭。

「是的，我是菅谷。謝謝您聯繫我。」

說完後立刻從名片夾裡抽出一張名片。

菅谷榮一，頭銜是『社長』。

「謝謝您，我就收下了……我是打電話給您的武脇，您現在想必是哀痛萬分。」

武脇及菊田都各自遞出了名片。

「那麼，我來帶您過去，這邊請。」

在走到太平間之前，一行人沒有再說任何話。

法醫學部的太平間非常簡樸，跟一般的祭祀場所有很大的不同。內部裝潢全都採淺灰色系，是個約六坪大的狹長房間。其中一面牆邊放著一張簡易型的床，遺體就安置在那張床上。床的不遠處設有一個簡單的祭壇，上頭供著鮮花及線香。

武脇雙手合十行禮過後，轉頭看著菅谷榮一。

「那麼，煩請您進行確認。」

他小心翼翼地掀起白布，同時心裡想著，如果掀到下巴的位置，喉部的傷還是多少看得見，一思及此，武脇乾脆就將白布掀到鎖骨附近。

「……這是菅谷凱斗先生，沒錯吧？」

榮一看了幾秒之後閉上了眼睛，喉結上下動了動，接著點頭回應。

「是的，沒錯。這是我兒子……凱斗。」

榮一冷靜地把話說完，既沒有淚水浮上眼眶，也沒有方寸大亂。

「謝謝。」

不過，冷靜的情緒僅止於此。

「凱斗是怎麼、凱斗到底發生了什麼事？」

「好的，我來為您說明。」

「這個、這裡……這裡的傷，都傷成這樣了，還說不是被殺害的，到底怎麼回事？」

喉部的傷已經用黑色的線慎重地縫合了。

「請您冷靜下來聽我說……這件事對菅谷先生來說肯定非常難以接受，但檢察官並沒有以刑事案件的角度提起訴訟，也就是說，這起案件不會進入司法程序，我們也抱持著相同的意見。」

「不會進入司法程序……」

「根據調查結果，案件中加害人的行為係屬正當防衛，所以沒有人需要負起刑事責任，這就是最後的結論。」

如果菊田不在現場的話，榮一恐怕早就衝過去揪住武脇的領口了。他的眼神中所透露出來的情緒既非憤怒，也非責難，反倒比較像是後悔。

「正當防衛，那就表示……是我的兒子凱斗做了什麼事對嗎？」

「我們這邊的確是這麼認為的。」

「他究竟是做了什麼？」

菊田喊了一聲「菅谷先生」，接著把手搭上他的肩膀。

武脇點了點頭之後繼續說道：

「……凱斗前往某個女性的住處，對住在裡頭的女性採取暴行，不過他遇到了對方的抵抗，過程中女性用手抓住了玻璃製的餐具，用碎片割傷了脖子，造成凱斗頸動脈嚴重受傷。這裡就是傷處……因為大量失血的緣故，造成凱斗死亡。」

榮一表情扭曲，看來甚至有點像是笑了。

「凱斗才不可能……」

我們家的孩子才不可能做這種事、不可思議、絕對不可能。父母親常會有類似像這樣的發言，不過，不知道為什麼，榮一說到一半就停下來了，這讓武脇感到有些奇怪。

稍微等了一下，但榮一並沒有繼續把話說完。

反而開了另外一個完全無關的話題。

「那個……女性犯人，是什麼樣的人？」

「她並不是犯人。針對凱斗先生死亡這件事，她的確是加害者沒錯，然而換個角度來看，她也是被害人。因為凱斗先生對她暴力相向。」

「不可能有這種事發生。」

「不，的確發生了。凱斗先生以『濱邊友介』之名接近那位女性，所有能夠證明身分的物品，包含證件及手機，全都留在停放於收費停車場的車子裡，然後才前往女性的住處。我們認為他就是為了防止自己在做犯罪行為的時候，留下相關的證據。就刑事責任而言……到底該歸屬在哪一方，實在不好說，是一件難以判定的案子。」

從菅谷凱斗的手機可以確認到他打了好幾通電話到中西雪實的手機，相反地，中西雪實的手機則沒有任何一通主動打過去的紀錄。

「菅谷先生，換我們這邊想問問您，就您所知，凱斗先生有任何熟識的女性住在東京嗎？」

榮一感覺像是強壓住情緒般吐了一口氣。

「……是有幾個學生時代的男性友人，後來去東京發展，不過女性的話……我就想不起來了。」

「那凱斗先生最近的交往對象呢？」
「沒有。」
「過去交往過的也可以。」
「沒有。」
「他常到東京來嗎？」
榮一已經不再看著武脇。
「他的工作很忙……所以並沒有那麼常到東京來。」
「不過，偶爾會來是嗎？」
「我沒有特別針對這件事去詢問過他。」
「工作方面也是？」
「我們的建築工地大多都在千葉縣內，不能說完全沒有，不過……我現在想得起來的，就只有大約兩年前在江戶川區的小岩有一起工程。」
江戶川區的小岩跟中西雪實所住的杉並區宮前，大概是開車需要一個多小時的距離。所以這應該不是可以將兩人串聯起來的關鍵要素。
「了解了……由於有上述的案發過程，所以我們還得花一點時間確認凱斗先生的身分背景，不過就目前的狀況而言，遺體檢驗已經完成，調查報告也發布出去了。因此，您隨時可以領取遺體。您打算什麼時候處理呢？如果您沒有值得信賴的殯葬業者可以協助搬運的話，我們可以幫您推薦。」

才剛見到兒子的遺體，就馬上要他領回去，肯定會造成困擾，不過對警察來說，不管是遺體或是被撿到的錢包，都沒有道理一直保管著。這點是一視同仁的。如果能聯絡上失主或是親人，當然都會希望他們盡快來領走，這是警察真實的心聲。

榮一回了一聲「好」，接著又陷入沉默。

傍晚的大學校園，真是異常寧靜啊。

武脇打了個電話給中西雪實。

「知道濱邊友介的身分了。」

『……是喔。』

「不過，這麼稱呼他基本上並不正確，『濱邊友介』其實是假名，他的本名是我們已經查出來了，叫『菅谷凱斗』。」

雪實一言不發。

「對於菅谷凱斗這個名字，妳有想起什麼線索嗎？」

『沒有耶……字怎麼寫？』

「菅原道真的『菅』，凱是……戰勝歸來的意思，凱旋的『凱』。這樣清楚了嗎？」

『是，清楚了。』

畢竟是週刊雜誌的記者，這兩個字應該都聽了就知道了。

「接下來是北斗七星的『斗』。」

『菅谷、凱斗，知道了。』
「不認識嗎？」
『我目前沒有什麼線索……不過我會調查看看的，請給我一點時間。』
隔天，也就是二十八日的下午，雪實打電話來了。
『那個，我今天去了公司一趟。』
「這樣啊，那真是太好了。工作上開了天窗應該造成不少困擾吧？」
『的確是……不過，公司方面基本上也是就事論事，能夠理解我的處境，所以沒有什麼問題。只是……』
「怎麼了？」
『我到這個部門才剛滿三個月而已。』
「嗯。」
『事實上，我的前一任女記者從去年十一月開始就下落不明，我就是為了接手她的工作，才會被突然調過來。』
「嗯嗯，我記得是寺田真由小姐。」
『啊，原來您知道啊。』
到協文舍進行調查的記得應該是牧原巡查部長。
「是的，到貴社拜訪的調查員有跟我說過這件事。」
『總之，就在我查看寺田真由小姐所留下來的文件資料時……寺田小姐原本的電腦，現在是我在使用，原本我是接手後就直接開始使用了，然而我心想，電腦裡會不會有什麼文件寫到「菅谷凱斗」，因此就搜尋了一下，結果……真的找到了。我看了好幾次，覺得那真的是……非常重要，喔不，應該說是非常危險的資料。』

「究竟寫了什麼樣的內容呢……我的意思是，有沒有可能也讓我們看一看那些資料呢？」

『可以的，沒問題。這通電話也是在取得總編輯的許可之後才打的。如果您能告訴我您的 e-mail，我就傳過去給您。』

哎呀，警方早就從類比訊號的時代進化了，然而因為對於洩漏情報的相關管理規定相當嚴格，所以整體來說要接收夾帶檔案的 e-mail 並不容易。

「不好意思，請不要用 e-mail 傳送。幫我列印出來，然後郵寄過來可以嗎？」

『郵寄的話得花上不少時間，那我今天就趕快處理寄送事宜。如果寄到高井戶警署方便的話，我下班的時候就去寄出。這麼一來……什麼？啊……不好意思，我現在就直接拿過去。』

感覺似乎是鄰近的總編輯聽到之後，命令雪實「現在就拿過去」，情況似乎是如此。

「不好意思，那就麻煩妳了。」

『不會，我過去大約需要一個小時。』

「沒問題，我會等妳的。」

雪實差不多下午三點左右抵達刑組課的。

「不好意思，稍微遲了一些。」

雪實今天穿的是帶點綠色的淺褐色褲裝。遭到逮捕之後，她每天都會被帶回原宿警署，所以武脇基本上只看過「無精打采」的雪實，所以此時感覺非常新鮮，不由得盯著看。

「不會，辛苦了，讓妳大老遠跑一趟。」

雪實俐落地從揹在側邊的手提包裡拿出一個大型的牛皮紙袋，接著遞給武脇。

「這就是寺田真由小姐所留下來的文稿。由於總編輯事先對此並不知情，所以還沒有任何相關報導，等於是未經發表的文稿。」

「謝謝……中西小姐需要立刻返回公司嗎？」

「不用，沒有什麼其他急事了。有什麼事嗎？」

「這個可以直接放在我們這裡嗎？還是要影印一份呢？又或者是我必須現在馬上看完然後還給妳呢？如果可以由我們保管，我將會把它列為可以隨時調閱的資料。」

雪實點頭表示同意。

「對我來說怎麼樣都可以……只是，在武脇先生看完之後，我想要聽聽您有什麼意見或想法，所以如果您現在有時間的話，那我也希望請您馬上看。」

「了解了。那麼，唔……不好意思，現在只有這個房間是空著的。」

這個房間指的是審訊室。

「……妳應該，不想再進去了吧？」

令人意外的是，雪實的臉上浮現了開朗的笑容。

「不會，沒問題的。結束之後回頭看看，才發現其實整件事情也是很好的一次經驗。不是單純的配合調查，而是遭到逮捕並接受審問，有這種經驗的週刊雜誌記者想必不會很多。」

還真是滿腦子全都塞滿工作啊。

「既然妳都這麼說了……那就，不好意思，裡面請。」

雪實、菊田及武脇三個人再次一起進入審訊室。不同的是，這次不用關門了，而且還端出茶來，三人所坐的位置也重新洗牌。單純就位置的分布來看的話，武脇現在是疑犯，菊田是調查官，雪實則是見證人。雖然說讓客人坐在離出入口近一點的位置是眾所周知的基本禮貌，不過為了不讓雪實再有被當成犯人的感受，所以還是違反了這樣的禮節。

「那麼，趕快開始吧……」

關於菅谷凱斗，這裡頭究竟寫了些什麼呢？

2

星期天的下午獲得釋放之後，雪實就正式恢復了自由之身。

「雪實，這真是太好了，辛苦妳了。」

回到住處後，雪實拿出充電器為警方歸還的手機及平板電腦充電。

『嗯，託真由小姐的福，

我又可以使用語音輸入了，

真是太開心了。』

這是雪實第一次用文字打出真由的名字。

「沒有沒有，我才是託妳的福。都是我把雪實捲進這起事件中的，真的很抱歉，對不起。」

獲得釋放之後的雪實，感覺上意外地平靜，先前那個宛如被雨淋濕的小狗般瑟瑟發抖的日子，是怎麼一回事呢？

雪實在手機連接充電器的情況下，開始聯繫幾個熟人，包含家人、朋友、熟人，說不定還有房東及管理員等等。當然還有「SPLASH」的總編輯，這是一定得聯繫的吧。

隔天，二十七日星期一。

雪實向協文舍的社長、創辦人、雜誌編輯局長，以及總編輯等四個人說明自己遭到逮捕的過程。雪實本人是覺得很抱歉，所以不斷鞠躬表達歉意，不過幾位大叔卻認為這是一件有趣的事，就連創辦人也一邊笑著一邊不斷對雪實提出問題。拘留所裡頭怎麼樣啊？警局供應的餐點真的很臭嗎？接受審訊的時候，警察真的會怒吼「快說啊，你這傢伙」之類的話嗎？我想他們問的應該就是這類的問題吧。

星期一就這樣過去了。也對，畢竟不是什麼黑道人物，沒有出獄的慶祝酒會才正常。

雪實回到家之後，警方就立刻打電話來了。

『武脇先生打來的，

說是查出凱斗的真實身分了。』

「真的啊，比我想的還要快。」

『差不多了，

明天就得展開行動了吧。』

如此這般，雪實真正回歸職場是從星期二開始。

回到工作崗位，她一邊消化不在公司的這段期間堆積起來的任務，一邊去向幫她處理部分工作的同事們道謝賠罪，當然還得不斷說明自己的經歷，整個忙得不可開交。

好不容易有個空檔，她操作著自己的電腦，然後裝出一副「剛剛才發現」的表情緊盯著螢幕，並向總編輯喊了一聲「快來看」之類的話。

「這孩子，演技真行啊。」這是我內心真實的感想。她的驚訝神情，真的就像是第一次看到我寫的文稿似的。

總編輯靠過來看雪實的電腦螢幕，原本臉上表情相當不耐，就像是在說「什麼事啦」，不過越是往下看，他的表情就越認真。「這什麼啊，喂喂，真的假的啊！」雪實將幾個檔案列印出來交給總編輯。快速翻閱的總編輯，明顯呈現出興奮的狀態。可想而知，他一定是想要就這樣直接發表成新聞報導。不過，正因為是這樣的內容，所以他還是踩了煞車。跟雪實討論了一下，然後做出一些指示之後，總編輯就回到了自己的位置，雪實則繼續整理文稿、詳細查證，或者應該是說演出那樣的狀態。

中午過後，雪實接到了一通電話，講了幾分鐘之後，她開始準備外出。

將包包揹在肩膀，來到走廊後抓起手機。

『我要把文稿拿去給武脇先生看。』

原來如此，剛剛通話的對象就是武脇刑警吧？也就是說，雪實現在要去的地方是高井戶警署。劇情的開展真是太快了。

「不會有事吧？不知道武脇先生會說些什麼。」

搭上電梯，雪實用令人害怕的眼神直直盯著電梯門。

『沒問題的，我會讓他立刻就相信我。』

打完這句之後，雪實將手機收進了口袋。

到了高井戶警署，雪實將準備好的文稿交到武脇刑警手上。雙方三言兩語稍微噓寒問暖之後，三人一起進到了熟悉的審訊室，可能是沒有其他更合適的地方了吧。如果是我的話，應該會緊張到整個人縮起來，不過他們坐的位置跟先前有所不同，所以氣氛算是相當輕鬆。

認真翻閱文稿的武脇刑警及菊田刑警，漸漸地，兩人的表情都變得越來越嚴肅，眉心變得僵硬，皺得高高隆起。過程中菊田有好幾次看著武脇說了一些話，不過武脇頭也不抬，一口氣把文稿看完。過了一會兒之後，菊田也將視線從文稿上移開。

對於文稿的內容，兩人會有什麼感想呢？接下來是一連串的提問與回應，不知道他們問了雪實什麼樣的問題，也不曉得雪實是怎麼回答的。

這段過程，可以說是我來到另一個世界之後最緊張的時刻了。

在雪實的腦袋裡，除了有文稿中所提到的內容之外，還有跟我交談溝通過後所得知的事情。照正常狀況來說，有些雪實不該知道的事，其實她都了如指掌。她會不會下意識地說出不該說的話呢？我真是擔心到快受不了。

不過我還有另外一個想法是「說了就說了，沒什麼好在意的」，畢竟要不要相信是對方的問題，況且司法的判決結果應該也不會因此而產生任何改變。

不知道兩人能不能認同文稿的內容，看起來他們的處理方式頂多只是將文稿當成資料暫且收下。雪實遞交的文稿由菊田收入牛皮紙袋，然後就這樣抱在手中。

要離開警署前，雪實露出「對了對了」的表情轉頭看著武脇，似乎是對他說了些什麼。武脇的反應看來是有些半信半疑，不過最後還是點了點頭。

走出刑事組織犯罪對策課辦公室，雪實立刻抓起手機。這次她沒有使用語音輸入，而是用手指打字。

『真由小姐，妳可以留在這裡嗎？』

如此突然的要求，讓我吃了一驚。

「是可以留著，但為什麼呢？」

『我對武脇先生說了

東葉高速線的八千代中央車站這條線索，

我想他應該會去查證。』

雖然我只是三言兩語精簡地向雪實傳達，不過對我來說那是一段多麼辛苦的過程啊，恐怕沒有人能夠真正體會。

『我說，女人的聲音，

很有可能就是來自下落不明的寺田真由小姐，

另外我也提到，真由小姐的遺體，

應該就埋在那個車站附近。』

這步棋下得太大膽了。

「武脇先生怎麼說？」

『他說，這樣啊，然後就沉默不語了。』

光是「能聽到一個不存在的女人說話的聲音」這樣的說法，就足夠讓雪實陷入險境了，居然還提到「那個聲音是來自於公司的前輩」、「她已經死了，而且被埋在車站附近」等等的內容，說成這樣真的不會有事嗎？

雪實繼續輸入：

『寺田小姐已經死了，

所以變成了幽靈來跟我說話。

殺了她的凶手就是菅谷凱斗，

遺體被埋在哪裡我不清楚，

不過倒是反覆聽到八千代中央……

我差不多就是說了這些，

而他的回應就是「這樣啊」，

然後就沒再說話了。』

或許雪實只是不想告訴我而已，說不定她已經被認為是頭腦怪怪的人了。

「好的，我留下來。不過，因為我們無法互相聯繫，所以有點麻煩。妳記得要在編輯部的白板上把妳的行程寫清楚喔。」

『我聽不到。』

「行程、白板、行程、白板……」

『妳是說把行程寫在公司的白板上對嗎？』

「沒錯。」

『知道了，我會寫清楚，

以利我們會合。』

雪實將手機收進口袋，接著從走廊離開。

我站在原處目送她離開的背影。

身為言靈，獨處的時候真的會感到相當寂寞啊。

說真的，我實在無法理解那位武脇刑警的舉動。到底是出於他的個人行為？還是他的立場有所不同？抑或是「刑事組織對策課」的通則呢？

菊田在整理資料或做電話聯繫的時候，一定會使用一張位在書架旁，也就是房間的邊邊，離出入口最近的那張桌子，想必那就是她的專屬座位。不過武脇並非如此，他會使用課長座位旁的一張用來接待客人的小桌子，有時候也會在審訊室裡面工作，並且他還會隨意地到沒有人坐的位置上去打電話。總而言之就是沒有固定的座位。

協文舍裡頭其實也有像這樣的人。有個前輩老是在自己的座位上堆積雜物，工作時卻喜歡跑去其他張共用的空間。那位前輩還會把自己私人的物品拿到共用空間去，而且放得到處都是，簡直就像是當作自己的領域一般，認為自己具有實際的使用權。最重要的是身邊的人都認同他的做法，有什麼事情想找他的話，到共用空間去找已經是習以為常的事情。那位前輩，就是磯井先生。真不知道他是怎麼想的。

不，雖然很像但卻還是有所不同。武脇先生儘管沒有固定的位置，但他並不會有任何占地為王的行為。現在他就在菊田斜對角的座位上打電話。

電話那頭是誰呢？

看了我的筆記，並且從雪實那邊得知寺田真由已經死亡了，在這樣的情況下，武脇會想要跟誰聯絡呢？可惜的是，我看不到這通電話是武脇打出去的，或是別人打進來找他的。放下話筒後，武脇叫上菊田準備出門，完全不理會土堂課長的禁止。菊田拿起雪實給的文稿影本，放進自己的包包內。

要帶著文稿去找誰呢？

我跟在兩人後面去看看狀況，才知道原來是這麼一回事。

他們的目的地是城東警署。四個月前，總編輯和媽媽向警方通報我下落不明，就是來到位於江東區內的這間警署。

出來接待武脇與菊田的人，並不是先前總編輯跟媽媽遇到的那位，不過同樣也是生活安全課的員警，另外還有兩位刑事組織犯罪對策課的刑警出來跟武脇聊聊。

先請他們看過文稿，然後提出問題、進行交流溝通，他們的做法跟雪實一樣，不，雪實還必須針對讓凱斗受傷致死的過程說明，所以複雜程度恐怕是高上好幾倍。

況且，在這個當下雙方都是專業人士，因此城東警署的兩位刑警在理解案件的原由之後，立刻就向署裡的課長報告。城東警署的課長是女性，這一點跟高井戶警署不同。女課長與武脇在碰面之後聊了幾分鐘，從她點頭的模樣看來，應該是完全理解武脇刑警所說的事情了。

不會錯的，一切都開始動起來了。

隔天，三月二十九日星期二。

武脇跟菊田約在荻窪車站前方碰面，接著一起搭乘中央・總武線的電車。

我看了一下電車的目的地，寫的是『東西線經由東葉勝田臺方向』。

東京地鐵的東西線可直達東葉高速線，難不成他們現在就要去八千代中央車站嗎？

結果並非如此。

武脇一行人在北習志野車站下車，出站後跟昨天在城東警署見過面的兩位刑警會合，接著一起搭上計程車，下車的地點竟是菅谷建設前方。

原來如此。武脇早已得知菅谷凱斗的真實身分，如今文稿資料裡又出現那麼多次凱斗的名字，理所當然會想再來找菅谷榮一問話。

上午十一點。

我花了許多心力與時間潛伏，然而卻一次也沒能敲開菅谷建設的大門，但這四個人卻一副理所當然地直接走了進去。

今天我也悄悄地跟著進去了。

應該是事前有先聯繫過了吧，穿著深藍色西裝的菅谷榮一就在兼當櫃檯的辦公室等著，四人立刻走向一樓深處的接待室。

一位像是行政人員的女性為他們奉上茶水，並在退出接待室時將門關上，形成四個人對菅谷榮一的態勢。如果這是正式的調查審問，那就有點不公平了。

在這個場合，主要掌控話題的依舊是武脇。

原本我心想，他們該不會想讓榮一看看我寫的文稿吧，不過這件事並沒有發生。只見武脇提出了幾個問題，而榮一則是時而點頭、時而搖頭，會晤就這樣繼續下去。

不知道是不是談到了十五年前美波遭到殺害的那起事件，或者是在此之前的疑似仙人跳恐嚇事件。

榮一的表情整個僵掉了，感覺就像受到超出他能承受的驚嚇程度。雖然聽不到聲音，但還是可以想像得到榮一有多麼震驚。

那起不良少女疑似被殺，且自己還被列為疑犯捲入其中的案件，該不會跟凱斗的死有關吧……

武脇的說明有多深入呢？站在客觀的角度來說，凱斗殺了我的證據目前應該是一個也沒找到。況且警方連我是死是活都還無法確認。然而，凱斗企圖透過我的關係跟雪實接觸已是既定事實。結果，凱斗遭到反噬，甚至因此招來死亡，這也是無可撼動的事實。

武脇連哄帶騙地讓腦袋停止思考的榮一繼續說下去。

在旁一路看著事情的進展，我在想該不會菅谷榮一其實是一個相當誠實且耐力超強的人吧？

兒子遭到殺害，但相關的法律程序接下來會如何發展完全不得而知，更有甚者，還初次聽聞「你的兒子也是殺人犯」這種爆炸性的資訊。在這樣的情況下居然能夠臨危不亂，絲毫沒有狂怒暴走的跡象。他只是仔細聽著對方的言論，然後冷靜地給予回應。

菅谷榮一原來是這樣的一號人物啊。

可能是談話有些新的進展了，榮一拿起手邊的電話話筒，不過講了十秒左右就掛回去了。看來是打了內線電話給剛剛捧著茶水進來的女性行政人員，這次她拿著一個藍色的資料夾走進來。將資料夾交給榮一之後，她就再次離開房間。榮一快速地翻動資料夾的頁面，然後在中間的部分來來回回看了好幾次，最後指著一個地方，臉上露出「找到了」的表情，然後，他將資料夾轉往武脇的方向。

武脇的身體往桌子靠過去，接著開始閱讀資料夾裡的文字。

千葉縣八千代市島田臺。

原來如此。武脇一開始的問題是：

「凱斗是不是對八千代中央車站附近的環境相當熟悉？」

針對這個問題，榮一的回答似乎是：

「如果是八千代市區的話，他是曾經到島田臺的工地現場工作過。」

武脇希望榮一提供正確的地址，於是榮一就請行政人員將資料夾帶進來，並指著剛剛的地址說：

「就是這裡。」

雖然我聽不見兩人的對話，不過用看的就知道榮一在應對進退的過程中表現得相當真誠，而武脇也是以友善的態度相對，這點也能察覺得出來。

突然間，菊田及另外兩位刑警站了起來。

不知道這是搜查時常會有的狀況，還是武脇把人給支開的。總之，菊田及兩位刑警離開了，接待室裡就只剩下武脇和榮一兩人。

說到兩人的年紀，武脇大概是四十多到五十歲之間，榮一則是六十歲左右吧。概略算起來，武脇差不多是大我一輪以上，榮一則是大我兩輪。這兩個上了年紀的大叔，在接待桌的角落各自低著頭沉默不語。

就連什麼都聽不到的我，都能感受到那股沉默的苦澀滋味。

然後，重新開啟話題的是武脇。

榮一露出了驚訝的表情。

武脇說了不少話，不過表情相當溫柔，心平氣和地闡述，讓榮一能好好聽進去。而榮一也是不斷地點頭。我想，他們是在聊凱斗的事情吧。針對菅谷凱斗這個人，兩人交換著意見，希望能找出一些共通點。

武脇又再次說了一長串的話，說著說著，榮一雙手抱住了自己的頭，似乎相當震驚地緊抓著半白的頭髮，臉則整個低埋下來。

即使如此，武脇還是繼續往下說。

榮一強壯的肩膀開始顫抖了。

武脇還是繼續說。

我看不到榮一的臉，所以不知道他的反應如何。對於武脇的提問，他究竟是一一回應了，還是保持沉默，我也無法判斷。

這時候，榮一的脖子突然動了一下，應該是在點頭吧。

我稍微移動了自己的位置，站到側邊看著榮一，結果看到他的嘴巴在動，雖然幅度並不大。我想，他是正在透過話語表達自己內心深處的痛苦吧。

榮一的一番告白究竟有多麼沉重，從聽到這一席話的武脇臉上的表情就可以看得出來。看來，武脇應該是接受了榮一的說詞。事情的真相，該不會跟我所推論的假說一模一樣吧。

美波對榮一設下了仙人跳騙局，而得知此事的凱斗怒不可抑，那股怒氣瞬間轉化成殺意，奪走了美波的生命。

揭開美波遇害真相的我，同樣讓凱斗點燃了怒火，他會想殺了我其實也算是有跡可循。就在他動手的時候，我騙他說記錄真相的資料檔案不只存在一處，結果害身為後輩的雪實也被捲入危險之中。

凱斗所犯下的罪刑，並不會因為他已經離世並且墜入地獄而有所改變。不過，假如我沒有硬闖進來這個故事裡，或者沒有把事件調查得如此清楚，凱斗也就不會殺我了。當然更不會為了要伏擊雪實而斷送了自己的生命。

也就是說，原本應該在只有美波一名死者的情況下告終的事件，後來掀起了一連串的連鎖反應，而我就是其中的關鍵人物。這不是用刑法的有罪無罪可以衡量的罪刑，而是更加曖昧不清，但普遍存在於人們心中的價值標準。

將他人隱私無端披露出來，對我們現代人來說，在不自覺的情況下可能會認為「沒什麼大不了」，而就法律層面來看也不會有太大的問題，但其實這是非常嚴重的罪，我們是不是都應該要更加深入了解一下呢？

明知故犯，基本上就是一種犯罪。

相信有人也是這樣想的吧？

榮一好不容易抬起頭來，臉上掛滿淚痕，像是小孩子一般撲簌簌地流著淚，鼻水更是像牽繩似地垂掛著。榮一完全沒有打算要擦拭，反而是提出了一個問題。武脇則以搖頭來回應。

這一切是不是我的錯呢？

不，絕對不可能是這樣。

我覺得這兩人的對話內容，應該不是偏向這樣的結論。

3

以調查員的身分到菅谷建設拜訪，其實基本上是一件理所當然的事情，雪實工作上的前輩，下落不明的寺田真由。她所留下文稿裡頭，三番兩次出現「菅谷凱斗」這個名字，所以向菅谷榮一探聽消息再自然不過。

然而，但武脇發現自己在提出「東葉高速線的八千代中央站」這個線索之前，內心是有些抗拒的。畢竟這是搜查任務到目前為止從未出現過的資訊。

更重要的是，資訊的來源是前來高井戶警署拜訪的中西雪實。她說：

「我真的不想要去思考這樣的事情，不過……我想寺田小姐應該已經死亡了。從開始到現在，我完全都沒想過一個可能性，這真的有點不可思議……我說，我聽得到那個女人的聲音，那個聲音，應該就來自寺田小姐吧……」

原來如此。那個聲音的來源，是寺田真由。

若真是這樣，那又如何呢？

「我之所以能看到這份文稿……想必是寺田小姐打從一開始就希望讓我看到。為此才會做出許多努力，告訴我要注意車子、小心色狼等等，應該都是同一個目的吧。所有的一切，事實上全都是寺田小姐想要讓我這個接手她電腦的人看到這份文稿……接著，把文稿看完後，我終於察覺到聲音的來源應該就是寺田小姐，就在這時候，我又聽到了，東葉高速線、八千代中央車站、東葉高速線、八千代車站，這兩個詞反覆不斷在耳邊響起。」

中西雪實的眼神原來這麼具有壓迫感，真是想不到。

「……武脇先生，我覺得，寺田小姐應該被埋在八千代中央站附近，可能是山裡、雜木叢之間，或是其他的地方。我知道光只有這樣的線索，調查起來應該會很困難，但我是真的這麼認為的。」

武脇內心有個想法，他想將這個奇怪的資訊試著傳遞給菅谷榮一。

「冒昧請教一下，東葉高速線的八千代中央站附近，有什麼跟凱斗先生具關聯性的案子嗎？新建案或舊宅改建等等的都可以。」

榮一思考了幾秒之後，把手伸向內線電話，拿起話筒，命令辦公室的某人：「將去年的帳單清冊拿進來。」

不久後，榮一把女性行政人員送進來的資料夾打開，指著一筆資料表示「會不會是這個」。

「池內學先生的住宅改建案……車庫屋頂幾個腐爛脫落的地方要進行整修。地址是八千代市島田臺，八※※……」

武脇先將地址抄了起來。

「這個案子是由凱斗先生負責的嗎？」

「是的，基本上凱斗是工地現場的監工主任，有很多案子都由他負責處理……至於這個案子，由於是簡單的修補工作，所以確實是由他自己一個人過去施工的。」

「凱斗先生也會自己進行施工作業？」

「當然，貼三合板、鋸木材什麼的都得做，所謂的工地主任基本上就是『校長兼撞鐘』的一份工作。」

「這樣啊……那麼，除了池內先生的家之外，八千代中央車站附近還有什麼案子嗎？」

「這個嘛，一時之間想不到了，不好意思。」

「池內家的修繕工程，執行的正確時間是什麼時候呢？」

由於從帳單清冊沒辦法看出這方面的資訊，所以榮一請辦公室的同仁確認工程明細。

結果，凱斗前往池內家工作的日期是去年的十月七日、八日及十日，總共去了三次，差不多是寺田真由失蹤前的一個月。所以凱斗有很高的可能性是藉著這次的工作機會，到八千代市島田臺附近探勘場地，並用來棄屍，

真的是這樣嗎？

走出萱谷建設之後，武脇立刻通知土堂，他們一行人接下來要直接前往八千代市島田臺。這一趟，還有另外一個別人交辦的任務，不過當然不是「順便」完成的概念。

從萱谷建設到八千代市島田臺的距離開車大約需要二十分鐘，榮一表示「派我們公司的車送你們過去」，但武脇他們還是客氣地婉拒了，以搭計程車的方式移動過去。

上車後，武脇將池內家的地址告訴司機。

「不好意思，我們現在已經到島田臺、八百番臺這邊，不過由於太小條的巷弄我也不熟，如果可以跟我說這個地址附近有沒有什麼大的地標，我就可以載你們過去。」

「不，沒關係，到這裡就好。」

城東警署的刑警付了車錢，四人魚貫地下了車。

要來之前就已經心裡有個底了，到了一看，島田臺果然是尋常的鄉間田園地帶。

千葉縣本來就沒有高聳的山，因此島田臺也同樣是一望無際的平坦地形，農田及雜木林就占了大半。現在才剛三月底，農田上還沒栽種任何作物，溫室裡也幾乎空空如也。

如果硬要舉出一些特色的話，應該就屬電塔了吧，在雜木林的另一頭，有一座細細

長長的送電鐵塔，像個稻草人一樣張開雙臂、筆直聳立。至於民房，有人住的地方基本上都是好幾間群聚，沒有人住的地方就連一間房屋都看不到。這個地方給人的感覺大致上就是如此。

順著事情的發展來到這個地方看看，不過接下來該做些什麼呢？

花了二十分鐘左右的時間邊走邊確認地址，最後終於找到了池內家。往內一看，的確有個車庫。不知道凱斗到底有沒有來這裡修過屋頂，但就目前的情況來說，颱風一來肯定是會被吹倒的，看起來相當危險，入口處的柱子底部也腐爛了，再往裡面看可以看到一個置物櫃，但隔板都傾斜了，外牆的鐵皮則因為褐色的鏽蝕形成了一個洞一個洞的狀態。

剛剛付了計程車費的城東警署刑組課強行犯搜查組增本巡查部長，一邊拿著咖啡罐一邊環顧四周。

「……武脇主任，不好意思，對於稍早的說明我感到有些疑惑，為什麼我們要來八千代中央車站附近的工地呢？我們因為寺田真由小姐所寫的文稿裡，出現了菅谷凱斗的名字，所以前往菅谷建設拜訪，到這邊我還能夠理解。但為什麼是這裡？為什麼是島田臺？到底是……」

究竟是為什麼，武脇自己也不是很清楚，不過，還是有必要跟他們做個說明吧。

「說老實話，我也沒有確切的證據。要不是因為有個線人提供了情報，也不會發生這麼一連串的事情，我們今天也不會來到這裡。所以如果真的能在附近找到寺田真由的遺體，那我也只能想說……真是萬幸啊。」

另外一位城東警署刑警——幸阪巡查部長，歪著頭說道：

「話雖如此，但我們能在這裡做什麼？該怎麼搜查呢？」

關於這一點，武脇從剛剛開始也一直在思考。

寺田真由已經失蹤超過四個月了，這是無庸置疑的事實，然而她究竟是不是已經被殺害了，犯人究竟是不是菅谷凱斗，目前來說根本無法確定。假設人真的是凱斗所殺，也沒有一定會將屍體埋在八千代市島田臺的理由。就算凱斗真的在沒有任何理由的情況下，將屍體埋在這附近了，那麼，到底會埋在哪裡呢？凱斗會把寺田真由的屍體埋在哪裡？

就在這時候，援手出現了，武脇的手機響了起來。

武脇從口袋將手機拿出來，確認了一下螢幕，是高井戶警署的代表號。

「你好，我是武脇。」

『啊啊，是我。』

果然是土堂。

「辛苦了。」

『剛才那件事，你說對了。』

寺田真由失蹤的時間具體來說是去年的十一月上旬，在這段期間哩，凱斗所使用的車輛有沒有來過這個區域呢？透過車牌辨識系統的搜查驗證過後，結果出來了。

「是什麼時候？」

『去年的十一月五日，凌晨兩點二十七分……資訊來自國道十六號，八千代市村上的辨識機。』

時間及地點都非常吻合不是嗎？

土堂繼續說道：

『同一個車牌在一個小時前，也就是凌晨一點十六分，曾經到過國道十四號，東京都江東區龜戶二丁目附近。』

寺田真由的住處是在龜戶五丁目，這也很近。

『之後陸續經過首都高速、灣岸道路，從千葉北交流道口下來，接國道十六號進入八千代市村上，這就是該車行走的路線。』

十一月五日深夜，凱斗在龜戶綁架了寺田真由，並將其殺害，當晚載著屍體到八千代市掩埋，一定是這樣。

「謝謝你。我在這邊持續調查看看。」

話音剛落，土堂便喊了聲『喂喂，武脇……』罕見地露出非常驚慌的狀態。

「……是，怎麼了？」

『你沒事吧？』

武脇心想，現在可是搜查進度大為躍進的狀況啊。

「是的，我沒事。」

『這樣啊……不要太胡來喔。』

一開始，寺田真由的失蹤案應該由城東警署來偵辦，所以本來就沒有高井戶警署或搜查一課出場的機會。不過，這裡畢竟是千葉縣，要是遺體真的在這邊找到，就必須要讓千葉縣警一起來參與。以這起案件的性質來說，並不是可以自己單槍匹馬搞定的，關於這一點武脇也非常清楚。

「好，我會慎重行事的，晚點再打給你。」

掛斷電話後，武脇立刻將剛剛得知的情報轉述給其他三人聽。

根據車輛的使用狀況來看，菅谷凱斗是綁架並殺害了寺田真由，接著載到這附近來棄屍，這樣的推測應該相當合理。

不過，就算是這樣，接下來該怎麼做，又是另外一個問題。

增本巡查部長小小地嘆了一口氣。

「話雖如此，但遺體實際上埋在哪裡，我們完全不知道對吧？」

「嗯……是啊。」

放眼望去，看得到的地方全都是沒有種植任何作物的農田及旱地，要不然就是居民的平房，以及雜木林。就整體占比而言，雜木林算是比例最高的，生長在此處的植物包含竹子、杉木，還有麻櫟之類的，總而言之就是雜木林。人們居住及開墾成農地之外的所有地方，全部都是雜木林。

在此之中，藏了一具女性的遺體。光是知道這一點，就想把遺體找出來，可能性幾乎是零。

菊田往武脇方向靠近了一步。

「武脇先生，那個……」

菊田拉著武脇的手肘，將他帶到離增本及幸阪有點距離的地方。看來是想私底下說些話。

兩人一邊留意不要掉進灌溉渠道，一邊走到馬路的另一頭。

「……怎麼了？」

「就算是有車牌辨識系統，但就目前的情況來看，想要將遺體找出來根本不可能。」

「的確是相當困難，但也不能說辦不到啊，不管怎麼樣還是得找，畢竟我們是警察。」

菊田的眉心揪在一起。

「怎麼找？」

「只能多嘗試一些方法了。把警犬調來、多找些人手用人海戰術，或是用土壤阻力穿刺棒到處探查。」

「基本上就是得求神拜佛的意思。」

喂。

「拜託，不要這樣講嘛。至少我們這邊有四個人，總會有辦法的。」

就在這時候，菊田發出了一聲「咦」，嘴角呈現上揚的狀態。

「這樣的話，我有個好主意。」
「什麼……妳有好主意的話就快點告訴我啊。」
「不過，基本上這也算是一種求神拜佛，所以說不定還會被反對呢。」
「聽了就知道，是什麼？」
「等等要跟那兩個人說明也是不容易。」
指的是城東警署的增本及幸阪吧。
「……到底是什麼？我一點頭緒都沒有，快說吧。」
「我想說的只有一句話，把中西雪實叫來吧。」
真絕啊。武脇一瞬間就了然於胸。
「本來一開始跟我們講八千代中央車站這個線索的人，不就是雪實嗎？經過向菅谷榮一的一番確認之後，他才說出了島田臺的這個工地。接著，車牌辨識系統巧妙地登場了。其實早知如此，把雪實叫過來不就好了，她不是被寺田真由的靈魂附身了嗎？雪實若是來了，就表示事件中的主人公也會一同到場，這麼一來，剩下的就簡單了，以雪實為橋梁，我們向本人確認，一定可以馬上知道遺體埋在哪裡。」
武脇知道菊田的意思，但是知道歸知道，內心卻有些不想承認。
畢竟，身為一個警察，實在難以認同這個方法。
中西雪實抵達八千代中央車站的時間是下午三點二十分左右。

「不好意思，麻煩妳到這種地方跑一趟。」
武脇跟著菊田一起低頭致意。
雪實今天穿著灰色的薄風衣，裡頭是白色的帽T，下半身則是牛仔褲，以及白色運動鞋。整體感覺跟昨天又有很大的不同，感覺相當輕鬆。
「不會，不要緊的……不過，武脇先生，我倒是要跟你說聲抱歉……剛剛笑了你。」
的確是。武脇在電話中跟雪實說明事情的原委，希望她方便的話到八千代中央車站來，協助案件的調查。雪實聽到之後笑著說：「感覺好像是說『乖狗狗，挖這裡』。」
說實話，武脇自己也覺得很好笑，但真的是沒有其他辦法了，儘管他自己並不認同這樣的搜查方式。
「這一點請先不要在意……因為到現場還有一段距離，所以我們搭計程車過去吧。」
雪實及武脇坐在計程車後座，菊田則坐在副駕駛座。到島田臺大約需要十分鐘左右的車程。
雪實黏著車窗，望著外頭的景色。
「原來是這種感覺啊。」
現在可不是說這種悠閒話題的好時機啊。
「妳是第一次來到這邊嗎？」
「是啊，是第一次。原本我以為會更偏僻呢，不過車站附近倒是意外地熱鬧……不過才開了一點距離，就真的是田野風光了，空間好寬廣。」

的確，離開車站之後，就是綿延不絕的鄉間道路。說到這裡，武脇心裡冒出了一個問題。以掩埋一個女性遺體的場地來說，島田臺真的適合嗎？

從車站到島田臺，一路上有非常多的雜木林，荒廢的空地也是要多少有多少，埋在這樣的地方，會讓遺體在被找出來之前充滿種種困難吧。但就犯罪心理學的角度來看，不就應該是這樣嗎？

犯人一定不希望遺體被發現，所以當自己離開現場之後，當然不想要後續有其他人靠近，當然更不希望遺體被挖出來。所以反過來說，在選擇場地的時候，應該會想要挑能夠掌握開發狀況的地方。必須是沒有興建住宅或區域整理計畫的土地，有人持有也不要緊，但要確定持有人沒有其他的開發計畫，犯人應該會想要找這樣的地方。

凱斗是不是也這麼想呢？藉著包下池內家修繕工程的機會，花了三天時間來探查，了解這區居民的生活型態，以及土地利用的現況，最後決定將島田臺設定為掩埋遺體的地方，這樣想應該沒錯吧？

菊田對司機說：

「沒錯……沒錯，在這裡停就可以了。」

武脇及雪實依序下車，再次眺望著島田臺的風景。

先問雪實看看吧。

「怎麼樣呢？」

「唔……不知道耶。」

計程車直接往前開走了。

留在原地等待的增本及幸阪一邊打招呼一邊小跑步過來。先把目前的狀況說明清楚比較好吧，武脇心想。

「那兩個人是城東警署的刑警，寺田小姐的失蹤案就是由他們受理的。」

「原來如此。」

「聽到我們的做法之後，不知道他們會怎麼想……不過算了，妳先別在意他們兩個，有聽到什麼、了解了什麼，或是閃過什麼想法，都請務必跟我或菊田說。」

雪實輕輕地點點頭。

「……知道了，我會照辦的。」

此時此刻五人身處的地方，左右兩旁都是乾枯的田地，界線是以管狀的護欄隔了起來，猛一看有點像是田野中間架了一座橋。在這個區域來說，這條路算是相當氣派的了。

看著計程車離去方向的雪實，突然間開口說道：

「我可以……稍微走一段路看看嗎？」

「嗯嗯，當然可以。」

往前是雜木林，樹木從兩旁伸出枝椏，像是要把馬路蓋起來似的。

菊田走在雪實身旁，武脇則反過來負責拉開增本及幸阪跟前面兩人的距離。

幸阪指著前面的兩個人說：

「武脇先生，這是在做什麼？」

「噓，安靜。」

「哎呀呀，她簡直就像靈媒一樣啊。」

刑警跟著一位普通女性素人，一邊看著斜上方，一邊像在搜尋什麼似地往前走去。與其說是在搜尋，倒不如說是在「解讀」氛圍或情緒，從這個角度來看，雪實現在的狀態的確就是靈媒。

「安靜一點，會被她聽到的。」

「咦，真的是靈媒嗎？哇，這真是太厲害了。」

「好了啦，能把遺體找出來的話，用什麼方法都無所謂。」

「但是……」

雖然還不至於到揪住領口的程度，不過武脇還是以類似的力量抓住幸阪的肩膀。

「不然你回去吧，這裡所發生的事你就不要再管了，回去城東警署吧。這對你來說還比較好吧，就當作你一開始就沒有過來，還可以少寫很多報告。」

幸阪簡短回了聲「不了不了」，接著就開始保持沉默。增本轉過頭來看著他們，不過並沒有多說什麼。

雪實沿著雜木林道往前走，有時候會在一個地方停下來，來回看看四周，然後指著一個方向對菊田說：「可能是那裡。」接著又繼續往前走。這樣的情況重複了好幾次。看得出來她的模式跟電視上的靈媒還是有些許不同。

停下腳步的時候，雪實和菊田會閒聊一些話題。今天穿的洋裝如何如何、揹的包包如何如何……聊著這種無關緊要的話題時，若雪實聽到了些什麼，就會立刻板起臉來環顧四周，有時候則是指著遠方，然後將接下來要走的方向決定下來，然後才繼續走下去。武脇等三人只能從遠處看著這一切，當雪實開始移動，他們也只能跟在後面走。

最重要的是，搜尋掩埋遺體地點的人並不是雪實，而是寺田真由的靈魂。用這個觀點再去看一下目前的狀況，的確就看得出來是怎麼一回事了。

停下腳步、一邊閒聊一邊等待指示，然後繼續前進。走到一個地方之後停下來等，得到寺田真由的指示之後，接著往前走……

會停下來待一段時間的地點，稍微計算一下大概已經有七、八個了。這時，雪實再次停了下來，背對著乾涸的田地，看著雜木林的方向。由於馬路有點坡度，所以剛好呈現出望向斜上方的狀態。

手指頭，指向了那邊。

指頭輕輕指向右邊，又輕輕指向左邊，隨著方向變化，站立的位置也會做出些微調整。等等，現在又是站立位置進行微調的狀態吧，怎麼感覺這次的情況是第一次發生。

手錶上頭顯示著還差三分鐘就下午五點了，也就說他們已經持續搜查作業達一個半小時。基本上搜查工作進行了一個半小時根本是小菜一碟，談不上很久，但持續進行這種不熟悉的方式，多少還是讓人感覺到時間過了很久，這也是無可厚非的事情。

這時，突然之間……

菊田直直地舉起右手，向他們揮了揮。

「武脇先生，這裡，好像就是這裡。」

增本及幸阪同時下意識地「咦」了一聲。

武脇也發出了類似的聲音。

好像就是這裡？什麼意思啊？

三人來到兩個女人身邊，雪實可能是貧血了吧，好像要昏倒似地搖晃著身體，菊田扶著她的背。

來到兩人面前，武脇看著雪實的臉。

「妳說這裡……是什麼意思？」

雪實痛苦地皺起眉頭，並且閉上了眼睛。

菊田代替她回應。

「好像是從這裡直直走過去，有個藍色的塑膠物品掉在那裡，還有一棵在及腰的高度分岔開來的樹，就在這兩個東西的中間那邊……」

在菊田的攙扶下，雪實點了點頭。

「藍色的、塑膠物品……就是水桶的，把手。」

武脇回頭看著增本及幸阪。

「聽到了嗎？藍色的水桶把手掉落的地方，還有一棵在及腰的高度分岔開來的樹，兩者的中間就埋著寺田真由的遺體……」

武脇再一次回頭看著雪實。

「對吧？我說得沒錯吧？」

然而，雪實只有曖昧地點了點頭。

「什麼啦，我說得對嗎？喂……」

「……應該是。」

「搞什麼，什麼叫應該？如果是應該，那可就麻煩了。是就是，搞錯了就說搞錯了，說清楚點。」

雪實搖了搖頭，手裡握著手機。

「……我不知道。」

「還來！妳都說不知道了，那我們怎麼辦？不然，再確認一次看看吧，她在吧？對嗎？寺田真由的靈魂，就在附近對吧？妳可以聽得到她的聲音吧？那就趕快確認啊，喂……」

還沒找到。雪實再次搖了搖頭。

「什麼？搞錯了嗎？到底錯在哪裡？」

雪實抱著手機，兩手遮住嘴巴。

「……她說，她要離開了……」

「咦？要去哪裡？誰啊？」

「真由小姐，說她沒時間了，要離開了……」

「那要去哪裡？」
「……我不知道。」
等一下啊。
「這樣我們會很困擾的，什麼水桶把手和分岔的樹，如果找不到的話該怎麼辦？別走啊，至少待到確定找到了為止吧，快跟寺田真由說說看。」
雪實依舊搖著頭。
「為什麼啊，為什麼偏偏是現在？還在吧？寺田真由應該還在附近吧？」
「……我不知道。」
「為什麼妳會不知道呢？」
雪實「咻」地吸了一下鼻涕。
「……已經，聽不到了。」
「咦？」
「從剛剛開始我就一直在輸入訊息……」
雪實將被淚水沾濕的手機螢幕轉向武脇。
『真由小姐，
回答我，
如果妳還在，
就跟我說一聲。』

『真由小姐，

妳還在對吧？

不要走，

真由小姐。』

『拜託，

回答我，

說妳還在。』

『不要走，

不要走，

真由小姐。』

拿著手機的手，顫抖不已。

「……已經，聽不見了……從剛剛開始，我就聽不見真由小姐的聲音了……她已經不再回應我了。」

喂喂，別開玩笑了。

4

跟著武脇他們一起下了計程車之後，我的第一個念頭是，那個晚上我真的被埋在這樣的地方嗎？

眼前所看到的景色，農地占了大半，是尋常的鄉下地方，沒有什麼特別之處。沒有什麼會讓人跟死亡聯想在一起的元素，也沒有誘發犯罪的那種氛圍。可能也正因為如此，所以凱斗才會選這裡吧。

暫且一個人到處走走看看。雜木林看起來幾乎都一樣，但也可以說各有不同之處，怎麼辦？沒有任何線索可言。掩埋遺體的地方如果連我都不知道的話，恐怕這世界上再也沒有人會知道了。如果找不到的話，我會不會以言靈的狀態在這世上無止境地飄流下去呢？

邊想邊走，出了雜木林之後，才發現武脇和菊田已經在不知不覺中不見蹤影了。城東警署的兩位刑警還在，但最重要的武脇和菊田卻找不到了。

等一下，你們怎麼把我丟在這個地方了啊！

在別無他法的情況下，我帶著不安的心情靠近城東警署的兩位刑警，結果沒想到，奇蹟發生了。

武脇和雪實依序從停在前方不遠處的計程車下來。

真是太開心了，我喊了好幾次她的名字。像個傻子一般問著「為什麼會來、為什麼會來」。不過，雪實沒有任何反應，我想她並不是沒有聽到，而是聽到了但卻無動於衷。

那也沒關係，只要雪實在我身邊，我就會宛如得到上萬的援軍，自信瞬間增強。

好了，可以開戰了。總之找就對了，努力把那天晚上及隔天的清晨所看到的景色找出來就可以了。對了，騎著自行車的國中女學生，只要找到她的住處，想必就會是一個很好的線索。

我跟雪實說：「妳先等一下，我去找找。」然後開始在四周搜索。如果發現不是對的地方，我就會說：「稍微前進一點，走到那個溫室前方。」或是「走到那間紅色屋頂的民房去。」就這樣一路指示下一個搜索的地點。我會先到自己指定的地方看看，如果不是就會回頭再提供新的地點。

反覆進行了幾次之後，終於……

爬上一個稍微有點坡度的地方，進入一處雜木林，再往前走大約十五到二十公尺。當下回頭所看到的景象，就跟那天晚上看到的一模一樣。

當時我的想法是，「這裡是森林的盡頭」。我相信，走出森林之後，「原本的世界」就會在眼前出現。只是我沒想到，對我來說，那個「原本的世界」，早已永遠關上了大門。

我仔細觀察地面，想在雜木林之中找出平坦寬廣且有點格格不入的地方。沒錯，我確定自己就是被埋在這裡，往上一看，樹木的枝枒將天空切得細碎，環顧四周一圈，看到的全都是密密麻麻的樹幹，唯獨有一個方位，樹木重疊的情況比較沒那麼嚴密，具體來說就是我被埋進土裡之後，我的腳所對出去的角度。我就是因為注意到這個，才會從這個方向開始往外走，並且最後走到了柏油馬路上。

看來真的是這裡。

但要怎麼把這個地方傳達給雪實呢？

沒有任何可以當作地標的東西，真要說起來，或許地上的藍色水桶碎片可以拿來用。這究竟是什麼呢？看來應該是水桶的把手吧？

不過，地標只有一個可不行。

還有什麼能提到的東西？該跟雪實說些什麼呢？

走出雜木林之後，我立刻跟雪實說：

「從這裡走進去，直直往前走，就會看到……」

雪實比出了一個方向。

「稍微再往左邊一點……過頭了……對了，差不多就是這裡。往這個方向走十五到二十公尺左右，就是我被掩埋的地方。地面上有一個藍色水桶的碎片，還有一棵分岔成兩邊的樹。兩個地標結合起來的範圍就是了。我就被埋在那裡……聽懂了嗎？有聽到嗎？」

第一次沒有傳達成功，不過在我細分成幾個部分之後再描述一次，雪實看來似乎就能夠領略了。她將接收到的資訊打在手機上，跟我確認是否正確。

「嗯嗯，就是這樣。」

一旁的菊田緊盯著雪實看，彷彿在看一個怪人一般。該怎麼跟她解釋才好呢？

這個任務只能交給雪實了。

「雪實，仔細聽我說……我想，當我的遺體從這裡被挖出來之後，我應該……就不會再以這樣的狀態存在了。能不能升天成佛我不知道，但總之我認為我的時間已經不多了……我真的很想跟雪實一起待到最後一刻，然而我還有一些事情想要確認，而且也有想見的人……所以，很抱歉，我要先離開了……雪實，真的很抱歉，帶給妳這麼多困擾。真的很謝謝妳……我很難過，但是……再見了。」

我沒有看雪實的回應。

轉身離開後，我就沒有再回頭了。

不知道是什麼時候，有個地方在我的腦海閃現，我很想再去一次。沿著新川一路往南走，就可以抵達了，我是這麼相信的，於是便開始動身。

十五年前美波被殺的地點，就在八千代綜合公園裡頭的網球場內側河岸。

棒球場及運動場之類的設施已經關閉了，不過公園本身在晚上依舊是可以自由進出的，所以還是可以看到散步或慢跑的人。而且剛好現在是櫻花盛開的時節，所以相對來說散步的人也比較多吧。

不過，不知道為什麼，網球場內側河岸幾乎看不到人。是不是因為用來照亮夜櫻的燈光突然在此中斷，讓人感覺太暗太寂寥的關係呢？大部分來散步的人，都在此處之前就折返了。

我繼續往前走了一小段，櫻花樹種滿兩旁的散步路線一路延伸到河岸下方，盡頭有一座水泥的樓梯。可以看得到有個女生正孤零零地坐在樓梯上。

我走到那個女生的正後方，大約下了五階之後，直接在她身旁坐下。

「……嘿，美美，久等了。好久不見。」

髮根已經稍微轉黑的一頭金髮，身穿刺繡的棒球夾克以及牛仔褲。臉上幾乎沒有化妝。整體看起來跟我最後一次見到的美波非常相近。

「美美聽得到我說話嗎？有聽懂嗎？」

雖然她並沒有點頭回應，但我看到我最喜歡的櫻桃色嘴唇對我笑了一下。

「美美眼中的我是怎麼樣的呢……應該是大學一年級我們最後一次碰面時的那個樣子吧。還是在妳眼中，我就是個年過三十的大嬸呢？若是如此的話，我就有點不甘心了，美美看起來才十九歲，太奸詐了。」

櫻桃色嘴唇再次笑了，看來應該是稍微能溝通。

「真抱歉，花了十五年才解決。真的發生了好多事啊。自從事件發生後……我就一直拚命在想、拚命在調查，到底是誰從我們身旁把美美奪走的？到底為什麼要這樣做？直到如今，我也還是保持著同樣的想法，不過，我想應該是要畫下一個句點了。為此，我有幾個問題想要問妳。」

美波屈身抱著膝蓋，背上拱成一個圓。

「美美讓菅谷榮一先生捲入仙人跳騙局，然後恐嚇了他。拍下看來像是在交易的照片之後，對他提出要求……一開始，我以為妳會跟他要錢。跟夥伴出去玩需要錢，再加上那時候的妳呈現出一個自我放棄的狀態，所以妳才會真的動手去做。不過在某個時間點，我突然察覺到事實並非如此。就是在我第一次見到菅谷凱斗的臉時。」

榮一在陽臺上抽完一根菸之後，凱斗現身了。就是那時候。正確來說，我以前已經見過他好幾次了，只是把他跟「菅谷凱斗」這個名字串聯起來是第一次。

「美美不是喜歡凱斗嗎？是直覺告訴我的。原因是……國中的時候，美術社的古川同學，美美不是曾經說過妳喜歡他嗎？我那時候就覺得，古川同學跟凱斗有好多相似的地方，兩人都有點草食性男孩的長相……喔不，描述的順序應該要反過來才對。美美打從小時候開始就喜歡凱斗了對吧？畢竟是一起長大的啊，而且還曾經住在同一區，簡直就像初戀一樣……就因為古川先生跟凱斗長得有點像，所以妳才會喜歡他，應該是這樣說才對……沒錯吧？」

美波沒有任何反應，不過沒關係。

「高中畢業之後，妳一直待在老家整天無所事事，這又是為什麼呢？是因為偶然間遇到了凱斗嗎？回憶再次湧上，猶如燃燒殆盡的木頭再次被點上了火……實情如何我不知道。對美美來說，我現在說的事情會很難理解嗎？」

同樣地，美美依舊維持著茫然的狀態。

「……當時，妳應該毫不猶豫地向凱斗告白了吧。但應該是被甩了。就在那之後不久，妳跟我重逢了，而且我還大剌剌地問妳是不是失戀了……真的很抱歉。不知不覺中，我一直在傷害美美。」

美波好像稍微把頭轉向了我這邊，可能只是錯覺，但我想就暫且這麼判定吧。

「凱斗，美美馬上就接受這件事了嗎？我想恐怕是到現在都還沒辦法接受吧。所以妳才會……雖然還沒有到病態地進行跟蹤的程度，但還是做了些可以接近他的事情對吧。晚上，妳會到菅谷建設附近埋伏，從遠處眺望那一扇明亮的窗戶……看著看著，妳應該也察覺到了……凱斗其實是對女生沒有什麼興趣的那種男生。」

好像要躲起來似的，美波把臉埋進兩膝之間。

「我想我所看到的，也是同樣的場景。那時候我看到菅谷榮一叼著菸走到陽臺上，接著凱斗也走了出來，出乎我意料的是，凱斗竟然從背後抱住了榮一……這是什麼畫面，凱斗不是兒子嗎？我覺得這樣的互動根本不是父子關係，而是戀人……美美是怎麼想的呢？覺得無法原諒嗎？如果可以的話，妳想要抓住菅谷榮一的弱點，讓他跟凱斗分手……妳應該是這麼想的吧？讓凱斗能恢復自由，之類的。也有可能妳是想利用那些照片，藉以向凱斗透露妳跟榮一的關係……可惜，得到反效果對吧。沒想到凱斗一心只想保護他跟榮一的兩人生活。凱斗應該會跟妳說『把照片交出來』，或是『別再靠近我們』之類的話吧。不過，我相信妳也不是那麼容易就範的人，結果……就發生了意外。以上就是我對整起事件的說明。」

美波抬起頭，雙手在胸前交叉，像是要抱住自己的肩膀似的。

小小的下巴靠在交疊的手肘上。

「關於這起事件……也就是凱斗對美波所做的事情，我是一點都不覺得值得同情。絕對不能原諒，而且我甚至認為應該要想辦法讓凱斗所犯的罪爆出來，因為我希望他受到相對應的懲罰。正因為如此，我一路執拗地追著菅谷凱斗跑……不過有一點，就那麼一個點，我真的覺得凱斗沒有說謊，我也無從否認，那就是他真的很愛榮一。會覺得想要否定這段關係……應該是來自於常識、既有觀念、社會價值觀之類的吧……這真的不容易啊。總之，我們這邊也是帶有偏見的，從這一點來看，不也可以說是另一種『犯罪』嗎？」

美波是不是聽到我所說的話了呢？還是沒有呢？

「所以說，我會被殺掉也是沒辦法的事，我是真的這麼想的……啊，我不知道美美是不是已經知情了，總之，我也被凱斗殺害了。後來，凱斗又想要襲擊我公司的一個後輩，結果沒想到行凶不成反遭殺害，他就這麼去世了。殺了美波跟我的凶手凱斗，已經被殺死了，不存在於這個世界上了。我的目的不是為了要報仇，不過最後卻演變成這樣。凱斗已經死了，所以美美也可以……安心了。」

我也不知道這樣的說法到底對不對。

首先，在「另一個世界」裡，究竟什麼是存在，什麼又是不存在，這個部分的定義非常曖昧不清。我看到的那個國中女生，真的是足立美波嗎？在這個大前提之下，某些東西存在與否，真的無從判斷。

美波的靈魂一直在這片河岸旁徘徊流連，事實上這有可能只是我單方面的心願而已，是我自己想要這麼認為而已。在過去的十五年間，美波的靈魂說不定十五年間一直待在這裡，如果不能為美波的死亡畫下句點，那麼她可能會永遠留在這個地方。

是不是這樣，我也不清楚。

到最後，只有我所看見的、我所感受到的，才是真正的事實。只能這麼說了。

美波雙手伸向前方，上唇微微噘起，「嘿咻」一聲利用反作用力讓自己從水泥階梯上站起來。繃緊的牛仔褲下面，是經過日日夜夜的社團活動所鍛鍊出來的健壯雙腿。盡情馳騁、自由自在地在球場上來回奔跑的一雙腿。

我也跟著站了起來。我們兩人的視線高度有些許落差。

我最喜歡的美波那一張櫻桃色嘴唇，動了。

「……什麼？」

她好像有什麼話想對我說。

「美美，妳說什麼？慢慢說，把想說的話轉化成簡單的語言，然後不用想太多直接說出來。試看看吧，美美想說的話，一定會傳到我耳裡的。」

美波已經在這個地方逗留十五年了，所有累積起來的思念……

現在就試著用語言表達看看吧。

「慢慢說就好，冷靜地說看看。」

言靈應該不是什麼了不起的角色，沒有什麼特別了不起的地方，我覺得重點只是在於有沒有辦法將內心的想法灌注在言語上，如此而已。

你看美波，就是這樣啊。

「……小真……啊……」

句子都糾結在一起了。

「嗯？什麼？」

「……小真……」

聽到了。

「嗯嗯，我知道，美美，我聽到了。」

「……是小真……吧？」

「冷靜下來，慢慢說。」

美波輕輕地點了點頭。

「……小真……對不起。」

怎麼這麼說。

「什麼？沒關係的，別這麼說。」

「小真，真的對不起。」

「美美，不要再說這種話了。」

「我想要向小真道歉。」

「妳在說什麼啊，我們不是朋友嗎？」

「我想要，向小真道歉……」

「好了啦，美美，好了啦……」

伸向彼此的手，無情地錯開了，各自往不同的方向伸去。不過，即使沒辦法觸碰到對方，還是可以重疊在一起。只要一起伸出手，放在同一個高度，看吧……

以身高來講的話，我的手所放的位置應該會比較高一些，然而沒想到美波卻比我還要高。原來是美波一直在往上飄。

這會不會是因為美波的靈魂要提升到另一個世界去了，所以才會越來越高呢？或者是我的靈魂即將迎來受罰時刻，因此被慢慢地吞進了地下？實情如何我不清楚，我只能確定，我們兩人就要被迫分開了。

接下來我會直接到地獄去吧？如果真是如此的話，那還真是討厭，不過，我也沒有其他辦法了。

我也想要見見媽媽，但看來已經不可能了吧。

不過，可以塵歸塵土歸土，不用繼續徘徊在這個世界，而且我的遺體可以被找出來，讓親友見上最後一面，這樣的結局真的不能說不好了。

話說回來，結果如何呢？

我的遺體，應該被挖出來了吧。

終章

真的很難相信，在千葉縣八千代市島田臺，中西雪實指著雜木林之中的一塊空地說「就在這裡」，結果還真挖出了一具三十歲左右的女性遺體。從血型、齒模，以及部分殘留的指紋、掌紋等資料，可以確認遺體就是去年十一月失蹤的寺田真由。用家人所提供的DNA檢測，也是得到相同的結果。

能在土裡發現深埋的遺體是一件好事，對警方來說是一大成果，武脇也在內心暗自祈禱寺田真由能就此入土為安。

另一方面，殺害寺田真由並遺棄屍體的犯人很明顯就是菅谷凱斗，不過因為他本人也已經死亡了，所以最終獲得不起訴的判決。也就是說，不管多麼努力撰寫調查報告，終究也只是竹籃打水一場空，這也是沒辦法的事情。關於凱斗在臨死之前也沒能了解事情的真相這一點，警方不能說是一點責任都沒有。

不過在此之前，還有另外一個更嚴重的問題。

為什麼中西雪實可以如此正確地指出寺田真由的遺體被掩埋的地方呢？這件事很難用合理的方式說明清楚。如果以一般的案件來看的話，理由大致上會有兩點。

第一個可能性是中西雪實從菅谷凱斗那邊問出棄屍的地點，另外一個是中西雪實本身跟棄屍這件事情有直接的連接。不過，就武脇他們的認定「事實」而言，上述兩者皆非。

為此，武脇認為自己應該要對土堂講真話。

對談的地點就選在久我山五丁目的一間和風居酒屋，菊田上網查到相關資料後，預約了一間包廂。

「那麼，首先要跟兩位說……辛苦了。」

他們沒有點生啤酒，而是叫來瓶裝啤酒，然後倒在杯子裡再互相乾杯。這是土堂一個講究的「小習慣」，從以前到現在都沒有改變。

「辛苦了。」

「大家辛苦了。」

土堂坐在下挖式暖桌靠裡面的位置，武脇坐在他對面，而菊田則是因為「點餐什麼的比較方便」，所以坐在武脇旁邊靠近出入口的位置。不過，她應該只是下意識地想避開坐在土堂旁邊的機會吧。

一開始，三人都各自對這起事件發表了一些看法與感想，正當武脇心想「怎麼淨聊些題外話」的時候，土堂突然切入了主題。

「對了，把中西雪實叫到島田臺現場的人是誰？」

就武脇的立場來說，他不能直接指著菊田說：「就是她。」

「……是我。」

不過，菊田很快就用一聲「不是」打斷了武脇的發言。

「是我提議叫中西雪實來現場的，武脇先生只是接受了我的意見，並且聯絡了中西雪實而已。」

土堂好像有些不耐煩，「嗯嗯嗯」地點了點了點頭。

「是誰都無所謂，反正就是你們兩個商量之後，決定把中西雪實叫到現場……但重點是，把中西雪實叫到現場之後，還真的說了寺田真由的遺體掩埋處，這到底是怎麼回事？如果是空包彈倒也就罷了，頂多就是浪費了人民的稅金，白發給你們半天的薪水。要命的是她還真的把遺體找出來了。喂喂，武脇，關於這點你打算怎麼說明啊？」

土堂說得一點都沒錯。

「就是因為想跟你討論討論，所以今天才會請你騰出時間。事情的緣起……課長應該也知道吧，就是中西雪實能『聽到』一個女人的聲音。那個聲音經常會給她一些警告，像是有車，或是有色狼之類的。」

到底是聽進去了還是沒在聽呢？土堂一點反應也沒有，視線就這麼一直停留在剩下半杯的啤酒上。

「接著……就在雪實將那份文稿帶過來警署的那一天，也就是三月二十八日，她跟我說那個聲音的主人，會不會是寺田真由。」

土堂也看過那份文稿，因此對於懷疑寺田真由是被菅谷凱斗殺死的，他相當能理解。為了進一步深入調查，武脇等人前往菅谷建設拜訪，這件事土堂也知道。不過，當時出發前往島田臺的理由，他就不知道了。這也是理所當然的事情，因為武脇並沒有加以說明，所以土堂當然不可能知道。

「是寺田真由藉著聲音告訴雪實的，說她就被埋在八千代中央車站附近……對此我是有點半信半疑，所以還特別跑去詢問菅谷榮一，看能不能找到凱斗前往八千代中央車站附近進行土地勘查的工作紀錄。結果榮一提出的地點就是島田臺。」

土堂輕輕點頭。

「……總之，一切都是雪實所聽到的聲音，也就是寺田真由用說話的方式在引導，結果就變成這樣了，你的意思是這樣吧？」

看來是沒有獲得認同，但除此之外也沒有別的說法了。

「你說得沒錯。看來是沒辦法取得你的認同吧。我自己也還在思考口供跟調查報告該怎麼寫，如果真的照實寫的話，就會變成那樣，真的很不好意思……」

土堂大力地哼了一聲，臉上露出了苦笑。

「你為什麼要跟我道歉呢？」

「不，不是道歉，而是……」

「為什麼你會覺得我無法接受呢？」

難不成是接受了？可以過關了？

「這個嘛……當然是因為我們對於那個聲音，就是寺田真由所說的話，主要是因為……那是死者的聲音……」

「這我知道啊，再說得嚴謹一點，就是幽靈的聲音對吧。你憑藉著幽靈所說的話，意思就是你信以為真，結果居然真的找到了遺體。如果這就是事實、這就是真正發生的事情，那麼除此之外的報告反倒是『虛構』的，你不覺得嗎？」

感覺越聽越模糊了。

「課長，那個……」

「所以到底為什麼你會覺得我一定無法接受呢？」

「不，這是因為……」

「整個過程我都保持沉默沒多說什麼真的很抱歉，但我都看得到。我是看得到的啊。」

晚上八點的居酒屋，絕不可能安靜無聲。

但此時此刻卻真的是這樣。

武脇有幾秒鐘的時間什麼都聽不到。

接著聽到的是菊田高八度的說話聲音。

「課長，你說看得到……是看到……什麼？」

「可以看到幽靈啊，我從以前就看得到幽靈。」

「嘿！」菊田的聲音感覺可以傳得好遠好遠。武脇感覺自己也發出了同樣的驚呼，但有可能只是耳朵的鼓膜受到壓迫所帶來的錯覺。

土堂以平常的聲調繼續說道：

「我說，打從一開始我就看到了，中西雪實被一個女幽靈給附身了，不過，並沒有完全貼合，比較像是兩人三腳的狀態，彼此緊緊綁在一起。這真的很少見……但就算我這麼說，看不到的人大概也很難理解吧？」

當然，武脇完全無法理解。

土堂將杯裡的啤酒喝完。

「……話說回來，當中西雪實說自己聽得到女人的聲音時，我就心想『那還用說，都已經靠那麼近了，我看是連呼吸聲都能清楚聽到吧』……所以，在她提出下落不明的前輩名為寺田真由，以及將未經發表的文稿拿來給我們，還有我第一次看到寺田真由的長相時，完全不會感到驚訝。只有覺得這個女孩真的很想找到自己的遺體，所以才會緊跟著中西雪實吧，所以對於這一切，我當然能夠接受。」

菊田的手部動作相當僵硬，但還是成功地往土堂的酒杯裡倒了啤酒。

「課、課長也聽得到寺田……寺田真由的聲音……聽得到嗎？」

倒酒的動作是還可以，可惜因為太過小心翼翼，全部都是氣泡。

不過，土堂看來並不在意。

「這個嘛，我只能看得到而已，聲音完全聽不到。所以我才會跑到新宿的伊勢丹百貨去，因為我心想，如果跟雪實一樣握住同一隻天鵝的話，會不會就能聽到了。那隻天鵝，會不會有受話器的功能，我真的試了……可惜不行，我還是什麼都聽不到。」

原來當時的土堂是在測試這件事。

「還有就是雪實拿著文稿過來的時候，當時寺田真由也是緊緊靠在她身邊，然而，雪實回去之後，寺田真由卻留了下來。」

武脇忍不住「噫」了一聲。

「留下來……在哪裡？」

「留在我們那裡啊，高井戶警署的刑警辦公室，寺田真由的靈魂就待在那裡。」

武脇覺得自己好像是貧血就要發作似的，全身血液變得冰冷，並在血管中逆流，感覺非常不舒服。其實也有點像當時打開菅谷凱斗那臺黑色TOYOTA HIACE的車門一樣。看見了不能看的東西、跟絕不能連結上的東西產生連結，感覺應該都是一樣的。

「現在……也還在嗎？」

「哎呀哎呀，冷靜下來仔細聽清楚……那時留在警署裡的寺田真由，在你工作的時候一直盯著你。就站在你身後，看著你做所有事情，一直這麼看著……哎呀呀，我那時候還以為，寺田真由要從中西雪實那邊改為依附到武脇身旁了呢，可能你有什麼吸引到她的地方吧，我一直在留意，就覺得她遲早會附身上去。」

真是糟糕，這感覺好噁心，真的好噁心，都快吐了。

「在那之後，你們去了城東警署對吧，我看到寺田就依附在你身上一起出去了。我多少還是有點在意，因此還特別在署內到處找來找去，不過都找不到她的身影，所以當你抵達島田臺的時候，我打了通電話給你……問了一句『你沒事吧？』被幽靈附身之後到底會怎麼樣，其實我也不清楚，因此才會提醒你『不要太胡來』。」

原來那句「你沒事吧」以及「不要太胡來」，是這個意思……

「那個……唔，我是想問說……」
土堂笑到半邊臉頰都上揚了。
「別擔心，當你從島田臺回來之後，寺田真由就沒有附在你身上了。可能是在那邊跟雪實重新會合了吧？雖然我心想，不該在這時候回到雪實身邊吧。」
若是如此的話，那就太好了，這無疑是最期待的結果。
杯裡的啤酒氣泡全都消掉了，土堂一口飲盡。
「不過，真的很不可思議……能聽到死者說話的聲音，這個現象本身也是中西雪實自己提出來的，說是中西雪實的『語言』一點也不為過，畢竟這樣的語言並不能成為靈魂存在的證據，也不能成為科學的根據。若是被批評為『三十多歲的女人胡謅的玩笑話』，那就沒戲唱了……不過另一方面，我是的確看到了寺田真由的身影，一般的幽靈大多都是比較淡的，相較之下寺田真由就非常鮮明，看得很清楚……但話說回來，對你們來說，我所說的一番話也是我自己的語言，土堂稔貴這個男人說他自己看得見幽靈，這單純只是一種『語言』……不管是定義、想像，或是說明解釋等等，全都是差不多程度的東西。」
又被搞糊塗了。
土堂繼續說道：
「不過照這麼說起來，我們這份工作的基礎是法律，而法律就是各種『語言』的大集合啊。不管是汽車還是高樓大廈，設計圖裡面全都是『語言』，畢竟數字也算得上是一種『語言』，這是理所當然的事情。那麼，天空呢？那一片寬廣的藍天……你在心裡這麼想著，表示那也是一種『語言』對吧。在這個桌上的啤酒、毛豆、塗漆筷，還有醬油、七味唐辛子、牙籤……全部都是『語言』。我們所生活的世界，本來就充滿各式各樣的『語言』，要說全部都是由『語言』所構成，也不是不行。」

這個「玉子燒」，也是語言吧？

「可能也是因為這樣吧，所以人們一直到死了為止，都會持續製造『語言』，基督教、猶太教、印度教、伊斯蘭教、佛教、神道教……全都根據自己的想法去解釋『這個世界』，那些也全部都是『語言』上的說辭罷了。畢竟從這個世界離開之後，沒有人能夠回得來……啊，基督教或許會認為復活是真的，不過聖經也是『語言』的集合體對吧。我完全沒有要褻瀆宗教的意思，只是希望有人可以不要依賴『語言』，好好地向我們展示『這個世界』的真實樣貌。即使沒有名字，天空還是存在、空氣還是存在、大海、土地，都還是在那裡……這是確確實實的。即使不用語言說出來，用手比的方式還是可以了解。如此一來，我們就可以用手把『這個世界』比出來了。不要再用『語言』虛構這個世界了，這就是我的個人主張……不過，這一席話不是要說給你聽的，是要說給願意相信的人聽的。我只是想到就說說而已。」

心情稍微變好了，開始恢復了。

武脇坐直身體、修正姿勢。

「那麼，以剛剛的一番說法作為依據的話……找到寺田真由的遺體這件事的整個過程，該怎麼寫才好呢？」

土堂一口氣喝乾杯裡的啤酒。

「這種事……我哪知道啊。」

課長，不管怎麼樣，你也不該這麼說啊。

※　※　※

正當防衛的涵義，就是殺了一個人之後，還可以很快地回到日常的生活軌道，這是中西雪實內心真正的想法。

現在的她，是前輩記者的重要替換人手，正躲在車子裡潛伏在藝人所住的大樓附近。而那位前輩，說是要去廁所、洗澡、換衣服、買食物，囤積食材、去付公共費用的帳單，以及小睡一下等等，總共需要六小時。

看著手機螢幕上所顯示的時間，現在是下午三點三十四分。前輩離開之後已經過了足足五個小時又十分鐘。

話說回來，現在他們跟蹤的對象是名為綾瀨陵的明星，保護隱私的功力真的是強到驚人，簡直可以說是忍者級別。

綾瀨是所有人公認的帥哥，長得很高、外型亮眼，所以理所當然地長年霸占「最想擁抱的明星」前段班的位置，今年還有兩部他所主演的電影會上映，真的沒有人比他還受人矚目了。在這樣的情況下，還可以完全不被媒體抓到小辮子，身為媒體人真的是汗顏。

綾瀨住在世田谷區三軒茶屋的一棟十一樓建築之中，那是一棟非常高級的公寓，他就住在七樓，由於社區警衛的隱私防護做得非常嚴密，所以光是從外面看根本無從得知裡面是什麼情況。為了以合法的方式進去裡面拍攝，前輩已經想方設法、有招出到沒招了，不過，現在雪實所用的方法，前輩似乎想都沒想過。

雪實倒出七顆超強勁涼薄荷糖，一口氣全塞進嘴裡。平常她都是一次吃三顆，只有在埋伏的時候才會吃七顆。一放進嘴裡，就開始喀啦喀啦地嚼碎。

啊啊，可惡啊……

像這樣自己一個人守在車裡，不免會想起那起菅谷建設事件。菅谷凱斗的臉，還有跟武脇刑警、菊田刑警等人之間的對話，全都再次復甦。

殺死菅谷凱斗的那一瞬間，雪實直到現在都還記得清清楚楚。

對方從背後抱上來，接著她向前撲倒，偶然間左手抓住了那隻天鵝，於是就用來毆打對方……

玻璃的部分碎裂了，或者該說是折斷了，把剩下脖子和翅膀的天鵝拉到自己身旁，這個動作非常迅速就完成了，基本上過程中沒有任何意識。

不過，把它拿來劃傷凱斗脖子的時候，就那麼一瞬間，感覺好像有點不一樣。

「啊！」有一個想法讓她頓了一下。「如果不趕快停手，筆直地將天鵝拉近，可能會釀成大禍。」這跟預感有些許不同，不過可以確定那是非常相似的感覺。不過，自己並不想停手。她假裝完全沒注意到現況，將左手往自己的胸口拉近。

結果，凱斗的喉嚨就這麼被切開了，噴出了大量的血液。等到救護車抵達的時候，凱斗已經回天乏術了。

如果將那百分之一秒的「啊！」視為是「殺意」的話，雪實認為自己確實就是殺了人。但她希望能將罪刑降到最低，所以便往「過失」靠攏，假裝這一切是突發的事故，若以「事情瞬間就發生了，沒有做出判斷的餘裕」來想的話，那就不會被定義為殺人罪了。

在審訊室沉默不語、光顧著哭，當然有一部分是因為調查官很可怕，而真由在旁邊說「什麼都別說，哭就對了」，也是一部分的原因。不過有一半以上，不，應該是三分之二以上，是她自己都搞不懂自己了，所以才會淚流不止、話不成聲，這才是她真正的內心話。

直到如今，對於這件事雪實依舊說不準，沒辦法明確地做出結論。

凱斗把大部分個人物品放在停於收費停車場的車子裡，警方藉此認為他造訪那個房間的目的是「性侵」，不過從另一個角度來看的話，事情就沒有這麼絕對了。

事實上，雪實和凱斗兩人曾在通話時聊過這樣的內容：

『中西小姐有交往的對象嗎？』

雪實的回答是「沒有」，並且還加了一句「現正募集中」。

她還被凱斗約吃飯過。

『神樂坂有一間很好吃的法國餐廳，下次一起去吃好嗎？』

雪實心想，他一定是在網路上隨便找的吧，所以就以「我不喜歡在外面吃，喜歡在家自己煮」來回應。

『看來是一個進得了廚房的人耶，真厲害。』

凱斗的反應跟一般男人的「意圖」不太一樣，感覺他有其他的「計謀」。對此，雪實其實是知道的。

所以她才會說：

「下次我做飯請你吃吧。」

『咦？可以嗎？』

「當然可以。」

『妳住在哪邊啊？』

「杉並區、宮前。宮前四丁目……」

如果在錄口供的時候將這些對話供出來的話，那雪實就有可能會被懷疑是計畫性的犯罪。所以在問訊的過程中，雪實都沒有談及這部分。

雪實想要將凱斗的真實面挖出來，也想要把他所犯下的罪攤在陽光下，為此，她才會考慮用「引誘」的方式來進行。不過，她從頭到尾都不曾想過要「殺人」，完全沒有想到那邊去。

所以，當凱斗突然造訪的瞬間，雖然雪實真的嚇了一大跳，但卻不能算是完全沒想到。應該說，真正意料之外的事情是，她自己與凱斗的腕力差距。身材偏瘦但日常都有肉體勞動的男人，對上大學畢業之後就沒有繼續訓練的自己。儘管是在空手道有取得段數的人，然而沒有每天鍛鍊的影響真的太大了。一瞬間雪實就被摺倒了，幾乎耗費了所有力量在抵抗。接著，她一邊想著自己真的很卑劣，一邊把手伸向凶器，結果就有了後續的那些發展。

這些內心話，或者該說是這些「事實」，雪實並沒有跟真由說。真由沒辦法隨意地解讀他人的內心想法，如果沒有把實話說出來，兩人之後還是可以保持著良好關係。就是因為有這麼一層想法，就是希望事情可以這樣發展，所以她才沒有跟真由說。

沒錯，真由現在依然是雪實最可靠的夥伴。

她好像從綾瀨的公寓回來了。

『那傢伙，綾瀨陵……把女人，帶進去了……女人，帶進去……做了很色的事情。』

雪實心想：騙人的吧！

她立刻在手機上輸入自己的回應。

「但是他中午過後回到家時，是自己一個人，在那之後也沒有女人出入。」

『一個很大的行李箱……旅行用的行李箱……』

啊，沒錯。

「這麼說來的確是有，我看到他喀啦喀啦地拖進了公寓。難道，那裡頭？」

『他把女人塞在裡頭，帶了進去……空空如也的大行李箱，就放在地板上開著。』

明明這麼年輕，卻用了如此古典的手法，真教人感到意外。不過現在可不是佩服他的時機點。

「對方是什麼樣的女人？有名的嗎？」

『很像模特兒，氣質也很好……與其說是美女，倒不如說是可愛系的。』

「兩人上床了嗎？」

『上床了，做了好久。』

稍微想像一下，有幽靈近距離在看的畫面，真的有點可怕。

「是喔，上床了是吧……」

在一連串的事件落幕之後，雪實聽真由說了好多話。

像是遭到殺害之後被埋起來，害她得從土裡爬出來的事情，還有在電車上遇到福澤諭吉的事情。福澤告訴她「我們不是幽靈，而是言靈」，這件事她也跟雪實說了。

雪實心想，「遇到福澤諭吉」是個笑話梗吧？不過由於真由的存在本來就相當超現實，所以去懷疑遇到福澤諭吉的真實性也有點怪怪的，因此雪實就沒有妄加批評。

結果，反倒是真由用哽咽的聲音說道：

『其他事情先不管，我本來以為諭吉先生的事情妳絕對不可能會相信的……好開心，妳相信我，讓我好開心。雪實果然是最棒的。』

這樣的互動讓雪實更加確認自己的想法：

「即使身為幽靈，喔不，應該說是言靈，真由也沒辦法讀取人們內心的想法。」因此雪實便打算在這樣的前提下跟真由繼續相處下去。

首先就是請真由在做得到的範圍內，協助蒐集新聞素材。

「妳可以認出那個女人是誰嗎？有沒有名字或什麼特徵？有這方面的線索嗎？像是在廣告中有出現過，或是在臉上的哪邊有一顆明顯的痣之類的。」

『我不知道耶……那好，我再去看一次。』

「嗯，麻煩妳了。」

話說回來，綾瀨陵先生啊，你居然用行李箱暗渡陳倉帶女人回家啊。

太好了，這個爆料絕對對是頭條新聞。

覺悟吧，你這個好色的男人！

逆思流

悄悄告訴我

（原名：もう、聞こえない）

作者／譽田哲也　譯者／李喬智
榮譽發行人／黃鎮隆
執行長／陳君平
協理／洪琇菁　國際版權／黃令歡、梁名儀
執行編輯／呂尚燁　美術編輯／方品舒
企劃宣傳／楊玉如、洪國瑋、施語宸
發行／英屬蓋曼群島商家庭傳媒股份有限公司城邦分公司　尖端出版
台北市中山區民生東路二段一四一號十樓
電話：（〇二）二五〇〇―七六〇〇（代表號）
傳真：（〇二）二五〇〇―一九七九
中彰投以北經銷（含宜花東）／楨彥有限公司
電話：（〇二）八九一九―三三六九
傳真：（〇二）八九一四―五五二四
雲嘉經銷／威信圖書有限公司　嘉義公司
電話：（〇五）二三三―三八五二
傳真：（〇五）二三三―三八六三
南部經銷／威信圖書有限公司　高雄公司
電話：（〇七）三七三―〇〇七九
傳真：（〇七）三七三―〇〇八七
香港總經銷／城邦（香港）出版集團有限公司
香港灣仔駱克道193號東超商業中心1樓
電話：（八五二）二五〇八―六二三一
傳真：（八五二）二五七八―九三三七
E-mail：hkcite@biznetvigator.com
馬新經銷／城邦（馬新）出版集團　Cite(M)Sdn.Bhd.
E-mail：Cite@cite.com.my
法律顧問／王子文律師　元禾法律事務所
台北市羅斯福路三段三十七號十五樓
二〇二二年七月一版一刷

■中文版■

郵購注意事項：
1. 填妥劃撥單資料：帳號：50003021戶名：英屬蓋曼群島商家庭傳媒（股）公司城邦分公司。2. 通信欄內註明訂購書名與冊數。3. 劃撥金額低於500元，請加附掛號郵資50元。如劃撥日起 10～14日，仍未收到書時，請洽劃撥組。劃撥專線TEL：(03) 312-4212 ・ FAX：(03) 322-4621。E-mail：marketing@spp.com.tw

國家圖書館出版品預行編目資料

悄悄告訴我／譽田哲也作 ;
李喬智譯. . --初版.
--臺北市：尖端出版, 2022.07
面 ; 公分. --(逆思流)
譯自: もう、聞こえない
ISBN 978-626-338-024-0(平裝)

861.57　　111007678